ダッシュエックス文庫

JN178281

魔法少女スクワッド

悦田半次

第一話 灰色の魔法少女

MAHOUSHOUJO SQUAD

「私の名はスルーズ。唐突《とうとつ》だが、おまえは死んだ」

開口一番《かいこういちばん》、俺――淋代空白《さびしろくうはく》は死刑宣告を受けた。

いや、言われたのは『殺す』ではなく『死んだ』だから、死刑宣告というより、死刑執行の事後報告といったほうが正しいか？

「生命活動が停止した、と言い換えることも可能である」

「あんま意味変わらないからなそれ」

問題は、何故《なぜ》そんな物騒極《ぶっそうきわ》まりない言葉がいきなり飛び出てきたのかということだ。

もっと言うとここはどこなのか、そもそも目の前の存在が何なのかすらわかっていない。

彼女（声で判断した）は、無機質な声音《こわね》とは裏腹《うらはら》に、なんとも可愛《かわい》らしい外見だった。

大きな頭に長い二つの耳と、スーパーデフォルメしたような小さい手足は、もちもちした感触なんだろうなと、触らなくてもわかる。

まるで魔法少女アニメにでも出てきそうなマスコットを彷彿《ほうふつ》とさせるが、その愛くるしい外見からは表情というものが根こそぎ排除されていた。

ところが、不思議とそれを不気味とは思わなかったし、どこか神聖で厳《おごそ》かなオーラすら感じる。

「……どういうことなんだよ、俺が死んだって」

「そのままの意味だ。現在のおまえは魂《たましい》だけが辛《かろ》うじて存在を維持《いじ》させている状態だ。肉体は既《すで》に滅びている」

そんなRPGの魔王みたいなノリで言われても困る。

そも、なんでこんなことになっている？　物事には順序というものがある。俺だってこんな謎の空間に脈絡《みやくらく》もなく飛ばされたんじゃなくて、それなりの過程を経てここにいるはずだ。

というわけで、ここに至《いた》るまでの記憶をプレイバック。

さっきまで俺は整備委員会の仕事で校舎を見回っていた。

学校の設備に異常はないか記録して生徒会に報告するという極めて地味な仕事である。仕事は退屈。そのくせ結構重要な仕事だというのだから始末が悪い。

この学校の委員会制度は全員参加ではないが、その代わりまず真っ先に帰宅部に白羽の矢が立つのだ。

俺の心境的にはブッ刺さる、という表現が相応《ふさわ》しい。

野球部だろうがサッカー部だろうがサンバ部（ホントにある）だろうが帰宅部だろうが、自分の意思で選んだのに何故帰宅部だけ割を食わねばならぬのか。

この教育機関に蔓延《はびこ》る理不尽に怒りを燃やすが、しかし、サボる度胸《どきよう》はないのでそこそこ真《ま》面目《じめ》に仕事をこなしていた。褒《ほ》めてくれてもいいのよ。

そんな俺が屋上のドアノブを捻《ひね》ったのは、退屈を紛《まぎ》らわせるためのちょっとした気まぐれだった。

屋上のドアの鍵《かぎ》は当然閉まっている。テキトーにがちゃがちゃやって意味のない時間を潰《つぶ》すだけかと思ったら、ドアは予想を裏切り開いた。

鍵が壊れていたのは予想外の展開だったけど、屋上から夕暮れの校庭を見るのもまた一興《いっきょう》。

しばらく屋上の柵《さく》にもたれかかってぼけーっとしていた時に、空が急に明るくなった。

見上げると、もう一つの太陽と言っても差し支えない輝きを放つ球体が、こちらに向かって落下してきたのだ。

眩《まばゆ》い光が視界を包み込み、なんか熱いなーと認識した瞬間、俺の意識は途切れた。

そして場面はここに切り替わるというわけだ。

なるほどなるほど。記憶ともちもちの言葉と合わせて考えると、あれが俺の最期《さいご》だったってことか。そして今、俺と謎のマスコットがいるこのキラキラ空間の色は、あの球体の色合いとよく似ていたりするのだが、

「なあ、あの光って」

「私だ。丁度《ちょうど》この世界に降り立った座標におまえがいた。そしておまえの肉体は着陸の際に発生したエネルギーに耐えきれずに消滅した」

「全部テメェのせいだろうがあああああああああああああああ！」

なんかいかにも観察者みたいな口調で言っていたくせに、その実、俺を殺した真犯人でいやがった。

「今際《いまわ》の言葉は『うわああああああああああああああ！』だった」

「必殺技食らって消滅する雑魚《ざこ》キャラじゃねーか！」

平凡――かどうかはわからないけど、確かに地味な人生を送ってきたとは自分でも思う。決して悪くはないけど、特に突出した部分はない。別にそれを嘆《なげ》くわけでもない。

まあこんなもんかと了解していた。が――！

「だからってこんなエキセントリックな死に方誰も望んどらんわい！」

せめて最期は華々《はなばな》しく頼むわ、なんて神様にオーダーした覚えはこれっぽっちもありゃしないのだ。

「何を言っている。死は死だ。その直前がどんなものであろうと、その事実はまるで揺らぎはしない」

「なんか格好《かっこう》いいこと言ってるけど殺したのおまえだからな」

人道を説くタイプの殺人鬼かおのれは。

「人気《ひとけ》のない場所に着陸するつもりだったのだが……この世界の原生生物の脆《もろ》さを失念《しつねん》していた私の責任だ」

言い回しがどこか引っかかるが、あっさり自分の非を認めた。

「故《ゆえ》に、私の肉体をおまえに託《たく》す」

「……はい？」

　なんかとんでもねーこと言わなかったかこのマスコット。

「時間はかかるが、おまえの肉体を再構築することは不可能ではない。だが、この世界の原生生物は魂のみでその存在を維持することはできない。十中八九、再構築が完了する前にその魂は消滅する」

「えーっと、『死』は肉体的なもので、『消滅』は精神的なもの……ってことでいいのか？」

「そう認識してくれて構わない。放っておけばおまえは完全に消滅するが、逆に代替品となる肉体に定着することができれば、それを免《まぬが》れることができる」

「てことは……生き返れるんだな!?」

「そうだ」

　あーよかった。さすがにこのまま死にたくはなかったので、ほっと一安心……とはいえ、まだ懸念《けねん》すべきことがある。

「おまえの肉体って言ってたけど……もしかして、それだったりする？」

「これだったりする」

　そんなもっふもふの愛くるしい体を動かせと？

　背に腹は替えられないとは言うけど、もっと格好いい体がいいというかなんというか。

「でも託すって言うけど、おまえはどうするんだよ」

「私には私の任務がある。その時には肉体の主導権は私が握るつもりだが、それ以外はおまえが好きに使ってくれて構わない。おまえが元の生活に戻れるまで、その魂を保証しよう。言わば契約だ」

多分、待遇としては悪くはないんだろう。

意識をずっと封印《ふういん》されたり、逆に意識がある状態でずっと身動きが取れないみたいなケースよりは何倍もマシに思える。

「わかった。その契約乗った……けど、その任務ってなんなんだ?」

どうも観光目的ではないみたいだけど。

「端的《たんてき》に言えば、この世界は侵略されている」

……ホワイ?

「侵略者は別世界の住人であるエテルネル。そのエテルネルが送り込んだ怪物、キャンサーがこの世界を蹂躙《じゅうりん》している」

「……」

そんなあっさり説明すんな、往年《おうねん》の特撮番組のオープニングじゃないんだから。

「説明するべきことは説明した。同化フェーズに移行する」

「移行すんな。全然頭の中整理できてないんだぞこっちは」

「残された時間は少ない。故に理解できない知識は後で補足する。尚《なお》、同化は失敗する可能性もあるがその確率は極めて低いことも付け足しておく」

「待ってくれなんだその不安すぎる新情報は。せめてもうちょっとだけ——」

時間をくれ、と言い終わる前に俺の意識は断絶した。


「……はっ！」

目が覚めた。

寝起き特有のけだるさが体を包んでいる。それに加えて、妙な圧迫感まで感じる。

「夢、か」

それにしても変な夢だった。

いきなり死んだと思ったら、スルーズとかいうもちもちした奴《やつ》が肉体を託すとか言って、しかもこの世界は侵略されているとかなんとか。

しかも一体化は失敗のリスクがあるとか滅茶苦茶《めちゃくちゃ》不穏《ふおん》なことも言っていたっけか。

「ああいうことはもっと先に言ってくれよ……」

どの順番でもぶったまげていた自信はあったけども。

まあ、夢の内容をゴチャゴチャ批評しても意味はない。ぼやけていた視界が徐々《じょじょ》に鮮明になっていき、視線の先には僅《わず》かな雲が浮かぶ青空が広がっていた。

……妙だ。実家の天井は、ここまで開放的なものではない。

しかも開放的な視界とは裏腹に、どうも息苦しい。

まるで体に何かがのしかかっているような——

「んな!?」

本当に何かがのしかかっていた。

それは赤いメッシュが入った黒髪で、人間のものであることは判別できる。

なんだ人間か……いや待たれよ。人間なら尚更《なおさら》問題じゃないか。

慌《あわ》てて人間と床の隙間《すきま》から這《は》い出した。

「んがっ」

勢いよく脱出したせいか、そいつは頭を打ったらしい。

痛そうだけど、勝手にのしかかっていたのはそっちなのだからおあいこだよな。

「つつ……んだよ、気持ちよーくお昼寝してたってのに穏《おだ》やかじゃねーなオイ」

荒っぽい口調だが、しかしその声質は紛《まぎ》れもなく女性のそれだ。

後頭部をさすりながら起き上がったそいつの姿に、あっと声を上げた。

「小野寺《おのでら》……!」

「んぁ？　確かに超絶弩級《どきゆう》ハイパー美少女、小野寺火怜《かれん》ちゃんたぁオレのことだぜ」

うん、間違いなく小野寺だ。

生まれてこの方、こいつほど自意識過剰《かじよう》な奴と出会ったことがない。

彼女の始末が悪いところは、そんな痛々しい自称が決して偽《いつわ》りではないことにある。

まあつまり、ホントーに美少女なのだこやつは。

いつもはスロット感覚でテキトーに人相を作っているであろう神様が、少なくとも三カ月は

熟考に熟考を重ねて辿《たど》り着いた美の極致《きょくち》——というタワゴトの信憑性《しんぴょうせい》がちょっと上がるくらいには、小野寺の顔は整っている。

俺が通っている県立水浜《みなはま》第二高等学校の生徒全員に小野寺の印象はどうかとアンケートをとったならば、その大半が「顔はいい」と回答するだろう。

とまあ、ルッキズムに対する議論が色々とややこしくなっている世の中を嘲笑《あざわら》うかの如《ごと》く顔面偏差値百を叩《たた》き出し、自他共に認める美少女である小野寺だが、しかしアイドル的な人気を誇っているとか、全校生徒の憧《あこが》れの的《まと》とか、そーゆー話はとんと聞かない。

それもそのはず、彼女は不良なのだ。

入学式から改造した制服を着こなし（バッチシ似合ってるのがずるい）、上級生を含んだ不良生徒たちと大立ち回りを演じたことで、その名を校内に轟《とどろ》かせた。

入学してから生徒指導室に連行された最短記録《レコード》は、今後破られることはないだろうともっぱらの評判である。

そんな不良美少女小野寺と俺はただならぬ関係……というワケではなく、ただのクラスメイトだ。一年の頃、席替えで数カ月隣になって、次の席替えでまた離れた。

なんとも味気ない関係性であるが、まるで縁《えん》がないというわけではない、そんな中途半端なもの。

と言ってもまるで彼女のことが理解できなかったかといえばさにあらず、普通に話せばそこまでおっかないヤツじゃないことは理解できた。

「あのな、クラスメイトの体を枕代わりにするとか、何考えてるんだよ。親しき仲にもなんとやらだ」

「クラスメイトォ？　ワリいけど、あんたみてーなもちもち野郎とクラスメイトになった覚えはねーぞ」

もちもち野郎？

はて、俺の体はそんな表現がされるようなわがままボディではなかったはずだが……

「……うわああ!?」

思い出した。今の俺の体は、俺のじゃない。

三十センチくらいの体躯《たいく》に、もちもちした体。

俺にしては高すぎる声。間違いない。この体は彼女の、スルーズの体だ。

さらに今俺がいる場所も、意識を肉体ごと消し飛ばされる前にいた学校の屋上だ。

「一応、同化に成功したってことでいいのか」

逆に言うなら、俺が一度死んだってことも事実ということになる。

問題は、小野寺がそれを信じてくれるかどうかなんだが……

「……こんな姿で信じてもらえないかもしれないけど、俺だよ。淋代空白だ」

「淋代ぉ……？」

首を捻ること数秒後、小野寺はパチンと指を鳴らした。

「あーあー、なるへそ。道理で行方《ゆくえ》不明になってるわけだ。こんな姿になってちゃ、見つかるものも見つけられねーわな」

　小野寺の納得したような口ぶりに、体が硬直する。

「……今、なんて？」

「だーかーら、行方不明だよ行方不明。ここ一週間、音沙汰《おとさた》なかったんだぜ、オマエ」

「一週間!?」

「でもまさか、枕代わりに使ってたもちもちが淋代だったとはなー。いつの間にか転がってると思っちゃあいたが……いやー、まさに灯台下暗《もと》しってか」

　目眩《めまい》を起こしそうになるが、しかし原因はなんとなく想像できる。

　スルーズは一体化にどれだけの時間がかかるのかという説明をしていなかった。

　俺の想像では一瞬で済むものだと思っていたが、どうやら違ったらしい。

　てゆーか、そういうことは一体化前に言わんかい。

「……もしかしなくても、結構大事《おおごと》になってたりする？」

「べっつにー？　警察が来たくらいだぜ」

　ガッデム、それを大事になってるというのだ。

　ひとまず自分の身に起こったことを説明すると、

「ぶわっはっはっは！」

　爆笑された。

「わ、笑うなよ!?　マジで笑い事じゃないんだぞこれ！」

「いや笑い事だろ？　高校生が元気玉で消し飛ばされるとか笑い事以外のなんだってんだよひーひっひっ」

　俺は魔人ブウか何かか？

「……ま、でもよかったじゃねえか。生き返れるんだろ、オマエ。死んでそれっきりよりは何百倍も上等ってもんだ」

　ぽふぽふと俺の頭を撫《な》でながら小野寺は言った。少し恥《は》ずかしい。

「まぁ、スルーズの言葉を信じるなら、な」

　困ったことに、肉体の再構成にどれだけの時間がかかるかは知らされていない。

　仮に一年かかるとかだったら、全《すべ》てが終わった後ぶん殴ってやろうと心に決めていると、スマホを確認した小野寺が素《す》っ頓狂《とんきょう》な声を上げた。

「やべっ、もう五時限目始まってんじゃねえか。ったく、メシ食った後は眠くなるってのになんですぐ授業があるかね？」

　小野寺がくあっと欠伸《あくび》しながら立ち上がったのと同じタイミングで――地面が揺れた。

「おっと」

「うわあ!?」

　小野寺ははすぐにバランスを取ったが、俺は慣れない体ということもあって転倒した。

　この体でも転ぶと痛い。大切ではあるけど知りたくない情報だった。

「なんだこれ。地震？」

「にしちゃ妙じゃねーか？　どっちかっつーと……校舎に何かがぶつかった感じだぜ」

「ぶつかったって何が」

「オレも知りたいね」

再びの揺れが俺たちを襲《おそ》う。

窓ガラスが割れる音と——悲鳴が聞こえた。

「——」

小野寺は屋上の出口に向かって走り出した。

逃げる——というよりも異常を確認しに行く気満々といった雰囲気《ふんいき》。

人間は異常を感じ取った際に、そこから離れる者と向かっていく者がいるというが、小野寺は後者だった。

「お、おい待てって！」

ちなみに俺は前者なのだがそのまま放っておくわけにもいかず——というのは建前《たてまえ》で、小野寺に置いて行かれるのが妙に恐ろしくて地面を蹴《け》る。

ふわりと体が宙を舞った。

「と、飛べた!?」

が、未知の感覚に戸惑《とまど》っている暇《ひま》はなく、がむしゃらに小野寺を追った。

地獄絵図、という言葉がある。

元々は地獄に堕《お》ちた罪人が厳しい刑罰を受けて苦しむ様子を描いた絵のことで、昔はこれを使ってエラい坊さんが悪ガキにお説教していたとかいないとか。

今はもっぱら、地獄のような光景という比喩《ひゆ》表現として使われている。

けれど、現代に顕現《けんげん》したこの地獄は、罪人もそうでない人間も皆等しく殺されるという、罰《ばつ》を与える場所としては落第《らくだい》レベルの代物《しろもの》だった。

「なんだよ、これ」

声が震えている。

屋上から降りてきた時には、既に殺戮《さつりく》は始まっていた。壁や床には血が飛び散り、胸や首から血を流して倒れている生徒たちの姿があった。

冗談にしては、この鉄の臭《にお》いは濃密すぎる。

同じ地球に存在することすら実感が湧《わ》かないような戦場じゃない。

ここは学校なのだ。少し前まで、俺にとって日常の象徴と言っていい場所だった。

それが今では、むせかえるほどの死が充満している。

その原因と思われる異形《いぎょう》が視界に映り込む。

スルーズは言っていた。この世界は侵略を受けていると。その答えが、コレだというのか。

「あれが、キャンサー……？」

全身を真っ黒に塗りつぶしたようなヒトガタ。

彼らは右手を刃《やいば》に変形させ、生徒たちを次々と死に至らしめる。

生徒を助けようとした教師も殺された。その中には、クラスメイトたちの姿もあった。教室で一時間もしたら忘れてしまうような冗談を交わしあっていた奴らも、その中にいた。

キャンサーは機械のように無機質だ。そこに感情は窺《うかが》えない。

殺戮という行為に酔いしれていたならば、まだマシだったと思う。

少なくとも、それは感情があるということに他ならないから。

視界が滲《にじ》む。

物陰《ものかげ》で激しく嘔吐《えず》いても、何も吐き出されることはない。元々この肉体に胃があるのかはわからないけど、何でもいいから吐き出したかった。

不快と言えば不快だろうが、せめて気が紛れる。

なんでだよ、なんで出て来ないんだよ！　出て来いよスルーズ！　これをなんとかするのがおまえの任務なんじゃないのかよ!?　出て来て何とかしてくれよ！

感情のままに叫びたかった。

が、見つかったら自分たちもやられる。

無駄に残った自制心によってせき止められた激情で、何もかもぐちゃぐちゃになりそうだった俺の背中を、ポンポンと叩く奴がいた。

「大丈夫か淋代？　あーいや、大丈夫じゃねえなそのツラは」

「小野寺……」

「おう。さっきからずっと隣にいたけど眼中になかったであろう火怜ちゃんだぜ」

ぶい、と何故かピースサイン。

「……おまえは、大丈夫なのか？」

「まあな。こういうの、初めてじゃねえし。人の形してっかそうじゃねえかの違いしかねーしな」

「え……？」

「おっと、三割増しでシリアスな過去編にゃ、ちょっち早すぎるぜ」

冗談めかして唇《くちびる》に人差し指を当て、ウインクをした。

「ま、ともかくオマエはどっか安全なところに逃げて――」

俺は小さく悲鳴を上げた。

キャンサーが小野寺の背後に立ち、刃を振り上げている。

「小野寺、後ろ！」

「慌てなさんな――っとぉ！」

まるで最初から気づいていたように（いや、実際気づいていたんだろう）、小野寺はキャンサーに向かって回し蹴《げ》りを食らわせた。

首筋に踵《かかと》をめり込ませたキャンサーは吹っ飛び、血塗《ちまみ》れの床に転がる。

が、すぐにバネ仕掛けの人形のように起き上がった。

続けて小野寺は腹部に向かって何度も拳《こぶし》を叩きつけるが、それでも結果は同じ。

キャンサーの刃が、小野寺の頬《ほお》を掠《かす》める。頬が裂けて血が流れるが、小野寺は怯《ひる》んだ様子を一瞬とて見せない。

キャンサーの腰に両腕を回し、

「どっこい――しょぉ！」

割れた窓ガラスから、思いっきりぶん投げた。

「殴っても蹴っても意味ねーなら、戦場からご退場願うのが一番だぜ。ま、時間稼《かせ》ぎにゃなんだろ」

こきりと首を鳴らしながら、小野寺は犬歯《けんし》をむき出しにして笑う。

「大丈夫、なのか？」

「心配すんなって。傷ついてもオレは美しい」

「いやそっちじゃなくて！　ダメージとかそういう話だよ！」

「別にそれほどじゃねーよ。食らっちまったのはちょこっとだし――それに、小休止にゃまだ早いみてーだ」

「――！」

廊下の角から、キャンサーが新たに現れた。

艶《つや》のないボディには、無駄に艶のある飛沫《しぶき》が飛び散っている。

それが何であるかを詮索《せんさく》する暇はなかったし、大体わかる。わかってしまう。

キャンサーは刃状の腕を構え、二人に向かって突撃――した瞬間、盛大に転倒した。

「え？」

「あ？」

俺たちがポカンとしている間に、ロングヘアをなびかせ、キャンサーを踏んづけながら走ってくる女子生徒の姿があった。

「カイチョー!?」

笹坐笹《ささざささ》。

舌《した》を噛《か》みそうな名前の彼女は、文武両道を実現し、人を引きつけるカリスマ性も完備というアニメみたいな属性てんこもりスーパー生徒会長だ。

「火怜さん、無事!?」

「助かったぜカイチョー。さっきのどうやったんだ？」

こんな非常時にも拘《かか》わらず、小野寺は目を輝かせて会長に聞いた。

そう言えば、会長は校内で小野寺を唯一御《ゆいいつぎよ》しえる人間だと風の噂《うわさ》で聞いたことがある。

それもまた彼女のカリスマ性を上げている要因の一つなのかもしれない。

「ちょっとワイヤーを使ってね。あなたの方こそ今まで何してたのよ」

「何って、屋上で寝てただけだぜ？」

小野寺の回答に、会長は自分のこめかみを指で小突《こづ》いた。

「……そう、不幸中の幸いって言うべきかしらね」

「どういうこった？」

「あいつらはね、どうも最初は二年三組の教室に現れたみたいなの」

「……！」

俺たちのクラスだ。

少し離れたその教室の入り口からは、血塗れになった手が飛び出ている。

廊下で死んでいた生徒は、教室からは逃走できたものの、結局殺された――というあんまりな経歴の持ち主だったらしい。

小野寺は屋上で授業をすっぽかしていたからこそ、キャンサーの最初の襲撃《しゅうげき》を回避できたのだ。

小野寺は不機嫌そうに鼻を鳴らす。

「あいつらがなんなのか、カイチョーはわかってんのか？」

起き上がったキャンサーは再び進行を開始するが、今度は首の位置に張られたワイヤーに引っかかって再び転倒した。

「少なくともアレがまともじゃないことは確かだわ。火怜さんも早く逃げなさい。こんなこともあろうかと、近くにシェルターを設置してあるわ。生き残った子たちはみんなそこに逃げ込んでる」

会長たち三年生の教室は二階にある。

わざわざ危険を冒《おか》して三階に来た目的が、生存者の捜索であることは明白だったが――

「嫌だね」

「は？」

小野寺は、会長の言葉にノーを突きつけた。

「これだけ好き勝手されて尻尾《しっぽ》巻いて逃げろってか？　はっ、冗談はよし子さんだぜカイチョー」

再び起き上がったキャンサーの顎《あご》を蹴る。ぐらりと体が揺れた瞬間に、先ほどと同じ要領で校舎の外へと追放した。

小野寺火怜は不良である。

とはいえ一口に不良といっても、カツアゲをしたり、アルコールや煙草《たばこ》を嗜《たしな》んだり、騒音で授業妨害をしたり、そう呼ばれる由縁《ゆえん》はソイツによって様々だ。

では小野寺の場合は何かというと、喧嘩《けんか》である。売られた喧嘩は喜んで買う生粋《きっすい》の武闘派。

それこそが、小野寺火怜が不良と呼ばれる最大の要因なのだ。

「まったくこの子は……」

会長が、はあと嘆息《たんそく》した瞬間、轟音《ごうおん》と共に二年三組の壁が破壊された。

「ッ――！　危ない！」

会長が小野寺を突き飛ばす。

「いって！　いきなりなん」

ぐしゃり。

体が砕《くだ》ける音がした。

飛来した一メートル弱の瓦礫《がれき》が、小野寺を突き飛ばした会長の体を、容赦《ようしゃ》なく砕いていた。

四散した鮮血が、俺と小野寺を濡《ぬ》らす。

初めて浴びた他人の血はとても熱かった。それなのに、俺の体は急速に冷えていく。

会長を巻き込んだ瓦礫は十メートルほど離れた壁に激突し、真っ赤な花を咲かせた。

どう見ても、即死。

「また、死んだ」

目の前で、あまりにも呆気《あっけ》なく。

しかしこの真っ白な仮初《かりそ》めの肉体に張り付いた血の臭いは鮮烈で、どうしようもないくらいに現実であることを示していた。

崩《くず》れかけた教室の中から出て来たのは、異形の怪物。

その姿も今までのキャンサーとは全然違う。

二メートルに迫る巨軀《きょく》。岩を削《けず》り出したかのような巨大な拳《こぶし》。全身から放たれる、異常なまでの威圧《いあつ》感。このキャンサーに比べたら、今までのキャンサーは前座に過ぎなかったことが嫌でも理解させられる。

だが――それでも小野寺は止まらない。

「ワリぃなカイチョー……尚更、引けなくなっちまったぜ」

「何言って――」

けど、そこから後の言葉は続かなかった。その表情を、見てしまったが故に。

小野寺は血にまみれた床を、滑ることなく蹴る。

新たに出現したキャンサーが投擲《とうてき》した瓦礫を俊敏な動きで回避し、その巨体に肉薄。

「食らいやがれッ――――！」

全身全霊の跳《と》び蹴りを叩き込む――――が、

「嘘《うそ》、だろ……？」

その結末をまるで予想していなかったと言ったら嘘になる。

しかし心のどこかで、俺は期待していたのだ。

この理不尽の塊《かたまり》のような怪物を、小野寺が打ち倒す様《さま》を夢想していた。

だが――現実はどこまでも容赦がなかった。

小野寺渾身《こんしん》の一撃は、確かに巨腕のキャンサーの腹部に叩き込まれた。

だが、それだけだ。

吹き飛ぶこともよろめくこともなく、不動。ダメージを負った様子も見られない。

「――はっ、マジかよ」

吐き捨てるように呟《つぶや》いた瞬間、丸太のような太い腕が小野寺の体を薙《な》ぎ払っていた。

吹き飛ばされた小野寺はガラスを突き破り、落ちていく。

「小野寺……！」

死んだ。

そう、思った。

ここは三階で、落下した火怜を待っているのは駐車場のアスファルト。奇跡的に生還《せいかん》という可能性がないではなかったが、あのデカブツの一撃を受けていることを考えるに、その可能性はゼロに等しい。そもそも今生きていることすらも怪《あや》しいくらいで――まあつまるところ、遅かれ早かれ小野寺火怜は死ぬということだ。

　特別親しい人間というわけではない。

毎日話すわけではなかったし、席が離れれば疎遠《そえん》になるような、そんな十把《じっぱ》一絡《ひとから》げな関係。

だけど、

「う、おおおおおおおおおおおおおおおおお！」

俺は窓の外へと飛んでいた。

今の自分が出せる最高スピード。

飛ぶと言っても、これまで元の自分の目線より高く飛んだことはなかった。

十メートル以上の高さを実感し、今は存在しない心臓が縮《ちぢ》まるような錯覚《さっかく》を覚える。

「ああくそっ、なんでこんなことに！」

叫ぶが、答えは既に出ていた。

この時間、この場所で、動ける人間なんて俺以外誰もいなかったのだ。

なら、やるしかない。それを決断とか覚悟とか呼んでいいのかはわからない。

見切り発車もいいところで、動いてからこんな思考をしているくらいなのだから。

けど、そんなこと知ったことか。後回しだ。落下する小野寺を追い越して、全身でその体を受け止める。

瞬間、ぼよんと体が波打った。

「ぐっ……」

いくら女子の体重が男子のそれより軽いといえど、落下によって加速した状態の体を受け止めればそれなりに衝撃はある。

しかしここで飛ぶのを止《や》めたら、小野寺は死ぬ。

体を支えながら、俺はゆっくり地面に着地した。そして、生身《なまみ》の体温を堪能《たんのう》する暇もなく、コンクリートの地面と女生徒の背中にサンドイッチされている状態から抜け出す。

小野寺の体には、いたる所に切り傷や痣《あざ》ができていた。

ぱっと見て、骨折はしてないようだが、だからといって無視できるダメージじゃない。

あのデカブツに殴られてこれだけで済んでいる、というのは幸運かもしれないが。

小野寺はぐったりしていて目を覚まさないが、鼓動《こどう》が弱まっているということもない。

気絶しているだけとわかって、体から力が抜けていくと同時に、小野寺の瞼《まぶた》がゆっくりと持ち上がった。ルビー色の瞳《ひとみ》が俺をとらえると、小さく苦笑《れんごく》を漏《も》らす。

「おいおい、お出迎えの天使まで見えらあ。てっきり煉獄行きかと思ったのに、まさかの天国まで直行便とはねえ」

「えーいしっかりしろ。少なくともおまえはまだ死んじゃいない」

「だろうな。すっげー痛えし」

うんしょっ、と小野寺は体を起こした。

「そんなに動くなよ。怪我《けが》してるんだから」

「心配すんなって。オレにかかりゃこの程度、ほんの切り傷と打撲《だぼく》だぜ」

「マジでそうだからシャレにならないんだよ!?」

自分の体の状態を把握《はあく》しているだけまだマシと言えるのかどうか判断に困る。

「ていうか、よく大丈夫だったな。あんな腕の直撃食らったのに」

「殴られる瞬間に跳んだからな。受け流しちまえば大ダメージは回避できるって寸法よ」

「……落ちた後はどうするつもりだったんだよ」

下は見事なまでにアスファルトだったわけですが。

「そこはオメー、車をクッションにするアレでなんとかなんだろ」

車の窓ガラスが一斉《いっせい》にガシャーンとなるアレか。俺も映画で何度も見たことがある。

「なるほど完璧《かんぺき》な作戦だな」

「だろ？」

「ああ、落ちた場所に車が停《と》まってなかったことを除けばな」

車がガシャーンではなく小野寺がグチャーンとなるところであった。

「オマエが助けてくれたから問題ねーだろ」

「俺がいなかったら問題しかないよな!?」

「けどいただろ？」

「ぐっ、まあそうなんだけどさ――って待て、どこ行く気だ」

目が異常をきたしていなければ、明らかに校舎に向かっていた。

「決まってんだろ。あのデカブツぶっ倒すんだよ。まだ校舎ん中いるからな」

「なっ……」

慌てて俺は小野寺の正面へ回り込む。

「あいつは人間が戦って勝てる相手じゃないんだぞ。おまえだって負けたじゃないか！」

「バカヤロー、だからだろ。確かにオレは負けた。けど負けっぱなしってのはオレの性《しょう》に合わねーんだ」

「正気か!?」

「本気だよ」

まただ。また、あの表情だ。

会長が死んで、キャンサーに殴りかかる直前の表情。

本当に俺と同じ人間かと疑ってしまうような、強烈な異物感。

こいつ、いつも通りだ。

地獄みたいな異常事態の渦中《かちゅう》にあっても尚、小野寺はいつも通りだった。

異常な状況の中で普通のままなんて、よく考えればそれはとんでもなく異常だ。

こんな状況だったら、どんな猛者《もさ》だろうと恐れおののき普段の威勢《いせい》なんてメッキの如く剝《は》がれるものと思っていた。

けれど、小野寺は他校の不良グループの喧嘩を買った時のように、いや、もしくはそれ以上に瞳をギラつかせている。

彼女の極めて好戦的な性格は、世界の終末に片足突っ込んでる今でさえも陰《かげ》りはない。

会長に命を賭《か》けて救われ、俺にも助けられた自分の命なんざ知ったこっちゃないとばかりに、決して倒れることない軍勢を相手取ろうとしている。

きっと、こいつはこのまま死んでも笑っているのだろう。

生粋の戦闘狂としてはまあ悪くない最期なのかもしれない。

だけど――

「ふざけんなああああああああああああ！」

俺にとっては最悪の最期だった。

そう認識したときには、小野寺の腰に向かってタックルしていた。

「ぐげぼっ」

全身全霊のタックルが功を奏し小野寺は転倒。

「ってえな！　何すんだ淋代！」

「何もへったくれもあるか！　さっさと逃げるぞ！」

「オマエだけ逃げりゃいいだろうが！」

「おまえも一緒に逃げるんだよ！」

「ハァ!?」

「おまえを生かすために会長は死んだ！　俺も体張っておまえを助けた！　それなのにさっさ

と死んで満足に逝《い》きましたって？　ざっけんな！　冗談じゃねえよそんなの！」

「うっせえ！　ンなのオレの勝手だろうが！」

小野寺は俺を引き剝がそうとするが、そうはさせじと必死にしがみつく。

この時ばかりはスルーズの肉体であることに感謝した。元の姿のままやってたら確実に一一〇番待ったなしだったろうから。

「オレの命の使い時はオレが決める！　カイチョーにだって助けてくれっつった覚えはねーんだよ！　なのに勝手に助けて勝手に死んじまって……話はそれでオシマイなんだ！」

「……！」

俺は馬鹿《ばか》だ。

小野寺とて、会長が死んだことを悲しんでいないわけではない。

二人が仲良く追いかけっこをしたり、話をしているところを見かけたことは、一度や二度ではない。

二人には俺が知らない二人だけの絆《きずな》があって、それを推《お》し量《はか》ることなどできるはずもない。

「会長がおまえを守って死んだのはあの人の勝手、か」

「そうだって言ってんだろうが。だからさっさと――」

「なら、俺も俺の勝手を通させてもらうぞ。おまえは死なせない！　おまえが望まなくても、生きてもらうぞ。あと百年くらいはな！」

「は、ハァ？」

「別におまえの了承なんていらない。俺がそう決めた。だからそうする！」

自分でも無茶苦茶言ってることはわかっている。

だが目の前にいる小野寺も、俺を取り巻く惨状《さんじょう》も全てが無茶苦茶なのだ。目には目を歯には歯を、無茶苦茶には無茶苦茶をぶつけるのだ。

切るべき啖呵《たんか》は切った。

向こう十年分の勇気と覇気《はき》を使い切った気がしなくもないけど、さああちらさんはどんな暴論をぶっ放してくるか——

「くっ——はははははは！」

「え？」

なんでそこで笑う？

もっとこう、頭おかしいんじゃねえのかとかうっせえ黙れとか、そういう言葉と拳のアンハッピーセットがぶっ飛んでくるものだと思って身構えていたのに。

「ったく、オマエ大人しそうな顔して、無茶苦茶言いやがんな——気に入ったぜ、淋代」

何か気に入られてしまった。

「そ、そうか。まあわかってくれたのならなによりだ。早く逃げて——」

「え？」

「『え？』」

なんでそこで首を傾《かし》げるのか。

「……この後どうするつもりだ？」

「そりゃ、校舎に戻ってさっきの続きをだな」

「おい待たんかい。そこは『オマエの気概《きがい》に免じてここは退《ひ》いてやらぁ』みたいな展開になるだろうが普通」

「嫌だよ。オレ戦いてーもん」

…………………

「さっきまでの感情のぶつけ合いは何だったんだよ！」

なけなしの勇気振り絞《しぼ》った結果、話が振り出しに戻った？　納得できるかそんなの！

「そりゃオメー、互いの理解が深まったってことだろうよ。ま、オレのやることは変わんねーけど」

「意味ないんだよそれじゃあさあ！」

絶叫した瞬間、重々しい音と共に、俺たちの体が僅かに浮き上がった。

弾《はじ》かれるように振り向くと、そこにいたのは先程小野寺をぶっ飛ばしたデカブツキャンサーの巨軀。

着地の余波《よは》か、足元のアスファルトには亀裂《きれつ》が走っていた。

「そっちからやって来てくれるたぁ嬉《うれ》しいねえ。そんなにオレが恋しかったのか？」

小野寺の挑発的な言葉に、デカブツは必殺の拳を返した。

「やっべ！」

小野寺は俺を抱えて跳躍《ちょうやく》。拳が沈み込み、アスファルトが爆発したかのように弾け飛ぶ。

その光景を目《ま》の当たりにしつつ、充分な距離を取って着地した小野寺は唇《くちびる》を舐《な》めた。

「はっ、やっぱすげえ力だぜ。んじゃまあ、リベンジマッチといきますか！」

あれだけの怪力を目にしたというのに、小野寺はまるで逃げようとしない。

変わらず嬉々《きき》として突っ込もうとしている。

俺がどう言ったって彼女を止めることはできない。

ならせめて、小野寺があの怪物を倒せるように何かできることはないのか？

我ながらとんだ無茶な思考だった。けど実際それしか可能性がないのだからどうしようもない。

この状況は限りなく詰んでいる。

何とかするには——とにかく力が必要だ。

それも生半可《なまはんか》なものじゃだめだ。

絶望を根拠もなくひっくり返すような——そんな、魔法みたいな力が。

「——!?」

そう思ったとき、体内に熱が灯《とも》った。

じんわりと暖かいなんて生易《なまやさ》しいものじゃない。

胃の中に焼きごてが瞬間移動したような、そんなシャレにならない熱さ。

悲鳴を上げようとした瞬間、その熱源と思《おぼ》しき光体が腹の中から飛び出してきた。

「なんだこれ……？」

光の中央には、小さな輪がゆっくりと回っている。

多分スルーズと関係があるやつなんだろうけど、俺には何が何だかさっぱりだ。

「よっと」

その小さな輪を躊躇《ためら》いなく左手で掴《つか》んだ奴がいた。

誰なのかは最早《もはや》問うまでもない。

「お、おい。大丈夫なのかよ!?」

「いやーなんかコレ、こうするのが正解って気がしたんだよな」

「そんなアバウトな——え？」

小野寺の左手——その薬指に指輪が出現したのだ。

シルバーのアームに赤い宝石がはめ込まれているシンプルなデザイン。

それと同時に、俺の中で何かが繋《つな》がったような、妙な感覚があった。

あの回る小さな輪と同じサイズ——つまりあれは指輪だったってことか。

「おお、エンゲージリングかよ。こんな場所で求婚たぁ、随分《ずいぶん》と味な真似《まね》するじゃねえか」

「きゅうこ!?　いやいや全然そんなつもりないから！」

確かに左手の薬指に指輪ってそーゆー意味にも取れるっていうかそーゆー意味にしかとれないけども！

「ひっひっひ、まぁ弁解は後で聞いてやるよ——まずは、あいつをぶっ潰さねえとなぁ！」

言って、小野寺はキャンサーに向かって駆けだした。

「おい待てって……！」

小野寺は獰猛《どうもう》に笑い、拳を振り上げる。

指輪が赤く輝いた。

その瞬間――バキンと、いやに固い音と共に、小野寺が視界から消えた。

キャンサーに殴られた小野寺の体が、人形のように吹き飛んで、駐車していた自動車に突っ込む。

轟音と共に、車は爆発炎上した。

「小野寺――！」

叫んでも、返事はない。

死んでしまったのか。こんなにも呆気なく？

「……違う」

……それはない。この状況で死ぬなんてあり得ない。

だってまだ、切れていない。

何が切れていないのかは自分でもわからないが、その繋がりが健在である以上、小野寺はまだ生きている。絶対に。

やがて、燃える車の中から這い出てくるものがあった。

俺の目が正常に機能しているのならば、それは確かに人の形をしていた。

だが、その全身は火に覆《おお》われている。

どう考えても死から逃れることは不可能に思われたが、しかしソレは立ち上がり、確かな足取りでこちらに向かってくる。

致死量の熱にもがくこともなく、肌《はだ》を焼かれる痛みに泣き叫ぶこともなく、ただただ堂々と、そして不敵に。

「――」

火達磨《ひだるま》は歩みを止め、炎を纏《まと》った手を眺《なが》めた。

己《おのれ》に纏わりつく灼熱《しゃくねつ》の外套《がいとう》を引きちぎるかのように、腕を振り払う。

炎は一瞬でかき消え――その全容が、俺の視界に飛び込んできた。

立っていたのは、やはり小野寺だった。

生存を確認できた喜びもつかの間、さらなる驚愕《きょうがく》に感情が塗りつぶされる。

「変わった……!?」

あまりにもそのままの感想が、口からこぼれ出た。

メッシュが入った黒髪は長く伸びていた。

ボロボロの制服はフリフリのコスチュームに。

深紅《しんく》の宝石がはめ込まれた指輪は、先程よりも輝きを増している。

徹頭徹尾《てっとうてつび》現実感のない姿に小野寺は変化――否《いな》、変身していた。

その姿は、まるで――

「魔法少女……？」

フリフリのコスチュームを着て、ステッキから極太ビームをぶっ放すキュートでパワフルな女の子たち（時々例外アリ）。

コスチュームのデザインは魔法少女らしいオーソドックスなものだが、その色は往年のモノクロ写真風に加工したようだった。

もしくは燃え尽きて残った灰《はい》のような……そんな印象を俺は抱いた。

そこにあるべき色は燃えるような赤で、今の色は何かの手違いなんじゃないかと、なんとなく思った。しかしこれ以上の長考は危険だ。

俺たちはいつの間にか、影を立体化したような怪物の集団に取り囲まれていた。

その数は二十を超えている。

こうして見るとこのタイプのキャンサーは、どこか悪の組織の戦闘員くさい。

しかしコミカルな感じは殆《ほとん》どなく（というか、この手の御本家様もシャレにならないくらい恐ろしいんだけど）、ただただ無機質な死の軍団だ。

キャンサーのうち一体が、刃に変えた腕を構え、襲いかかる。

瞬間、大気が千切《ちぎ》れた。

小野寺の拳が、戦闘員の顔面に炸裂《さくれつ》。

水風船が割れたように、液体化した肉体がばしゃりと飛び散り、やがて蒸発して消滅する。

たった、一撃。

今までどれだけ殴っても倒すことができなかったキャンサーを、小野寺は一撃で破壊してみせた。

ニイッと獰猛な笑みを浮かべ、右手を添えて首をゴキリと鳴らす。

それを皮切りに、他のキャンサーたちも次々と小野寺に襲いかかる。

拳が唸《うな》る。

脚《あし》が吼《ほ》える。

その度《たび》に黒い飛沫が周囲に撒《ま》き散らされ、ひび割れた校舎が不格好なカンバスのようだった。

小野寺もそれに染まりながら、まるで意に介《かい》している様子はない。むしろそれすら、心地よいとばかりにさらに口元を吊《つ》り上げる。

暴風を無理矢理人の形に押し込めたような、そんな戦闘スタイル。

「あいつ、無茶苦茶だ……」

そう言いながらも、俺はその戦いから目を逸《そ》らすことができなかった。

戦闘員キャンサーは、数分と保《も》たずに殲滅《せんめつ》された。

振り向いた小野寺の瞳が、俺を射貫《いぬ》く。

「っ……」

もしや新たなターゲットとして見定められたのか——と身をすくませたが、

「どーしたよ。鳩《はと》がガドリング食らったような顔してよー」

にっと、人を食ったような笑みに、それが杞憂《きゆう》であったことを理解する。

「そんな物騒なモノ食らったら、顔どころか全身残らないだろ。ていうか、本当に小野寺……なんだよな？」

「おいおい、この超絶弩級ハイパー美少女、小野寺火怜ちゃんの姿を見間違えるってのかい？」

あ、本物だわコレ。

「いや、見間違えたっていうか見違えたっていうか……」

「あの時はマジで死んだと思ったけどよー、オレって思った以上に耐久性高いみてーだわ。ま、焼け死ぬのは世界一最悪な死に方だからよかったけどよ」

おかしい。どこか会話が嚙み合わない。

「……その姿、気づいてないのか？」

「あ？　安心しろって火はとっくに消えてるっつーの——ってなんじゃこりゃあああああああ!?」

指摘《してき》されて、小野寺はようやく自身の変化に気づいた。

「おい淋代どういうこった？　オレのカッコ、すっげえ可愛いことになってるじゃねえか！　可愛いに可愛いが合わさってとんでもないことになってやがるぜ！　まるで鰹出汁《かつおだし》と昆布《こんぶ》出汁を合わせた時みてーによォー！」

自己申告はいただけないが、間違ってはいないので困る。あと例《たと》えが微妙にわかりにくい。

「よく気づかずにあいつらと戦えたな……」

「なーんかいけそうな気がしたんだよな。で、いけた」

「さいでございますか」

いけた、というかほぼ圧勝だった。

今まで手こずっていたのが嘘のように、小野寺はこの場にいたキャンサーを壊滅させた。

これが魔法少女（多分）の力だと言うのならば、あのキャンサーだって——

瞬間、俺たちに向かって瓦礫が投擲された。

「っと危ねえ！」

会長の命を容赦なく奪った攻撃を、小野寺は回し蹴りで粉砕《ふんさい》してみせた。

やはり、身体能力が尋常《じんじょう》ではなくなっている。

瓦礫を飛ばしてきたのは、言うまでもなく巨腕のキャンサー。今までは静観していたが、戦闘員が全滅したことで再び動き出したのだ。

「よおデカブツ。今度こそリターンマッチだ、かかってこいよ」

既に何度もコテンパンにされているというのに、小野寺は余裕綽々《しゃくしゃく》の笑みを崩そうともしない。新しく手に入れた力で調子づいている——わけではなさそうだ。

仮に魔法少女に変身していなかったとしても、彼女は同じように挑発しただろう。

今度こそ粉砕せんと巨大キャンサーが拳を叩き込む。

小野寺はそれを、正拳突《せいけんづ》きで受け止めた。

拳と拳の衝突。

両者共に一歩も引かず、発生した衝撃が周囲を容赦なく蹂躙する。俺も吹き飛ばされないように宙を踏みしめる。なんとも奇妙な感覚だけどそうとしか表現しようがないのだ。

衝突はそれだけでは終わらない。叩き潰さんとする巨大キャンサーの拳とそれを阻《はば》む火怜の拳。

十合《ごう》、二十合と打《ぶ》つかり合う。そして数えるのも億劫《おっくう》になって来た頃、沈黙を続けていた天秤《てんびん》が傾いた。

砕けたのは、キャンサーの拳だった。何十合という衝突に、ついに耐えきれなかったのだ。

小野寺の口角が吊り上がる。

「純粋なパワーじゃこっちが上か。アンタの専売特許、オレが奪っちまったらしいぜ――――！」

その挑発に乗せられたわけではあるまいが、単純な技の打つけ合いは終わりとばかりに、巨大キャンサーはその巨腕を縦横無尽《じゅうおうむじん》に振り回す。

あの巨腕を最大限に活《い》かすには、殴るよりも薙ぎ払う方が効果的だ。

しかも腕を振るう度に巻き込まれた瓦礫やアスファルトが追撃《ついげき》するように小野寺を襲う。

それでも小野寺は口元の笑みを絶やさずに、ある時は避《よ》け、ある時は叩き落とす。

彼女も、無傷というわけではない。

両手の拳からは血が流れているし、魔法少女に変身する前に受けた傷もそのままだ。

――だが、止まらない。

傷程度で、小野寺火怜は止まらない――――！

「ツラァ！」

小野寺の拳がキャンサーの腹部に突き刺さる。

巨大キャンサーの肉体に波紋《はもん》が広がり、ぐらりとその巨体が揺れた。目にも留まらぬ拳のラッシュが、容赦なくキャンサーの肉体に沈んでいく。

今までの小野寺も、戦闘力やセンスは決して低くなかった。しかし、それはあくまで人間としての範疇《はんちゅう》に収まったものであり、異形の人外であるキャンサーを倒すまでには至らなかった。

が、今の小野寺は力を得た。

魔法少女という力を。

その力をもってすれば、小野寺は圧倒的有利に勝負を進めることができる。

「ぶっ飛びやがれ！」

一際《ひときわ》大きく振りかぶって叩き込まれた一撃に、キャンサーの脚は地面を離れ、校舎を貫《つらぬ》き
――校庭までぶっ飛んだ。土煙《つちけむり》が晴れて、穴の向こう側に覗《のぞ》くキャンサーはボロボロになっているが、致命傷には至っていないようだった。

「Hey, is that all?《よお、これで終わりか？》」

自分で開けた校舎のトンネルを、小野寺は悠然《ゆうぜん》とした足取りで歩いて行く。

「Vous ne pouvez pas encore vous reposer《生憎と、休むにはまだ早いぜ》」

その瞳は、さながら血に飢えた獣《けもの》――

「ロドドダボギロゲゼ。ゲゲルパザジラダダバシザ《もっと楽しもうぜ。ゲームは始まったばかりだ》」

――いや、違う。彼らはあくまで命を繋ぐために獲物《えもの》を狩る。けどこいつは、ただ戦いたい

から戦っている。行動こそ同じだが、そのあり方はあまりにも異質。

　小野寺火怜は捕食者ではない。殺戮者だ。

「……ちなみに何語だそれ」

　最初のは英語ってわかったけど、後の二つはサッパリだ。

「日本語わからないかもって色々喋《しゃべ》ってみたんだけど、やっぱ通じてねぇみてーだな……ま、通じようが通じまいがぶっ倒すってことに変わりはねーけど――！」

　言うや否《いな》や、小野寺は一気にキャンサーへと肉薄し、胴体へ飛びつく。ヒビが入った装甲《そうこう》を力任せに引きちぎると、その中には筋組織《きんそしき》のような、戦闘員キャンサーと同様のボディがあった。

　がぱっと開いた口から、鋭利《えいり》な犬歯を覗かせ、小野寺はキャンサーに迷いなくかぶりついた。

「んな――!?」

　あいつマジで何やってんだ!?

　行き当たりばったりの嚙みつき攻撃――だったらどんなによかっただろう。

　だがあいつの行動がそんな生温《なまぬる》いわけがない。

　俺の動揺など知ったことかとばかりに、小野寺は吸血鬼よろしく歯を突き立てている。

　これは巨大キャンサーも予想外の事態だったのか、懸命に小野寺を振り落とさんと体を揺らす。

　一番手っ取り早いのはその腕で殴り飛ばすことなんだろうが、その長く巨大な腕では自分の胴体に張り付く小野寺を攻撃することは不可能だった。

ギチミチという音を立てながら、小野寺はキャンサーの体の一部を食いちぎり、その場から離脱。そしてそれを咀嚼《そしゃく》し――飲み込んだ。

「うえ、まっず……」

小野寺はげんなりとした表情で、うげっと舌を出した。

「お、おい。それ食って大丈夫なのか？」

「あー、青汁《あおじる》でじっくり下味をつけた豚肉《ぶたにく》を口いっぱいに放り込んだ感じだ。超ゲロマズ」

「へぇ意外に柔らかいのか……って味とか触感の問題じゃなくてね!?」

目の前の敵はどう考えても食用じゃない。というか、どう考えても食あたりを起こしてしまいそうな見た目だが――

「よくわかんねぇけど、わかるんだよ。足りないから、補えってな」

中腰になり、構えを取る。

赤い炎の揺らめきが小野寺の足に灯った。

灰色だった脚部のコスチュームが、本来の色を取り戻すかのように赤く染まっていく。

間違いない。この炎こそが、小野寺の切り札であり、標的を必ず破壊すると言わんばかりの、明確な殺意が具現化《ぐげんか》したもの。

その赤い揺らめきが、確実に己の脅威《きょうい》になるとあちらも判断したのだろう。キャンサーは破壊された拳を振り上げながら、小野寺に向かって突貫《とっかん》していく。だが、もう遅かった。

「ハァ！」

跳躍。

「おりゃあぁぁぁぁぁぁぁぁぁぁぁぁぁぁぁぁぁ！」

空中で右脚を突き出した瞬間、炎が一際激しく燃え上がる。

破滅の炎を纏った跳び蹴りは、キャンサーの腕を完全に破壊し、胴体に突き刺さった。

凄《すさ》まじい衝撃と共に、キャンサーの巨体は為《な》す術《すべ》もなく吹っ飛ぶ。

一方小野寺は蹴りの反動で逆宙返りを決め、着地。

よろよろと立ち上がったキャンサーの胸元には、蹴りが叩き込まれた痕跡《こんせき》が足形として残り、その部分が赤熱化している。

再び拳を振り上げようとしても、両腕は既に存在しない。

この世界を蹂躙《じゅうりん》するという奴の存在意義は、既に消失していた。

異世界から派遣され、暴虐《ぼうぎゃく》の限りを尽くしてきた怪物は、さらにその上をいく怪物の一撃によって、その体を爆散させた。


「終わった、のか？」

どこも破壊されていない校庭のど真ん中で、俺は呆然《ぼうぜん》と呟いた。

小野寺が繰り出したキックによって、キャンサーは木っ端微塵《こっぱみじん》になった。

その時に放たれた光に包み込まれ、街中が時間を巻き戻すように修復されていったのだ。犠牲《ぎせい》になった人々も例外ではなく、キャンサーを倒して三分も経《た》ったときには、何事もなかったかのように、街は元の喧噪《けんそう》を、日常を取り戻していた。

目の前の校舎では、いつも通り授業が行われているのだろう。

今までのことは全て夢だったんじゃないか——なんてことは、到底《とうてい》思えなかった。

破壊された学校。胸焼けするほど濃密な血の臭いと死の空気。そしてそれらを文字通りぶっ飛ばした、灰色の魔法少女——……

言語化してみたらどいつもこいつも現実離れしているにも程があるのだけど、夢にしてはあまりにも生々《なまなま》しかった。

念のため近くにいる小野寺に一発ぶん殴ってくれと頼んだ。二百メートルほど吹っ飛ばされて、やはりこれが現実なのだということが理解できた。

つーかあいつ、ストレートとかマジで遠慮しないのな。普通こういうときはジャブだろ。

「しっかし本当に元に戻っちまうんだな。こんなんだったらもう少し暴れとくんだったぜ」

と、俺を遠慮なくぶん殴った張本人は、そう言いながらも満足そうに口笛を吹いた。

小野寺も魔法少女のコスチュームから元の制服に戻っていた。

「もう少しって、校舎丸ごとぶっ壊す気かよ……ていうか、体は大丈夫なのか?」

その証拠に、小野寺の体は未《いま》だに切り傷だらけ痣《さんげき》だらけで、かなり痛々しい。

彼女の体に刻《きざ》まれた傷が、記憶以外で今までの惨劇を裏付ける唯一のものになっていた。

「これくらいどうってことねぇよ。それに、何故か不思議と痛くねえんだな、コレが」

「それすぐに死ぬからって神経が仕事放棄《ほうき》してるやつじゃないのか!?」

「冗談だって。痛《いて》えのは痛えけど、動けないってわけじゃねえし……でもま、今日はサボるか」

「即決だな」

「世界守ったんだぜ？　それくらいセンセーが許さなくたって神様が許してくれんだろ」

世界、か。世界を脅《おびや》かす侵略者も、世界を守る魔法少女も、それを支える（時々陥《おとしい》れる）妖精も、液晶の向こう側の存在だと思っていた。

けれど、キャンサーは人間を殺し、魔法少女はキャンサーを殺し、俺は——なんかふよふよと魔法少女の隣にいる。

スルーズは任務でこの世界に来たと言っていたけど、魔法少女と契約することが目的ならばこのビジュアルも納得だ。

「……がっつり巻き込んじゃったな。ごめん」

「謝んなよ。力をくれたのはオマエだけど、戦うって決めたのはオレなんだぜ？」

そう言って、小野寺は俺に向かって手を差し出す。

「握手だよ。あーくーしゅ。これから一緒に戦ってくんだろ？」

「これからって、まさかまた戦うつもりなのか？　あれだけ何度も死にかけたのに？」

「たりめーだろ。アレが最後の一匹だとも思えねーし……こんな面白《おもしれ》ぇ力、ホイホイ手放してたまるか」

「……そこは建前でも、みんなに笑顔でいてほしいとか世界を守りたいからとか言っとけよ」

戦闘スタイルは結構ヒーローっぽいんだからさ（捕食攻撃は除く）。

「もちろんそーゆーことも考えてるぜ？　一厘《りん》くらい」

「九割九分九厘は戦うことか？」

「イェース」

……まったく、こいつのことはなかなか理解できそうにない。

一緒に戦っていくようになれば少しずつわかるようになるんだろうけど……それは朱《しゅ》に交われば赤くなるとやら的なことじゃないだろうか。

異性と握手というのは小っ恥ずかしいものがあるが、こっちだけ恥ずかしがっている方がマヌケなので、ええいままよと手を伸ばすと、小野寺の手がそれを優しく包み込んだ。

「それじゃ、よろしく」

「おう、よろしくな」

このもちもちボディに小野寺と並び立てるだけの力があるかわからないけど、一緒に戦おうと言われたのだ。巻き込んでしまった分、その期待には応《こた》えないとな。

取り返しのつかない地獄を取り返しのつくことにした俺たちは、互いに口角をにっと吊り上げた。

「ところでこの指輪の件について詳《くわ》しく」

「そこは全力でスルーしてくれないかお願いだから」

第二話　ザ・スペクター

MAHOUSHOUJO SQUAD

キャンサー――コードネーム〈ライオットウィール〉の姿を見た奴《やつ》の大半は、『殺人バイク』なんて物騒《ぶっそう》なワードが頭に思い浮かぶだろう。

ライオットウィールは確かにバイクの形状をしている。が、大きさは普通の大型バイクの倍以上もあり、装飾品らしき刺々《とげとげ》しく攻撃的な装甲《そうこう》が付けられていた。

装甲以外は全《すべ》て、影を塗り固めたような黒に染まっているが、心臓部であるコアは恐らくヘッドライトに該当《がいとう》する部位にあるのだろう。

その異様な姿こそが、この世界の産物ではなく異世界から派遣《はけん》されてきた破壊兵器である証左だった。

ミサイルや大砲といった目に見えて兵器とわかる物は一切付けられていない。

このライオットウィールそのものが疾走《しっそう》する弾丸であり、衝突した対象を木《こ》っ端微塵《ぱみじん》に破壊する。

一度この世界に顕現《けんげん》すれば、破壊を撒《ま》き散らしながら心ゆくまで暴走する――そのような運用方法でライオットウィールは造《つく》られたのだろう。

この異形《いぎょう》を止められる者はいない。

「待ちやがれぇええええええええええええええええええ！」

……と、言いたかったんだが、世の中、例外と反例は山のように存在するもので、魔法少女もその一つだったりする。

ズダダダダダと、足が地に触れる度《たび》にアスファルトが破壊されていく。

小野寺火怜《おのでらかれん》は走っていた。

自転車でもバイクでも電動スクーターでもなく、自身の脚《あし》で、だ。

時速三百キロオーバー（多分）で爆走するバイクにダッシュで追いすがる魔法少女という、風邪を引いたときに見る悪夢のような珍妙《ちんみょう》な光景がそこにあった。

だがしかし、これは現実。

仮にキャンサーに感情というものがあるならば、思いっきり引きつっていたかもしれなかった。

えぐり取るように地面を蹴《け》り、加速。小野寺は一気にキャンサーを追い抜いた。

百メートル程差をつけたところで靴の踵《かかと》をアンカーのように地面に突き立て、アスファルトを粉砕《ふんさい》しながら急停止。

「うえっ、相変わらずマズッ……いつ食っても新鮮にマズいとか救えねえな」

追い抜きざまに食いちぎっていたキャンサーの破片を胃に収めながら、小野寺はうげっと舌《した》を出した。だが、これで準備は整った。

右脚が炎で赤く染まる。

ライオットウィールは、砲弾の如《ごと》き勢いで小野寺に向かって突っ込んでいく。

「──なぁあんた。なんで車が法定速度を超えちゃいけねーか知ってるか？」

鼓膜《こまく》を震わすエンジン音のような嘶《いなな》きを意に介《かい》さず、小野寺は背を向けたままキャンサーに問うた。

キャンサーに感情や心があったならばどう答えただろう──なんて、考えるだけ無駄か。

奴にあるのはただ、目の前に立ち塞《ふさ》がる障害を轢《ひ》き殺すという殺意のみ。

キャンサーが迫っているにも拘《かか》わらず、小野寺は微動だにしない。

凄《すさ》まじい速さで距離が縮《ちぢ》まっていく。

十メートル、五メートル、二メートル、一──

瞬間、小野寺は動いた。

振り向きざまに繰り出された回し蹴《げ》りは、キャンサーの側面に食い込んでいた。

バギガキグギィっと、致命的な破砕《はさい》音が鼓膜を引っ掻《か》く。

その一撃で、内部構造が致命的なダメージを負ったのがわかった。

吹っ飛ばされたキャンサーは三度ほどアスファルトをバウンドし、最終的には既《すで》に崩壊《ほうかい》寸前のコンビニに突っ込んだ。

「──答えは、事故った時に滅茶苦茶ヤべぇことになるから、だぜ！」

次の瞬間、目も眩《くら》むような大爆発と共に、そこから発生した青色の光が、街を包み込んだ。

その様《さま》を見届けた小野寺は汗《あせ》を拭《ぬぐ》って一言。

「ふう、今日も世界を救っちまったぜ」

「こんな背景じゃ説得力ねーよ」

これまでずっと彼女の背中になんとかへばりついていた俺は、声に疲弊《ひへい》の色を滲《にじ》ませつつ当社比八割減のツッコミを入れた。俺たちの周囲は、瓦礫《がれき》まみれの酷《ひど》い有様《ありさま》だった。

テレビでたまに見る紛争地域のことを思い浮かべてほしい。あれと寸分違《たが》わぬ光景だ。見知っている街である分、痛ましさはそれ以上かもしれない。

魔法少女とキャンサーの戦いが終わる頃には、どのような場所であれ、これと似たり寄ったりの光景が広がることになる。

救いがあるとすれば、魔法少女は〈リセット〉という力を持っていることだ。

俺にも詳《くわ》しいことはさっぱりだが、体感としては魔法少女が敵を倒すと、そいつらの干渉《かんしょう》が起こらなかったことにして事象を書き換えられるらしい。

まあつまるところ、キャンサーにもたらされた悲劇はリセットで全《すべ》てチャラになるってことだ。

街が木っ端微塵に破壊されようが人が何百人と殺されようが、魔法少女が勝てば無問題《モーマンタイ》……と、明確に割り切れるわけじゃないけど、本来取り返しがつかないことがつくようになることは大きい。

この辺ばかりはさすが魔法少女と言うべきか。ついでに魔法少女自身がやらかした被害もリセットでなかったことになるのだが——それに味を占めた小野寺のせいで、いつも怪獣が暴れ回った後みたいになるのがお約束になっている。

「細かいことは気にすんなって、倒しちまえば後はどうにでもなんだろ?」

はっはっは、と笑っている大怪獣カレン。

戦いのこととなると周りが見えなくなる彼女と、リセットの相性は抜群《ばつぐん》であるのは間違いないのだが——一応『正義の味方』って触れ込みの魔法少女としてはどうなんだ?

まあ、お仕事もののドラマと現実が違うのと同じで、魔法少女とは本来そんなものなのかもしれない。

「……まあ何はともあれ。お疲れ、小野寺」

「おう」

ぱんと、俺たちはハイタッチした。


さて、基本的にアニメやライトノベルでは、学校の屋上が開放されているのが一般的だ。

大空の下《もと》、愉快《ゆかい》な登場人物たちが昼食を食べたり敵と戦ったりするといったドラマに欠かせない定番の場所……だが、現実は無情で大半の学校では立入禁止になっている。

俺たちが通う水浜《みなはま》第二高校も例外ではなく、当たり前のように封鎖《ふうさ》されているのはご存じの通り。

俺も二次元の世界を嗜《たしな》む者として、その場所に興味がないではなかったが、校則を破ってまで侵入しようとは思っていなかった。

ところがどっこい、先日鍵《かぎ》が壊れていたので気まぐれで入ったのが運の尽き。

謎の光体に細胞一つ残らず吹っ飛ばされて死を迎えた。

どう考えても罪と罰が釣り合っていない。

ともあれ、他の生徒も大半は俺と同じく屋上に興味こそ示せど、無理矢理入ってやろうとは思っていなかったのだが、何事にも例外はある。

なぜか偶然たまたま、屋上の鍵が壊れていることを知り、これ幸いとばかりに、そこを休み時間の拠点にしてしまった生徒というのもまた存在するのだ。（定期的に掃除までする徹底ぶりだ）

誰かって？　まあ、もったいぶるまでもなく小野寺なんだけどな。

下手人《げしゆにん》曰《いわ》く、『なんかガチャガチャやったら開いた』とのこと。

それを世間《せけん》一般ではぶっ壊したというのだ。

そんな俺のツッコミは意に介さず、今日も小野寺は雲一つない青空の下、弁当に舌鼓《したづつみ》を打っていた。

「やっぱ作ったヤツの腕がいいんだな。さすがオレだ」

清々《すがすが》しいまでの自画自賛《じがじさん》だった。

「淋代《さびしろ》も早く食えよ。今日の出来はいつも以上だぜ」

毎度同じようなこと言ってるので、小野寺の「いつも」とはどれくらいの塩梅《あんばい》なのかちっともわからない。

「ちょっと待ってくれ。あと少しだから」

そう言いながら、シャープペンシルを走らせる。

ノートに書いているのは、今まで戦ったキャンサーの情報だ。

簡単なスケッチ（画力は聞かないでくれ）に、ステータスや攻撃パターン、弱点部位などをできるだけ詳細《しょうさい》に記している。

ちなみに今日戦ったキャンサーの名前はライオットウィールだが、これは小野寺の命名である。

小野寺は新しいキャンサーが出現すると、そいつに名前を付けるのだ。最初に戦ったキャンサーは〈ビッグフィスト〉と名付けられている。

『あいつは――ビッグフィストだな。よし決定』

『ビッグフィスト？　まあ、確かに巨大《ビッグ》な拳《フィスト》ではあったな』

『未確認生物にビッグフットってゴリラの親戚《しんせき》みたいなのがいんだろ？　アイツはでっかい足跡からそう命名されたんだ。ゴリラっぽいのはあのデカブツも一緒だし、それにかけてるっつーわけだ。オーケイ？』

『あんな殺戮《さつりく》兵器と一緒にされる未確認生物が不憫《ふびん》だけど、いいんじゃないか？』

『淋代はさしずめモチモチフライ《飛ぶモチモチ》ってとこか』

『揚《あ》げ物みたいだから却下』

……とまあ、キャンサーの名前を決める際にこんなやり取りがあったのだがそれはさておき。一度戦ったキャンサーの同族が出現することもある（実際ビッグフィストはこれまで二回戦った）ので、データを残しておくのは結構有効なのだ。忘れないうちに書いておかないと。

「んだよ淋代。オレの料理よりノートにご執心かい？」

が、どうもそれがお気に召さないらしく、小野寺は頰《ほお》を膨《ふく》らませている。

「これくらいしか、小野寺をサポートできないからな。やれることはやっておかないと」

小野寺がキャンサーと戦っているときは、俺はほぼ何もできない。耐久力は無駄にあるが、キャンサーを倒すなんて夢のまた夢。

一緒に世界を守るといっても、それこそ九割九分九厘《りん》は小野寺の力だ。だからせめて、後方支援だけでも役に立とうというわけ。

「ったく、またそれかよ。どうもおまえは考えすぎていけねーな。役に立つとか立たねーとか、どうだっていいだろ、そんなん」

「考えることは悪いことじゃないだろ。考えなしに突っ込んで痛い目を見るのはゴメンだからな」

「下手な考えに縛《しば》られちまったら逆効果だっての。たまにはドカーンとやっちまった方がいいこともあるさ。むしろ、そっちの方がいいまであるぜ」

ははは と小野寺は能天気に笑っている。

この負担の不均衡《ふきんこう》をコイツは全く気にしていないわけだが、俺は気になるのだどうしても。

「そういや、例の件はどうなってんだ?」

聞かれて、俺は力なく首を振った。

その『例の件』とは何か。

ここで説明をするよりも実際に俺とスルーズの会話を聞いた方が手っ取り早い。

というわけで、その時の記憶をプレイバック。


「失敗した」

唐突《とうとつ》に、俺は見覚えのある空間にいた。

そして目の前にいるのは、やはり白いもちもち——現在俺が動かしている肉体の本来の持ち主のスルーズだ。とはいえ、現実で俺が動かす体と、ここで見るスルーズの姿は少し違う。本来のスルーズはどんな生物かピンとこないが、一体化した状態は凄くキツネっぽい。何でこうなったのかは知らないが、こんなビジュアルで「僕と契約して魔法少女になってよ!」と言っても二の足を踏まれそうだ。何か化かされるんじゃあないかと身構えられても文句は言えない。

「相変わらずいきなり本題に入るんだな、おまえ」

「言語とは情報を相手に伝えるためのものだ。故《ゆえ》に、重要な情報を最優先で伝えるべきだと判断した」

「その重要な情報っていうのが、『失敗した』?」

「そうだ。私と淋代空白《くうはく》の融合《ゆうごう》は失敗した。私が肉体の主導権を握れなくなっている」

心当たりがあったというか心当たりしかなかった。この体で生活を始めて数日経《た》ったが、肉体を動かしているのは俺一人だけだった。

当初から『任務』とやらを進める時には、肉体の主導権はスルーズに切り替わると説明を受けていた。

が、キャンサーが暴れても一向にその気配がなく、結局俺と小野寺で対処している。

「そう言えば、一体化する前に失敗するかもって言ってたよな。その万が一を引いたってことか……一応聞いとくけど、失敗の原因は？」

「これが初めての試《こころ》みだったのだ。形態変化も想定の範囲外だが、些末な問題である」

「……」

悪びれる様子もなく（声音《こわね》がまるで変わってないからそう思うのだろうか？）、スルーズは言った。外見が変わるのは些末な問題か疑問だけど、当人がそう言うなら問題ないか……？

「我々ワルキューレは高次の生命体。次元が低い生命体と肉体を共有する技術はあるが動機はない。故に、今までやってこなかった」

「へいへい、次元が低くて悪ぅございましたね」

「卑下《ひげ》することはない。どんな劣等種であろうと存在してはならないという道理はない」

「なんでおまえが慰《なぐさ》める感じになってんの？　色々ボロクソ言ったのそっちだよね？」

「誹謗《ひぼう》も中傷もしていない。極《きわ》めて客観的に我らの生命としての格を見定めただけだが」

よーし落ち着け淋代空白。ここで相手をぶん殴っても何の解決にもならないし話が進まない。

クールだ。クールにいくのだ。

「……つまりずっと音信不通だったのも失敗したことが原因だって言いたいのか？」

「そうだ。肉体の主導権どころか淋代空白の魂《たましい》にコンタクトを取るのも困難を極めた。今回やっと夢に干渉することで可能にしたのだが、それでも不安定なのが実情だ」

確かにスルーズの体は時折ノイズのようなものが走っている。

「それはわかったけど、今までおまえ何してたんだよ」

「淋代空白の肉体を修復していた」

どさくさに紛《まぎ》れて約束を反故《ほご》にされないか心配だったが、ちゃんと進めてくれているらしい。

「しかし、再構成してわかったが、おまえたちの体はなかなかに複雑だな」

「複雑って、おまえたちの体もそんなもんじゃないのか？」

「我らワルキューレの肉体は魔力で編み上げられたものだ。だがおまえたちは酸素炭素水素窒《ちっ》素《そ》カルシウムリン硫黄《いおう》カリウムナトリウム塩素マグネシウム鉄フッ素ケイ素……」

「あーもうわかった。量が多いってことはとにかくわかった」

人体錬成《れんせい》でもする気かよ——ってまんま人体錬成だこれ。

「生成すべきものが多すぎる。さらにそこから骨格や内臓……生命の次元のわりに中身が複雑すぎる」

相変わらず平坦《へいたん》な声音だが、少しだけうんざりしたような気配を感じた。

「ま、そこは諦《あきら》めてくれ。おまえがミスらなきゃこんなことになってないんだし。俺もおまえの任務を代行してるんだからな」

「私が淋代空白に任務の詳細を説明した記憶は保存されていない」

「説明されてなくても、成り行きみたいなものでさ。この世界の人間と契約して、魔法少女としてキャンサーと戦わせる。それがおまえの任務なんだろ？」

俺たちの世界は今、エテルネルという異世界の生命体に侵略を受けている。

いきなりそんなことを言われても、普段なら冗談よせよＨＡＨＡＨＡとアメリカンに笑い飛ばしていただろうが、俺の場合はそんな暇《ひま》なく現実としてその情報を叩《たた》き込まれた。

アレは、間違いなく侵略だった。アニメや漫画では最早《もはや》クラシックな赴《おもむ》きすらある侵略者――エテルネル及びその尖兵《せんぺい》（もしくは兵器？）キャンサー。

それに対抗する存在が魔法少女で、彼女たちに力を与えサポートするのがワルキューレ。

このような認識で間違いないはずだが――

「何を勘違《かんちが》いしている。私の任務はこの世界の観測だ。ワルキューレはこれ以上この世界に干渉するつもりはない」

「ん？　ちょっと待てよ。おまえ、人間を魔法少女にする力を持ってるんだよな」

だからこそ、あんな怪獣――もとい魔法少女火怜ちゃんが爆誕したのだ。

「肯定する」

「なのに干渉しないって……ああアレか。他の文明を歪《ゆが》ませないように過度な干渉は御法度《ごはっと》ってことか？」

どこぞの赤と銀の光の戦士的なスタンスか。そうだ、きっとそれがいい。それ以外の意味があるならば——きっと、ロクなもんじゃないだろうから。

「否定する。この世界とエテルネルの世界の戦いに一切手を出さない——ということだ。私はこの戦いの結末を観測次第《しだい》、ヴァルハラへ帰還《きかん》する」

そして、嫌な予感ほど的中率が高いものはない。

「じゃあ、この世界はどうなるんだ？」

「住人の尽力次第だ。もっとも、今の戦力差では勝ち目は薄いという結論だが」

「いや……待てよ。ちょっと待てよ。なんでだよ⁉」

一体何がどうなって……ああくそっ、叩きつけられた情報があまりにも、あまりにもだ。

混乱と怒りで思ったように言葉が出て来ない。

「この世界がヤバいんだろ⁉　おまえはそれをなんとかできる力を持っているのに、見て見ぬ振りすんのかよ！」

我ながら随分《ずいぶん》な言い草だったが、こちとら自分の命どころか世界の命運丸ごとヤバい状態になっているのだ。冷静になれと言う方が無理がある。

「力を持っているからといって手を貸す道理はない」

なるほど正論だ。しかし世の中、正論ほど腹立たしいものはない。図星を突かれるのが一番ムカつくのが人間という生き物だからな。

「我々は既に一度、機会を与えている。私よりも前に一人の同胞がこの世界に派遣された。彼女はこの世界の人間と契約し、ワルキューレの再現体――いわゆる『魔法少女』を複数体生み出した」

「……ん？　ちょっと待て。その口ぶりじゃ以前から侵略はあって、魔法少女たちは戦っていたってことだよな。けどそんな記憶は一つも――」

「戦闘が終了した時点で侵略を受けた事実は書き換えられる」

そうかリセットの力があれば、覚えているも何も最初からそんなことはなかったことになる。

「……その魔法少女たちはどうなったんだよ」

「敗北した」

あっさりと、しかし俺にとっては悪夢のような事実を口にする。

敗北――それが意味するところを理解できない俺じゃない。

だってそれは、死んだってことだろ？

「一年前に魔法少女は壊滅、同胞も別の世界へ去った。これ以上この世界に魔法少女の力を与える動機も、意味もない。この世界は――既に敗北している」

「……！」

「我々が与えるのは庇護《ひご》ではない。戦うための力だ。我々の目的は、世界間の闘争におけるアンバランスを極力排除し、対等に戦わせ調和を保つことにある。力を与えた後は人間次第。我々が本格的に武力介入《かいにゅう》すればエテルネルを撃退することなど造作《ぞうさ》もない――が、意思なき勝利に意味などない」

「だから、手を貸さないって？」

「そうだ」

「じゃあ俺たちが滅びても――」

「それも一つの結末だ」

スルーズは間違ったことは言っていない。縁《えん》もゆかりもない世界をわざわざ助ける義理もないし、実際にこの世界は一度チャンスを得て、それを逃した。

だが、それで、ハイそうですかと納得できるはずがない。

別に全人類を俺が救うとか、そんな大仰《おおぎょう》な望みを抱いているわけじゃない。

けれど、あんな地獄みたいな光景が固定されて取り返しがつかないことになるなんて、絶対にゴメンだった。

だから、納得なんてしない。

「これ以上話すことがなければ、交信を切断しても構わないが」

「待った」

切られてたまるかと、俺は手で制す（今の俺には実体がないのであくまでイメージだけど）。

「……意思なき勝利に意味はないって、おまえは言ったよな」

「そうだ。勝利とは自《みずか》らの意思で摑《つか》み取ることで、初めて意味が生じる」

機械的なくせして戦いに関しては情熱的だな。戦乙女《ワルキューレ》の名は伊達《だて》じゃないってことか。

「……なら、俺がやる」

「何？」

「俺が契約を結んで魔法少女を生み出す。そして、あいつらを倒す」

「話を聞いていたのか。これ以上この世界に手を貸すのはワルキューレの掟《おきて》に反する行為だ」

「そうだな。でも今この体は俺の体でもある。おまえは言ったはずだぜ。この体を好きに使ってくれて構わないってな。この世界の人間が、使える手札《てふだ》を使ったってだけだ。何も問題はない。そうだろ!?」

スルーズが魔法少女を増やす気がさらさらないのならば、俺がやる。

幸い主導権はこっちにあるし、契約が可能なのは小野寺で証明済みだ。

問題は、この論理が自分でも屁理屈《へりくつ》極まりないと思う代物《しろもの》であることだが――世界の命運がかかっているのだ。

ロジックも屁理屈も感情論も、使えるものは全部使ってやる。

「……なるほど。それがおまえの選択か、淋代空白」

透明な視線が、俺を射貫《いぬ》く。怯《ひる》みそうになるが、こっちも負けじとスルーズを睨《にら》んだ。

「淋代空白の方針は、力こそ我々のものだが、そこに彼の意思は紛れもなく存在する、か……ふむ、確かに我々の方針と相反するものではない」

「それじゃあ……！」

「私が淋代空白の肉体を修復し終えるまでの間、その体で何をしようと淋代空白の自由だ。だが、修復が終わり次第、私は自分の任務を優先する」

よし！　と内心ガッツポーズ。これで首の皮一枚繋《つな》がった。

「ちなみに、どれくらいかかるんだ？」

それであと一時間で完成とかだったら目も当てられないけども。

「この世界の時間で言えば、一カ月はかかるだろう」

一カ月、それがタイムリミット。

長いように思えるが、期間内に世界を守る魔法少女と沢山《たくさん》契約しないといけないとなると、そう悠長《ゆうちょう》に構えてもいられない。

「現地の生命体がワルキューレの肉体で行動するのは極めてイレギュラーな事態だが、このような事態になったのは私が原因だ。問題はあるまい」

屋上の鍵をぶっ壊した下手人がいなければ、俺も蒸発《じょうはつ》することはなかったのだが、ここは黙っているのが吉だ。これでほんの僅《わず》かだが希望が見えてきた。

「他に何かあるか？」

「え？　それ以外特に……あ、待った。一つ確認しておきたいことがある」

それは世界の危機云々《うんぬん》がなかったらまず真っ先に確認しておきたいことだった。

「魔法少女に変身するための指輪があるだろ。あれってなんだってあの位置にあるんだ？」

「あの位置、とは」

正直あまり言いたくないが、具体的に言わないと話が進まないのならばやむを得ない。

「だから、薬指。それもよりによってなんで左手の薬指なんかにしたんだってこと」

しかも別の指には何故《なぜ》かはまらないという謎仕様《しよう》なのは一体どういうことなのか。

お陰様であの日以来、小野寺に何度もおちょくられるハメになったんだぞ。

ああ恥《は》ずかしい。

「この世界にはエンゲージリングという概念が存在すると、同胞からの報告にあった。契約を交わす際に使用するものだと。そして魔法少女は契約を交わすことで生まれる。特に矛盾《むじゅん》はあるまい」

「そんな理由で採用したんかい!?」

「何か違うのか？」

「大いに違わい。契約は契約でも全然毛色がちがうんだよ！」

確かに結婚とか婚約には契約という側面もあるにはあるが、だからといって高校生がつけるのは早すぎる。

「しかし一度システムに組み込んでしまったものを変更することは困難だ。そもそも形状を変える理由がない」

「そっちにはなくてもこっちにはあるんだよ！」

何度抗議しても、暖簾《のれん》に腕押し糠《ぬか》に釘《くぎ》。結局変身アイテムの変更は受け入れられなかった。

魔法少女の指輪があんなトンチキな場所にある理由は、ワルキューレのこちらの文化に対する盛大な勘違いによるものだったようだ。

以上、回想終わり。

妙に締まらない終わり方だったのはさておき、自分で世界を守ると啖呵《たんか》を切って早三日。

結果はどうなのかというと、まあ酷いもんだ。

魔法少女になるには条件があるらしく、一番わかりやすいのがワルキューレを視認できるかどうかなんだが……小野寺と契約して以降、俺は見事に『スカ』を引き続けていた。

いきなり小野寺と出会えたのは、とんでもない幸運だったのだ。

ある程度覚悟はしていたけど、そう簡単に見つかるものではないらしい。

幸か不幸か、キャンサーは水浜市近辺にしか現れない。（スルーズ曰く、この世界とエテルネルの世界を繋ぐ門の座標が丁度《ちょうど》水浜市にあるのだとか）

そのためキャンサーが出現しても、小野寺一人で対処できるのだが……やっぱり一人だと後々限界が来そうだ。

早く何とかしないと……と思っても具体的な解決案が出るわけでもなし。

ああでも、魔法少女といえば他にも気になるところが――

「むぐ!?」

思考が中断される。小野寺が、俺の口に唐揚《からあ》げを突っ込んだのだ。

そのまま飲み込むわけにもいかずむぐむぐと咀嚼《そしやく》すると、鶏肉《とりにく》とショウガのうま味が口に広がる。

昨夜揚げられた唐揚げからは、サクサクと小気味《こきみ》よい食感は失われているものの、時間をおくことで生まれるしっとり感もなかなかどうして悪くない。

「……うまい」

素直に感想を口にすると、小野寺はにっと笑ってみせた。

「だろ？　まずは食え食え。ろくに食わねえまま考えてっと、嫌なことばかり頭に浮かぶもんだ」

「確かに、そうかもな」

唐揚げを一つ胃袋に収めただけで、少しだけ曇天《どんてん》のような心持ちに晴れ間が差したような気分になるのだから、俺も大概《たいがい》単純だ。

えーい、辛気《しんき》くさいのはやめやめ。

目の前にこんなゴチソウがあるのだから、まずは集中して堪能《たんのう》せねばと箸《はし》を動かす。

ここ数日俺が口にしているのは、小野寺が作った、もしくは彼女が用意してくれたものだ。

しかもどれもこれも美味《うま》いのだからたまらない。

女子に手料理を振る舞ってもらうという、友人たちが知ればその怒りによって呪殺《じゅさつ》もされかねないオメデタイ状況になっているのは、ひとえにスルーズの体の特殊性にあった。

ワルキューレは魔法少女の資格を持つ人間以外は視認することができない。

一見何でもないような特性だが、これがとんでもない曲者《くせもの》だった。

そして、今のところ小野寺以外で資格者は見つかっていない――つまり俺の周囲の人間は魔法少女の資格を持っておらず、俺を視認できないのだ。

無論、俺の家族も例外じゃない。

キュートなもちもちに変貌《へんぼう》した長男の帰宅を認識できる者はおらず、妹の黒夢《くろむ》にいたっては兄が大切にとっておいたハーゲンダッツのストロベリー味を勝手に食べていやがった。

コイツに関してはすべてが終わった後で厳重注意の方針である。

さらに厄介《やっかい》なことに、俺は行方《ゆくえ》不明という扱いになっている。既に警察沙汰《ざた》にもなっているらしく、事態はかなり大事《おおごと》になっていた。

そんな状況で食べ物をこっそりいただくのは凄まじく気が引けるので、その日から俺は近所の公園で夜を明かすことになった。

泣きっ面《つら》に蜂《はち》とはよく言ったもので、不幸というのは次々に襲《おそ》ってくるから不幸という。

誰も俺の存在を感知できないということは、今まで当たり前のように利用できていたコンビニやスーパーで買い物することができないことを意味する。

ゴミ箱を漁《あさ》ったり、こっそりちょろまかして食料を得ることは可能だということはわかっていても、そんな度胸《どきょう》は皆無《かいむ》なのだった。

そこで俺は一大決心をした。

飲まず食わずでなんとかしようと思ったのだ。

スルーズはワルキューレのことを高次の生命体であると言っていた。

なら別に何か飲んだり食わなかったりしても大丈夫なんじゃね？　という憶測《おくそく》と偏見《へんけん》に基《もと》づいた仮説に従ってこの方針を決めた。

そして二日後、見事にぶっ倒れた。

どうやら高次の生命体でも外部からの栄養摂取《せっしゅ》からは逃れられなかったらしい。

その後、かっさかさになっていた俺は小野寺に保護されることによって事なきを得た。あの時小野寺が作ってくれた和風おじやは、十六年間の人生の中で一番うまい物だと断言できる。

で、その日から、俺は小野寺の家に居候《いそうろう》している。

はじめは一日だけお世話になって出ていくつもりだったが、

「行くアテがねーんだろ？　ならここにいろよ」

と、有り難い言葉を頂戴《ちょうだい》し、現在俺は衣食住のうち不必要な衣を除いた全てを小野寺に面倒《めんどう》見てもらっているのだ。

ひょっとして今の自分はヒで始まりモで終わる人種になっているんじゃないんだろーかと思ったりするのだが、これに関しては深く考えないようにしておく。

「日に日に、おまえにでかい借りを作っているような気がするな……」

「気にすんなよ、後で利子ごと耳を揃《そろ》えてキッチリ返してくれりゃあ問題ねぇ」

うわー、すっげえ不安。

十日で十割、とか余裕でふっかけてきそうなんだもん。

小野寺が食べている弁当の中身も俺のと変わらないが、量が少し異なる。こっちの大きさが１／１４４スケールなら、あっちは１／１００スケールだ。

それだけではとどまらず、傍《かたわ》らには、チョココロネとメロンパンが横で控《ひか》えている。デザートとのことだ。

しっかし、こいつ本当によく食べるよな。

好き嫌いなく何でも食べるので栄養バランスは整っているのだが、いかんせん摂取する絶対量が多い。あの大量の栄養分は果たしてどこに行くのだろう。

胸……では、なさそうだ。かと言ってぺったんことというわけでもなく平均、もしくはそれよりほんのちょっと小さいかなーくらいである。

しかし胸はデカけりゃいいってもんじゃない。

大切なのは大きさではなくそれ以外の体との調和――そう、バランスである。その観点からすれば小野寺は――

「なあ淋代」

「うん？」

「サンドバッグのボランティアって興味ねーか？」

「暴力系ヒロインは今時はやらないぞ」

あーゆーのは主人公がスケベ野郎だからこそ成立するのだ。まーこれだけのコトされりゃ殴るのも無理ねえわ、という説得力が必要なのである。

「うっし、問題ねーな」

「しまった墓穴《ぼけつ》を掘った。ってそうじゃない。俺は極めて健全な男子高校生であってだな――」

腕まくりする小野寺に命乞《いのちご》いする俺。

想定とは違う大ピンチ――と思った瞬間、小野寺の薬指に、指輪状の光が心臓の鼓動《こどう》のような音と共に点滅した。

それは他でもない、新たなる戦いの合図。

「……っ！」

「おっ、食後の運動にゃ丁度いいな」

戦慄《せんりつ》する俺とは対照的に、小野寺はニッと笑い、残っていたメロンパンを丸ごと口の中に突っ込んだ。

「あ、そんなに詰め込んだら喉《のど》詰まるぞ」

「ん、ん～！」

案の定、小野寺は苦しそうにどんどんと胸を叩き始めた。

「ああもう言わんこっちゃない。ほら水」

「んぐっんぐっ……ぶっへえ、サンキュー」

小野寺は湿った唇《くちびる》をぐいっと拭い、手をかざす。

光が凝縮《ぎょうしゅく》するように指輪が出現したその瞬間。

「へ？」

「あ？」

唐突《とうとつ》に、警報が止《や》んだ。

畳《たた》みかけるように、蒼《あお》い光が空を覆《おお》っていく。

キャンサーを撃破した際に発生するリセットの光。悲劇を塗りつぶす奇跡の光だ。

その光は、戦いが既に終わっていることを告げていた。それからは、ただただ穏《おだ》やかな昼の時間が流れていった。


「ったく、カイチョーは人使いが荒いからいけねぇ。生徒会長だからって善良なる一般生徒をこき使っていいって法はないっつーの」

廊下を歩きながら、小野寺はブツブツとこの場にいない先輩の愚痴《ぐち》を垂《た》れた。

さっきまで、生徒会室に溜《た》まった不要な書類の処分を手伝わされていたのだ。

「ぬぁーにがこういうときくらい貢献《こうけん》しろ、だよ。貢献しなきゃ在籍《ざいせき》しちゃいけないってか？ なわけねーだろうがよ。淋代もそう思うよな？」

「そりゃ、善良な一般生徒をこき使うのは俺もどうかと思うよ。屋上の鍵ぶっ壊して居座っている無法者を善良なる一般生徒と分類するかはすっごいビミョーだけどな」

「だーかーらー、あれはちょいとガチャガチャやったら壊れちまったんだって。事故だよ事故」

「事故だからってすべてが帳消しになるわけじゃないからな？」

少し前までだったら部活や家、もしくは駅のたまり場に向かおうとしている学生たちで賑《にぎ》わっている廊下も、生徒会の手伝いを終えた今では人影は数えるほどしかない。

日が長い初夏の空も、徐々《じょじょ》に赤くなり始めていた。

「なー、昼のアレって」

「……ああ」

小野寺の言葉に頷《うなず》く。昼間に起きたリセット――実を言うと、これが初めてのことではない。これまでもキャンサーがいる場所に向かおうとしている間に、リセットが発生したことはあった。キャンサーと戦っている途中で発生したこともある。

そして今日も、そうだ。ここまで来ればバカでもわかる。

「やっぱり魔法少女、だよな」

魔法少女たちは一年前に壊滅した――そうスルーズは言った。

そう聞いたとき俺は、魔法少女たちは全員死んだものと思っていたが……よく考えてみればおかしい。

この一年間、誰が世界を守っていたんだ？

俺たちから見れば、この世界に現れたキャンサーはビッグフィストが最初であり、それ以前にキャンサーが現れたという話は聞いてもいないし、記憶もしていない。

だが俺たちは、記憶していないことイコール実際に起こっていないこと、というわけではないのを知っている。

となると、その間キャンサーと戦っていたのは誰なんだって話になるが……キャンサーに立ち向かえるのは魔法少女しかいない。

スルーズは、魔法少女は壊滅したと言っていたが、『壊滅』というのは組織の維持《いじ》が困難になるくらいの被害を被《こうむ》ったケースの時に使われるもの、らしい。

生き残った魔法少女がこの一年間、キャンサーと戦い続けていたというのもなんらおかしい話ではない。

魔法少女候補が一人も見当たらない中、実は生き残りがいたというのは喜ばしいことではある。この世界を守る魔法少女が、小野寺以外にもう一人いるというだけで心強い。

「問題は、どうやって接触するかってことだよな……」

おそらく彼女は小野寺よりも長く戦っているベテラン。持っている情報も多いだろうけど、合流できなくちゃ意味がない。

メールアドレスとか電話番号がわかっていたらとてもやりやすいが、そのどちらも知らないのだ。

まあ見知らぬ女子（多分）にコンタクトを取るのは結構ハードル高いんだけどな。

遠慮なしにズカズカ距離を詰めてきてくれる誰かさんは別として。

「どんな武器使って、どんな魔法ぶっ放すんだろうな……ははっ、会うのが楽しみになってきたぜ」

一人で戦うから他の魔法少女は不要！　という考えに至《いた》らなかったことは一安心なのだが、口元に宿る笑みにヒジョーに嫌な予感がする。

「……絶対に戦うなよ」

「え!?」

「『え!?』じゃねぇ！　世界守るはずの魔法少女が潰《つぶ》し合ってたら本末転倒だろ！」

一昔前に流行《はや》った魔法少女デスゲームものじゃないのだこちとら。勝ち残ったら何でも願いが叶《かな》うとかいう触れ込みのくせに、勝ち残っても願いは叶わないというのがお約束だが、小野寺の場合戦い続けることが願いとかいう一番おっかないタイプである。

「けどよぉ、殴り合わなきゃわからねえ気持ちってのがあるだろ？」

「あるだろって世間の常識みたいに言うな。そんなのが存在するのは往年《おうねん》のバトル漫画くらいだろうが」

確かにそういう方法もないことはないんだろうが、そんなものより言葉で伝えた方が何倍も手っ取り早い。

「オイオイ。勘違いしちゃあいけねえーよ。言葉ってのは意思を伝えるための補助道具だぜ？　つまり言葉を介さない肉体言語こそ最強ってことだろ」

「そんなたわけた結論になってたまるか」

殴り合いの肉体言語が共通語にでもなってみろ。

俺はあっと言う間にお陀仏《だぶつ》だ。

「とにかく、だ。絶対に戦うなよ。オーケイ？」

「オーケイ！」

にっと歯を光らせる小野寺。うん、全然信用できない。

もう一人の魔法少女という希望が見えたのに、とんでもない不安材料という名の爆弾がすぐ隣にあるこの状況。

「ったく、なんでこんなヤツと契約しちゃったんだろ……」

「え？　『なんでこんなヤツ好きになっちゃったんだろ』？」

「言っとらんわそんなこと！」

新ジャンル、難聴系ヒロイン。

意外と需要はあるかもしれない（しかし天然キャラに限る）。

しかし小野寺のヤツ、いきなり好きだのなんだの……こいつの色恋沙汰とか、そういう浮いた話を一切聞いたことのない理由が改めてわかった。

口が悪くて自意識過剰《かじょう》。

色々面倒を見てくれるのを鑑《かんが》みると悪いヤツではないのだが……アレな部分が美点を覆い隠しているというか打ち消しているというか。

なんて会話をしているうちに、昇降口に到着。

小野寺が靴箱を開けると――スニーカーの上にちょこんと慎《つつ》ましく鎮座《ちんざ》しているのは、可愛《かわい》らしいデザインの封筒だった。

この手の手紙は大別して二種類ある。

一つは敵意を示すためのもの。脅迫状や果たし状がこれに該当するけど、この封筒のデザインはそこまで物々しいものではない。

そしてもう一つは好意を伝えるもの……つまりラブレターだ。

「実在したのか、ラブレターin靴箱……！」

戦慄。俺が貰《もら》ったわけじゃないのに、何故かドキドキしてくる。

なんかもう世界とか魔法少女とかどうでもよくなってくる……ってわけじゃ全然ないが、それはそれこれはこれ。

今時こんな方法を使う生徒がいるとは……！

「おいおい、ハイになるなよ淋代。たかだかラブレターじゃねえか」

「たかだかっておまえ、そうポンポン貰えるものじゃないだろそういうの。俺もイタズラでしか貰ったことないし！」

「オーライオーライ。こういうときは素数《そすう》を数えて落ち着くんだよ──4、6、8、10」

「全部外してるじゃねえかおまえこそ落ち着けえええええええええええ！」

やっぱりそこら辺は思春期の男女。

ラブレターという名の青春の劇薬に揃ってテンションがおかしくなっていた。

開封すると、手紙には可愛らしい丸文字で時間と待ち合わせ場所を指定しているのみだった。

「想いは自分の口から直接伝えるってことなのか？　一体誰が送ってきたんだろうな」

小野寺の本性（当人は隠す気ゼロ）を知らないのか？　それとも理解した上で付き合いたいと思ったのか。

前者であればご愁傷様《しゅうしょう》だし、後者であればなんとも物好きなヤツだ。

まあ蓼《たで》食《く》う虫もなんとやら、世の中色々な人間がいるってことか。世界は広い。

「そりゃあよォ淋代。こういう回りくどいのは嫌いじゃねえけど……」

「俺じゃないからな」

何顔赤くしてんだこいつは。

「えー？　けどオレ、心当たりがオマエしかいねーぞ？」

「なんでそうなる!?」

「だって、毎日一緒にいるのって淋代くらいだもん」

「……逆に、そういう関係じゃないのになんで一緒にいるんだろうな俺たち」

「そりゃオマエの行くアテがねーからだろ？　そういう奴追い出すほど、オレは落ちぶれちゃいねーよ」

「小野寺……」

くそっ、こういうときに限ってなんでカッコいいこと言うんだこいつは。

「とにかく行ってみよーぜ。男だろうが女だろうが、待ちぼうけ食らわせちまうのもなんだしよ」

てなわけで、俺たちはそのまま指定された場所へと向かった。

……ところで、手紙の送り主は一言も「ラブレターです」というようなことは書いていないのだが、突然の青春イベントでテンションが上がっている俺たちはそんなことこれっぽっちも考えていやしなかった。

待ち合わせ場所は駅ビルの地下駐車場。

指定された時間丁度に、俺たちはセロー250に乗って駐車場へとやってきた。

水浜駅の北口に隣接しているこのビルは、かつては様々なテナントが入っていたが、今はその役割を南口の駅ビルに明け渡し、ひっそりとその役目を終えていた。

その地下に位置する駐車場の役割は未だ健在であるものの、利用者は激減し、俺の視界には一台も車が停《と》まっていない。

車がないせいか、とてつもなく広く感じられ、妙な寒々しさを醸《かも》し出していた。

どう考えても告白に向いている場所とは思えない。

そんなことを思いながら、俺は柱にもたれかかっている一人の少女を見つけた。

小柄で青みがかった黒髪が特徴的な彼女は、俺たちがバイクでやってきたことが予想外だったのか、赤い車体をまじまじと見ている。

「お？　焔ヶ原《ほむらがはら》の制服じゃねえか」

説明しよう。私立焔ヶ原女学院とは『燃えるハートでクールに戦うお嬢様』を育成することを目的に明治《めいじ》時代に作られた中高一貫のお嬢様学校である。

設立当初はイロモノだの邪道だのはしたないだの散々《さんざん》な評価だったらしいが、今ではやっと時代の流れが焔ヶ原に追いついたと言われている。

第二高校と焔ヶ原はそこまで離れていないので、昼休みの間に往復できないことはない。

偶然同じ場所に居合わせた可能性も否定できないが、少女はここに小野寺が来るのを知っていた様子だ。

「小野寺火怜だな」

少女は言った。

「相手に名前を聞くときにはまず自分から名乗るもんだぜ、お嬢さん？」

小野寺の挑発的な物言いに少女はむっと眉《まゆ》をひそめるが、律儀《りちぎ》にもフルネームを明かした。

「――瀬名雪無《せなせつな》だ」

「せなせつな……へえ、イカした名前じゃねえか。で、雪無ちゃん。あんたがこの手紙の主ってわけかい？」

「そうだ」

こくりと頷《うなず》く。瀬名の動作に照《て》れや緊張は一切感じられない。

「なーんか、愛の告白ってえわけじゃなさそうだな」

「……？　悪いがおまえは私のタイプではない」

「なんでオレがフラれた感じになってんだよチクショー」

「本人にその意図がなかったらそう言われても仕方ないだろ。てことは本当にラブレターじゃなかったんだな」

「当たり前だ。何故私がそんなものを送らなくてはならないんだ」

そう正論で返されてしまえば、俺もグウの音《ね》も出ないというか――

「!?」

瀬名と会話が成り立っている。

一見何でもないことのようだがしかし、俺の体の特性上スルーしていいものではない。

「おまえ、俺のこと見えるのか!?」

「ああ、くっきりとな」

ヒュウと小野寺が口笛を吹く。

「ツイてるぜ淋代。ラブレターじゃなかったけど、それとは別ベクトルで当たり引いたんじゃねぇか？」

こくこくと頷きながら話を続ける。

「えーっと……つまり瀬名は魔法少女ってことでいいんだよな。てことは昼間のキャンサーも？」

「私が倒した」

内心ガッツポーズを決める。ついに二人目の魔法少女と出会うことができた。

しかもそっちからコンタクトを取ってきてくれるなんて！

俺は高校受験の日以来初めて、神に感謝した――

「――契約を破棄《はき》しろ、小野寺火怜。おまえは魔法少女に相応《ふさわ》しくない」

一瞬、俺は言葉の意味が理解できなかった。

いや、正確には、理解していたがその内容があまりにも都合が悪すぎるっつーかとんでもねー災難を呼びかねない代物だったので理解するのを拒《こば》んでいたのだ。

「これは遊びじゃない。生半可《なまはんか》な覚悟に中途半端な力……待っているのは破滅だけだ」

「ちょっ、ちょっと待ってくれ！　いきなり何言ってんだよ！　まるで話が見えないんだが⁉」

「そいつはグレイだ」

「だから！　いきなりそれっぽいキーワードお出しされてもさっぱりなんだよこっちは！」

「ワルキューレなのにわからないのか……？　まあいい。グレイは魔力を持たない不完全体……言わばエンジンを抜かれた車だ。これでいいか」

意外にもちゃんと説明してくれた。

「あ、あぁ。なんとなくイメージはできた」

不完全体、か。

初めて小野寺が変身した姿を見たときに感じた妙な欠落感の謎は一応解けた。魔法少女のイメージからすればかなり特殊な灰色《はいいろ》のカラーリングも、不完全体と言われれば納得できる。

「グレイのまま戦うなんて自殺行為だ。私にとっても足手纏《あしでまと》いになる。さっさと契約を破棄して元の生活に戻れ」

「けど、それじゃあリセットはどうするんだ？　身を守る力がない魔法少女なんて、遠回りな自殺みたいなものじゃないか」

「契約を破棄した時点で、その人間はリセットが適用される。こいつが死ぬことはない」

瀬名の言葉に隙《すき》はない。

正直、安全面を考慮すれば悪い話ではない。が、非常に悩ましい展開なのもまた事実。

俺は魔法少女を増やすために動いていたのに、やっと新しい魔法少女を見つけたと思ったら、契約を破棄しろときたもんだ。

一人増やそうと思ったら一人減りかねない状況になっている。

「けど、いきなりそんなこと言われても納得できるはずないだろ」

「いいぜ」

「ほらな、小野寺もいいって……ありゃ？」

小野寺は腕を組んでウンウンと納得したように頷いている。

てっきり、

『嫌に決まってんだろうがエラッソーにグチグチ言ってんじゃあねぇぞコルァ！』

と食ってかかるようなことになると思っていたけど……どうやらそれは杞憂《きゆう》だったらしい。

正直言って戦力が減るのは俺の望むところではない。

けど、それがこいつの選択だというのならば、俺に止める権利はない。

「そうか、わかってくれたようで何よりだ」

瀬名はほっとした表情で胸を撫《な》で下ろした。

「だからよォー……指輪が欲しけりゃ力尽《ず》くで来な」

「……」

「……」

とんでもない沈黙が、周囲を支配する。

「……お、おい。こいつは何を言っているんだ？　それとも私の耳か頭がおかしくなってしまったのか？」

不安そうな目で瀬名がこちらを見てくるが安心してくれ。

お使いの肉体《たんまつ》は正常だ。

「あんたの話はよーくわかった。確かにヤベぇもんな、キャンサーとの戦いはよお。けどオレ、今の生活ケッコー気に入ってんだわ」

ゴキリ、と小野寺は首を鳴らした。

やられた。こいつが今まで妙に大人しかったのは、彼女の言葉を受け入れていたからではない。

嵐の前の静けさ……ただ、それだけのことだったのだ。

「本当にわかっているのか？　グレイが生き残れるほど、この戦いは生易《なまやさ》しいものじゃない。私の仲間も大勢死んで……今戦っているのは私しかいないんだ！」

瀬名の悲痛な叫びも、小野寺には通じない。

「そりゃー人間はいつか死ぬだろ。次回予告もへったくれもなしに、突然な。だからオレは、悔《く》いのないようにいつもやりたいこと最優先って方針なのよ」

「……それがキャンサーとの戦いだとでも言うのか？」

理解できない、と瀬名は首を振った。

「イエース。ついでにもう一つあるぜ。例《たと》えば――他の魔法少女と戦ってみてぇ、とかな」

こ、こいつ――！

「マジで何考えてんだよ！　意地でも魔法少女デスゲームやるつもりかテメーは!?」

小野寺が魔法少女を続けるというのはいいとして、魔法少女同士でドンパチやるっていうのは別問題だ。

「つーかさっき言ったよな!?　魔法少女とは戦うなって！」

「おー聞いたぜ。けどよぉ、正当防衛は仕方ねえよな？　右の頬殴られて左の頬差し出すのはオレの趣味じゃねぇし」

「殴れと挑発しといていざ殴ったらお返しとか、当たり屋にも程があるんだよその思考回路は！　あー、とにかく落ち着いてくれ瀬名。こいつの言っていることはあまり真《ま》に受けないでほしいっていうか――」

「……それで、本当に納得するのか？」

えっ、と瀬名の言葉に硬直する俺を他所《よそ》に、ニィッと小野寺は笑う。

「オレは嘘《うそ》をついたことのないことが取《と》り柄《え》なんだぜ」

嘘である。一昨日《おととい》の夕食で、「ブロッコリーを日光に当てずに保存するとカリフラワーになるんだぜ」とか言って騙《だま》そうとしていたことを俺は忘れていない。

瀬名ははぁと嘆息《たんそく》し、小野寺を睨む。その目には、明確な戦意が込められていた。

「いいだろう。ここで徹底的に叩き潰して……二度とそんな寝言を言えないようにしてやる」

手をかざすと青い宝石がはめ込まれた指輪が出現し、瀬名は変身の構えを取った。

この構えは魔法少女ごとに異なるが、変身するために重要なものであることは共通している(byスルーズ豆知識)。

指輪を起点に発生した青い結晶が、瀬名の全身を包み込み、弾《はじ》けた。

焔ヶ原の制服はその姿を消し、代わりに瀬名が身に纏《まと》うのは、蒼を基調にしたスチームパンク風のコスチューム。

小野寺のような我こそは魔法少女でございと言わんばかりのコスチュームとはやや趣《おもむき》が違うデザイン。

ごくりと、喉を鳴らす。

多分、彼女は強い。

纏っているオーラは、今までのキャンサーとは比べものにならないし、小野寺からは一切感じられないものだ。

存在の強さ――いや、これが魔力ってやつなのか?

強者のオーラみたいなものとは少し違う。

そもそもその手の代物だったら、小野寺からは一切感じられないのはおかしい……って、そんなことより言わなくちゃいけないことがあった!

「おい待てって! 冷静に考えろ。こんなところで戦いとか、被害がとんでもないことになるぞ!?」

上の駅ビルもテナントが入っているワケじゃないけど、人がいる可能性はゼロじゃない。

台風を人間サイズに押し込めたような魔法少女同士の戦いなんてやろうものなら、最悪ビルが崩壊する。

「破壊されたものはリセットで修復されるからその心配はない」

「なるほどそりゃ安全……ってそっちじゃなくて！　そもそも魔法少女同士で戦ってる場合かとかそーゆー話で――」

俺の訴えを、小野寺は人差し指で制した。

ギラついた瞳《ひとみ》。

熱を帯びた吐息《といき》。

そして左薬指には、赤い輝きが灯《とも》っている。

完全に臨戦態勢だった。

「下がってろって、淋代。こういうのは一度ぶつかっといた方が手っ取り早いんだよ。昔から言うだろ？　当たって砕《くだ》けて塵《ちり》になれって」

「塵になったら手遅れなんだよ！」

俺の悲鳴など耳に入らぬとばかりに、小野寺はしゅばっと構えを取る――よりも早く、瀬名の手にしているリボルバー式の銃が火を噴《ふ》いた。

慌《あわ》てて小野寺は横に飛び退《の》く。

「うおっ!?　いきなり撃つのかテメー！」

「悠長にしているからこうなる。変身中は魔法少女の安全は確保されているが、あくまでそれは変身が確定している状況のときだけだ。構えの段階では無防備であることを忘れるな」

完膚《かんぷ》なきまでの正論。グウの音も出ない。

瀬名は相手が生身《なまみ》であるにも拘わらず、次々と発砲した。

その狙《ねら》いは小野寺の脚。

まずは動きを止める、ということか。

が、小野寺もわざわざ的《まと》を提供するような奴ではない。

「よっと！」

後方に倒立回転しながら、その銃を次々と避《よ》けていく。

「なあ知ってるか？　撃っていいのは撃たれる覚悟がってどわああ!?」

言い終わる前に、今度は二丁目の銃でも撃ち始めた。

二人目の魔法少女はガンスリンガー――それも二丁使いらしい。

小野寺は泡《あわ》を食って柱の陰《かげ》に隠れた。

「バカヤロー、こっからがカッコいいんだぜ！」

「その続きは知っている。確か、『撃っていいのは撃たれる覚悟のある奴だけ』――だったか。

私にその覚悟がないとでも？　舐《な》めるな！」

瀬名は案外感情的な性格らしく、かなりヒートアップしていた。

もう話し合いができるような状況ではなくなっていた。

「あーくそっ、やっぱ銃は強《つえ》えな。戦争の在《あ》り方を完膚なきまでに変えちまっただけのことはあるぜ」

「何こんなときまで蘊蓄《うんちく》垂れてんだよ。さっさと変身すればいいじゃないか。今時のヒーローものじゃ敵は変身中にも容赦《ようしゃ》なく襲ってくるんだぞ」

今時というか二十年以上前から定番だ。絶対無敵の変身バンクなんて便利なものはウチにはない。変身バンクがないってことは服も弾け飛ばないんだよなという嘆《なげ》きはさておくとして。

「つーか、あいつの銃リボルバーだろ？　なんで弾切れおこさねーんだ？」

確かリボルバーの装塡《そうてん》弾数は平均五か六で、瀬名の銃の弾倉《だんそう》部分を見ても装塡弾数は似たようなものだ。しかしどういうわけか、駐車場内に頭痛がするほど反響している銃声は想定の装塡弾数を軽く超えている。

下手をすれば、装塡弾数がリボルバーを上回ることがウリの一つであるオートマチック式を凌駕《りょうが》しかねない――っていうかもうしてるな。銃声がゲシュタルト崩壊しそうな勢いだ。

「撃つ度に自動装塡されるみたいな感じなんだろ。魔法少女だしそれくらいのことはできるんじゃないか？」

「オイオイ、リボルバーといやぁ弾の交換がカッコいいんじゃねーか。なんつーの？　オートマチックより不便だけどリボルバーにしかない浪漫《ロマン》があるっつーか……なのに自動装塡たぁいただけねぇよ」

「多分あっちはおまえの趣味なんか知ったこっちゃないと思うぞ」

そもそも現実の戦いでカッコよさを追求するような奴なんて、おまえくらいしかお目にかかったことがない。

「ちえっ、まずはどれくらいの威力《いりょく》なのか探っとくか」

小野寺はスマホのカメラを起動すると、柱の陰から撮影を試みた。

で、見事に撃ち抜かれた。

「威力はかなりのものらしいな。狙いも正確だ」

「ぎゃーっ！　まだ引き継ぎデータ発行してねえのによくもやってくれやがったな⁉」

そこは完全に自業自得《じごうじとく》だろ。

「チクショウ、こいつはカイチョーに修理してもらうとして……あったまきたぜ。こうなったら意地でも目の前で構えてやらぁ」

「なんだってその方向で張り合うんだよ⁉」

「そりゃオメー、こんなところでコソコソ変身したら、あいつの言葉に屈するってことだぜ。受け入れられるかってんだ」

「なんだよその無駄なこだわり……」

「こだわりが理解されるとは限らねえってこったな」

何いい話風にまとめてんださっさと変身しろ。

「――ま、そういうのはあっちも似たよーなもんだろうけどよ」

「は？　それはどういう――」

小野寺は自分が言いたいことだけ言うと、銃撃が止《や》んでいないのにも拘《かか》わらず、柱の陰から飛び出した。そんなことしたらどうなるのか、なんて考えるまでもなく、左脚に赤い線が次々と引かれていく。

「づあっ」

「小野寺！」

僅かによろめく――が、その脚を止めようとはしない。

真《ま》っ直《す》ぐに、一直線に、瀬名のもとへと走る。

「な――!?」

さすがに真っ正面から突っ込んで来るのは予想外だったのか、瀬名は引き金を引くのを止めた。

生じた隙を、小野寺は見逃さない。

疾駆《しっく》しながら、素早く構えを決める。

「変身！」

指輪が赤く輝くのとタイミングを同じくして、小野寺は瀬名の胸部に拳《こぶし》を叩き込んだ。

瞬間、その部分から無色の結晶に包まれ、魔法少女へと変身を完了させた。

「っ――」

弾けた結晶と急に威力が増した拳に、瀬名の体がよろめき、後退を余儀《よぎ》なくされた。

「へっへーんどうだ！　コソコソ隠れるまでもねえ。バッチシ変身キメてやったぜ！」

この結果に小野寺はご満悦《まんえつ》らしいが、瀬名はそのテンションに反比例するかの如く不機嫌になっていく。

「くだらん！」

次々と撃ち出された弾丸が、容赦なく小野寺を襲う。

「ぎゃあああああああああああああああああああああ!?」

コスチュームから凄まじい量の火花が散った。

血が噴き出すということはなかったが、それでも無視できないダメージを受けたことは容易にわかった。

「ってぇ……なんじゃこりゃあ」

「勘違いするな。さっきまで足下しか撃たなかったのは、こっちが無駄な罪悪感を抱きたくなかったからだ。だが変身した以上、それを憂《うれ》う必要などない」

地面を蹴り、瀬名は小野寺に肉薄。

銃使いだから距離を保ったまま戦う——という俺の予想は見事に外れることになった。

近距離では膝蹴《ひざげ》りや銃のグリップによる殴打《おうだ》、さらに間に挟《はさ》むように銃撃。

距離が開いたならば銃をフル活用して蜂の巣にする。

銃と格闘の見事なコンビネーション。

瀬名の動きは完全に戦い慣れしたもののそれだった。

経験値の差、とでも言うべきか。

だが、小野寺とて負けてはいない。

経験の差なんざ知ったことかとばかりに、拳を振るう。

力と技《わざ》の衝突。

今の戦いを表現するのに、これほど相応しい言葉はない。

拳が唸《うな》り、銃が吼《ほ》える。

「これが、魔法少女同士の戦い……」

怪物《キャンサー》との戦いとは違う、明確な意思がある者たちの戦い。

衝突する度に、空気が、空間が震えるのがわかる。

そのあまりにも現実離れしたリアルに、俺は目を離すことができなかった。

本当は止めなくてはいけないのに——あろうことか、俺はその光景に見惚《みと》れてしまった。

「オラァ！」

小野寺の回し蹴りを、瀬名は首を傾けて避ける。

瀬名の頭部の近くに存在していたコンクリートの柱が、ごっそりと抉《えぐ》れた。

屈《かが》んだ状態のまま瀬名は発砲しようとするが、小野寺が銃身を掴み思いっきり振り抜いた。

その遠心力に耐えきれなかった瀬名は、銃を手放して地面に転がる。

そして小野寺の手には、銃が握られている。

「オレ、銃を一発撃ってみたかったんだよな——！」

物騒極まりない発言と共に引き金を引いたが——

「ありゃ？」

カチンカチンとリボルバーが虚《むな》しく回転するだけで何も発射されない。

「んだよ、弾《ジャム》が詰まらねえのがリボルバーのメリットじゃなかったのか？」

「……〈ザ・スペクター〉は使い手の魔力を弾丸に変えて発射する。弾丸と合致する魔力の持ち主じゃないと撃つことは不可能だ」

瀬名がパチンと指を鳴らした瞬間、銃――〈ザ・スペクター〉から蒸気が噴き出した。

「うおっ、なんだぁ!?」

視界が晴れる頃には、魔力の輝きを帯びた銃口が小野寺の顔面に突きつけられていた。

「あ、やべ」

小野寺の表情筋が僅かに引きつるのと同時に、瀬名は引き金を引いた。

今までの比ではない銃声とマズルフラッシュと共に撃ち出された弾丸が、小野寺の肉体を容赦なく吹っ飛ばした。

壁に衝突してもその勢いは止まらず、轟音《ごうおん》と共に突き破られる。

土煙《つちけむり》のせいで壁の向こう側がどうなっているのか知ることはできない。

だが、これで小野寺が傷一つ負わず元気百倍……なんてことになっているはずもなかった。

「あ、あいつ大丈夫なのかよ……!?」

「殺してはいない。チャージショットとはいえ、威力は絞《しぼ》ってある……だが、武装杖《ワンドアームズ》を制御《せいぎょ》どころか発現すらできていないとはな、欠陥《けっかん》もいいところだ」

「武装杖《ワンドアームズ》……？」

また俺が知らない情報だ。

「魔法少女の武器であり、魔法を制御するための杖《つえ》。私の場合は、このザ・スペクターがそれだ」

魔法少女は本来、瀬名のように特定の武器を持って魔法を行使する……ということなのか？　けど小野寺は武装杖《ワンドアームズ》を持っていない。

肉弾戦を主体とする戦闘スタイルでなければ、戦うことすらままならなかった可能性もあった。小野寺がキャンサーと戦えていたこと自体が、イレギュラーの連続で、歯車と歯車が辛《かろ》うじて噛み合っている状況だったのか。

そして今、完全体と不完全体の差違を、これ以上ないくらいに見せつけられている。

「これでわかっただろう。グレイで戦い続けるには限界があるんだ。さっさとあいつとの契約を解除して――」

「――勝手に決めてもらっちゃあ困るぜ。勝負は、こっからが本番だろ？」

挑発的な声と暗闇《くらやみ》から聞こえてくる足音に、瀬名は弾かれたように振り向いた。

「ごっそさん。あんたの魔力、悪くなかったぜ」

穴の中から姿を現した小野寺の口と脚は、赤く染まっていた。

口は血に。脚は――魔力に。

紅蓮《ぐれん》の炎が揺らめき、右脚だけ赤く染まっている。

瀬名の話から考えると、やっぱりこれが小野寺本来のカラーってことなのか……？

「ちょい甘めのビターチョコみてーな感じでよ。今まで食った魔力の中で一番美味かったぜ。ったく、肉より銃弾が美味いってどうなってんだか」

瀬名は驚愕《きょうがく》に目を見開く。

「まさか――食ったのか!?」

「イェース。キャンサーいねぇからどうしようかと思ったけどよォー……魔力含んでるならなんでも食えるっぽいわ、オレ」

ぐいと、鉄臭い口紅《ルージュ》を乱雑に拭う。

小野寺はザ・スペクターから撃ち出された弾丸を口で受け止め、捕食し、自らの糧《かて》としていた。

無論、常人《じょうじん》であればそんなことは不可能。瞬《またた》く間に歯を粉砕されて撃ち抜かれるのがオチだ。しかし小野寺はどっからどう見ても常人からはみ出しているし、今は不完全といえど魔法少女。

あっさりとそんな神業《かみわざ》じみた芸当を披露《ひろう》してみせた……と言いたいところだが、口から血を流している以上、完全に成功とまではいかなかったようだ。

「私の弾丸を食べて、魔力を充填《じゅうてん》しただと？　そんなことが……いや、今は無力化が先か――シングル！」

瀬名が叫んだ瞬間、背中に金属製のバックパック型のユニットが出現。

ユニットの一部が無数のパーツに別れ、右手に握られたザ・スペクターを核として、一丁のライフルへと組み上がっていく。

「へえ、いかにも必殺技って感じだな」

「いかにも、じゃない。まさに、だ」

拡張された銃口に、エネルギーが充填されていく。ユニットからは勢いよく蒸気が噴き上がり、これから起きることがただごとではないことが嫌というほど伝わってくる。

瀬名は本気だ。

そして彼女と相対《あいたい》する灰色の魔法少女も、また。

「いいぜ、目には目を、歯には歯を——ハンムラビ法典よろしく、必殺技には必殺技ってな!」

その感情の高ぶりに呼応《こおう》するかのように、魔力がさらに激しく燃え上がる。

マズい、これは本当にマズい。

この一撃によって粉砕されてきたキャンサーを、俺は何体も見ていた。それを今、小野寺は人間に向かって撃とうしている。

瀬名のライフルも、決して侮《あなど》っていい力でないことは肌《はだ》で感じ取っていた。

止めなくてはいけない。

しかしどうやって?

今の俺はあまりにも無力だ。

キャンサーを倒す力なんて持ち合わせていない。

ましてや魔法少女を止める力なんて——

小野寺は走り出した。

屋内であることを考慮したのか、いつもより低めの跳躍《ちょうやく》。

そこから繰り出されるは、死神の鎌《かま》の如き回し蹴り――！

「おりゃあああああああああああ――！」

「スペクター・シングルエクスプロード――！」

既に二人とも、引き返せない段階にいる。止められるのは――最悪なことに、俺しかいない。

「やめろ――！」

瀬名の体を、俺は渾身《こんしん》の体当たりで突き飛ばした。

さっきまで瀬名がいた座標にそっくりそのまま俺が入れ替わる形である。

つまり、

「ぎゃぼっ」

クリーンヒット。

多くのキャンサーを屠《ほふ》ってきた小野寺渾身の蹴りが、見事に決まった。

吹っ飛ばされた俺はそのまま大爆発。

爆煙が晴れると、そこにはボロボロになってぴくぴく痙攣《けいれん》している哀《あわ》れな妖精の姿があった、とさ。

「しゃ、シャレにならない……」

痛い。痛覚をヤスリがけされたみたいな痛みが先に来る。

そして一拍《いっぱく》遅れて熱が襲いかかる。

体を焼くどころか、存在そのものを否定されるような小野寺の炎は熱くて、しかしどこかぞっとするほど冷たい。

慈悲《じひ》や温《ぬく》もりを一切感じさせない、ただただ殺すことに特化した炎だ。

これで不完全体とか、冗談だろ……？

ワルキューレの肉体はどこも損傷《そんしょう》していないのは、不幸中の幸いというべきか。

「淋代——！」

小野寺は泡を食って俺のもとに駆け寄った。

「淋代、しっかりしろよ淋代……！　くっ、てめぇよくも！」

「え!?」

全ての責任をおっかぶせられ、瀬名も困惑《こんわく》顔である。

「い、いや確かに彼女は私をかばってくれたが——実際に蹴ったのはおまえじゃないか!?」

まったくもってその通り。でもそこは「勝手に庇《かば》ったこいつが悪い」と言ってもバチは当たらんと思うぞ。あとこんな声だけど男なんですよ、俺。

「オレにこいつを蹴らせたってのが気に食わねぇってんだよ！」

こっちはこっちで絡《から》み方が完全にチンピラのそれであった。

「え、えぇ……」

ザ・スペクターに充填されていたエネルギーも、持ち主の失われた戦意に同調するかのように引っ込んでいった。

ひとまず、戦いを中断できた。あのまま必殺技を撃ち合っていたらお互い無事じゃすまなかったから、耐久力だけは高い自分が犠牲《ぎせい》になるのが一番マシだっただろう……

そう思った矢先、指輪から警報が鳴り響く。

「「――！」」

キャンサー出現の合図。

同じタイミングで、駐車場が大きく揺れた。

「……近いな」

瀬名の表情には、既に困惑の色は抜けきっていた。指輪に触れて目を閉じた瞬間、指輪から発せられる光が彼女を包み込み――その姿が、一瞬でかき消えた。

雪無が転移したのは、水浜駅の南口。

先程まで戦っていたのが北口の近くであるため、移動距離はそこまで長いものではない。

雪無が使ったのは魔法少女なら誰でも持っている機能の一つだ。

既に駅前は混沌《こんとん》の坩堝《るつぼ》と化していた。

全長三十メートル程の蠍《さそり》型の怪物が、建物を人間ごと薙《な》ぎ払っている。

「蠍型、か」

巨体に似合わぬ俊敏な動きと、全身を包む堅牢《けんろう》な外骨格《がいこつかく》が特徴の大型キャンサー。

何度か戦っている相手だが、あまり得意な方ではない――とはいえ、倒し方は頭と体が覚えている。あの堅牢な装甲に銃弾をただ撃つだけでは効果が薄い。狙うとしたら関節部だ。

既に街には戦闘員型が蔓延《はびこ》り、逃げ惑《まど》う人々を次々とその手にかけている。

悲鳴や怒号《どごう》が、雪無の耳を嫌というほど打ち据《す》えた。

「いつもいつも、好き放題に……！」

苦々しく吐き捨て、ザ・スペクターを空に向けて撃った。

戦闘員たちの注目が、一気にこちらに集中する。

新たな獲物《えもの》に殺到するが、極めて単純な行動パターンでしか動かない彼らには一つ失念《しつねん》していることがあった。

彼らが捕食者であった時間は、既に終わっている。

そして今の彼らは、ただ屠られるだけの獲物に過ぎない。

二丁のリボルバーが火を噴いた。

魔力の塊《かたまり》である銃弾に撃ち抜かれた戦闘員たちは、次々と黒い液体となって散る。

腕をナイフに変化させて切り刻《きざ》もうとしても、その俊敏な動きについていくことはできない。

背後から襲いかかる戦闘員を視認せずに撃ち抜く。

流れ弾は一切なく、銃口から吐き出された弾丸はすべてキャンサーの体内に飛び込み、炸裂《さくれつ》する。

二丁拳銃――特にリボルバーで戦うのは現実ではあまり実戦向きとは言えない。

真っ先に課題になるのは、銃弾のリロードである。

拳銃のリロードを片手で行うのはほぼ不可能であるので、二丁で運用するのは極めて困難。オートマチックであれば装塡弾数が多い銃を使用するという方法もあるが、装塡弾数が少ないリボルバーはそれも難しい――が、この点、ザ・スペクターは自動装塡ができるし、雪無の体内に魔力が存在し続ける限り弾丸が尽きることはない。

普通のガンスリンガーから見たら反則だと言われるかもしれないが、生憎《あいにく》雪無は魔法少女だ。特段銃にこだわりがあるわけではない。キャンサーを倒せればそれでいい。

二丁拳銃が空想の産物であるならば、同じく空想の産物である魔法少女こそ使い手に相応しい――が、これで全て解決といかないのが厄介なところである。

撃つ銃が二倍ならば火力も二倍――そんな単純計算で済むならどれだけやりやすかったことだろう。

しかしそれと同時に反動も二倍、照準を合わせるための集中力も二倍――このように、体にかかる負荷《ふか》は倍ではすまない。

実際、初めて二丁拳銃で戦った時には、頭の神経が全て焼き切れるかと思った。

そのくせ火力は倍どころかほぼ半減してしまったのだからとんだお笑いぐさだ。

だがそれも無理のない話で、ザ・スペクターは本来二丁拳銃での運用は想定されていない。仲間の魔法で、一丁だったのを無理矢理二丁に増やしたため、システムのアシストを受けられないのは当たり前だ。

それにも拘わらず二丁拳銃に切り替えたのは、一丁だけではさばけなくなったからだ。

別に敵の戦力が増えたわけではない。

こちらの戦力が減ったが故《ゆえ》に、相手取《あいてど》らなくてはいけないキャンサーが相対的に増えたという、そんな単純な話だ。

最初こそ不慣れで、キャンサーの攻撃で腕や足が千切《ちぎ》れることもあった。使える魔法が違っていれば、間違いなく生き残ることは不可能だっただろう。

だが、今は違う。

雪無は二丁のザ・スペクターを肉体の一部のように操《あやつ》り、二丁拳銃の本領を最大限に発揮《はっき》していた。踊るように戦場を駆け、縦横無尽《じゅうおうむじん》に弾丸を放ち、仕留《しと》める。

今の雪無ならば、一人でも侵略者と戦える。

だから、必要ない。不完全体の魔法少女なんて、絶対に――

「どりゃあああああああ！」

「？」

突如《とつじょ》聞こえた裂帛《れっぱく》の声に振り向いた雪無の目は、

「なっ――!?」

驚愕と共に大きく見開かれた。

ワゴン車がバウンドしながら迫ってくる。

はねる度に車体はひしゃげ、見るも無惨《むざん》な様相になっていくが、それでもその勢いは止まらない。

「くっ」

慌てて飛び退くと、ワゴン車は多数の戦闘員を巻き込み爆発した。

それだけでは終わらない。

軽自動車にバイクにタンクローリー。吹っ飛んできた車たちは今や大型の爆弾と化していた。

次々と発生した爆発は戦闘員たちを大雑把《おおざっぱ》ながらも仕留めていく。

針を縫《ぬ》うような精密さが特徴の雪無とは、まるで正反対な戦法だ。

特にタンクローリーには大量のガソリンが入っていたせいで、その威力は尋常《じんじょう》ではない。

当然ながら周囲の被害も尋常ではない。

「なんて、滅茶苦茶な」

一体誰がこんなことを――と、思案するまでもない。

出会ったばかりだが、やりかねないと確信できる奴がいる。

瓦礫の山の上に、そいつは立っていた。

灰色の魔法少女。

「小野寺、火怜……！」

「ふーっ、意外と効果あるもんだな車ぶん投げるってのもよお」

「何やってんだおまえはあああああああああああああ!?」

小野寺の必殺技を食らったせいで痛くて痛くてたまらなかったが、しかし目の前の惨状《さんじょう》及び相棒《あいぼう》の蛮行《ばんこう》を目にしてしまったのだから、突っ込まずにはいられなかった。

馬鹿《ばか》だ、バカだ、大バカ者だ。こいつは本当に何考えてるんだ⁉

「何って、車を爆弾代わりに投げたんじゃねーか」

「言い分が完全にテロリストじゃねーか！」

「おいおい、そーゆー連中は乗ってる奴ごとドカーンじゃねえか。オレは車だけドカーンだぜ」

どっちみち車をドカーンすることは同じである。

「それによぉ、こっちは車を譲《ゆず》ってくれって穏便《おんびん》に頼んだぜ？　やっぱ話し合いこそが平和への一歩だよな」

「あれが穏便だったら強盗だってまだ慎《つつ》ましいわ！」

車を確保した際のやり取りは手遅れかもしれないが小野寺の名誉のために省略。

「仮に乗用車は百万歩譲るとして、だ。タンクローリーはやりすぎだろ！」

「仕方ねえだろー、近くにロードローラーなかったし」

「そんなわかりにくいネタのためにやったんかい⁉」

避難が進んで生きている人間はその場にはいなかったのが、不幸中の幸いというべきか。

で、小野寺は瀬名を目ざとく見つけると、

「よぉ、雪無。さっきはよくも逃げてくれやがったな。ここで勝負の続きを――」

「言ってる場合か！　キャンサーが現在進行形で暴れ回っている真っ最中だろ！」

がおぅと襲いかからんとする小野寺を必死で止める。

「……おまえたち、どうやってここへ来た？　随分遅かったが」

戦闘員の頭部を次々と撃ち抜きながら雪無は問う。

「あ？　んなの、徒歩以外にねえだろ？」

回し蹴りで三体の戦闘員を纏めて黒い飛沫《しぶき》に変えながら小野寺は返す。

ちなみにセローは駐車場でお留守番だ。変身しているとバイクより走った方が速いのだ。

「転移機能はどうした」

「んなの知るか」

「……俺も初耳だな」

きょとんとした俺たちに、瀬名は眉をひそめる。

「グレイだからそういう機能も使えないということなのか……？　まあいい。どっちみちおまえは邪魔だ。引っ込んでいろ」

「そう言われると突っ張りたくなるのがオレの性分《しょうぶん》だぜ……ほーらおまえらあっちに行きやがれ！」

小野寺は残った戦闘員たちを抱き込むや瀬名の方向へぶん投げた。

「なっ……！」

空中から降ってくる戦闘員たちを、瀬名は慌てて銃で仕留める。

「何のつもりだ、小野寺火怜！」

「雑魚《ざこ》狩りはそっちに任せるぜ。オレは親玉ぶっ叩いて一番槍《いちばんやり》よ！」

「おまえ本当にヒーローから遠のいていくよな……」

魔法少女にケンカを売り、車を強奪して武器に使い、しまいには敵を押しつける。

小野寺のヒーロー株は現在大暴落中だ。買い時ではあるけど、上がる保証はどこにもない。

「勝てば官軍っつーだろ？　つまるところ、勝てば全ての蛮行も勝つための布石《ふせき》になるってこったな」

「ますますヒーローの台詞《せりふ》じゃねぇ……」

炎上する車をジャンプ台に跳躍し、キャンサーに殴りかかる。が、尻尾《しっぽ》で薙ぎ払われてビルの壁面まで吹っ飛ばされた。

「……いつつ、体がギシギシ言いやがる。こいつ強ぇなオイ！」

続けて、キャンサーの尾から紫色の光線が発射された。

「やっべ！」

壁を蹴って回避すると、小野寺がいた場所は赤く焼け、爆発。

「やってくれるじゃねえか……！」

俺は小野寺とスコーピオンの戦いを俯瞰《ふかん》して観察し、どこに勝機があるのかを探す。

「装甲は小野寺に何度も殴られてようやくダメージがある感じか……かなり頑丈《がんじょう》ってことだよな」

無視できないのが、メインウエポンたるその尾。

刺突《しとつ》や薙ぎ払いのような接近戦だけでなく、距離を取れば光線を打ち込んでくる。

さらに両腕の鋏《はさみ》による攻撃も意識の外に置いていいものじゃない。

「なんとか、パターンを見抜かないとな」

何回か小野寺がキャンサーと戦っているのを見てわかったことだが、彼らの行動パターンは不規則なものではない。

生物というよりも、プログラムされた機械のような動きなのだ。

ごく稀《まれ》に生物じみた行動をする場合もあるが、攻撃手段は基本的に一定のものになっている。

その様子を上空から観察し、どうすれば勝機があるのかを探すのが俺の仕事。

小野寺自慢の、魔力を込めた跳《と》び蹴りを使えば、勝利することはできるだろうけど、そのためにはまずキャンサーの肉体を捕食しなければならない。

一見戦闘員を捕食すれば問題ないように思えるが、現実は厳しい。

戦闘員一体一体が有している魔力は極めて少なく、捕食しても発動するに至らないのだ。

確実なのは目の前の巨大サソリを捕食することだが、そのためにはかなりの隙をさらすことになる。さてどうしたものか……

「淋代！　閃《ひらめ》いたぜ！」

と、パチンと指を鳴らして小野寺は言った。

「本当か!?」

小野寺は頭の回転が速い。思いつくのが大抵《たいてい》ロクでもないのが困ったところだが。

「ああ。こいつの名前は――ブラスタースコーピオンだ！」

「心にしまっとけそんなもん！」

そして今回もロクでもないことだった。ちょっとカッコいいと思ってしまった自分が情けない――

「ん……？」

ふと、俺は小さな引っかかりを覚えた。

「小野寺。少し離れてみてくれ」

「おうよ！」

ワガママものの小野寺だけど、こういうときは素直に動いてくれる。

地面を蹴ってキャンサーから離れると光線が撃ち出される。

「今度は接近」

「よしきた！」

ダッシュで接近すると、鋏による攻撃。

「次はジャンプだ」

「トゥッ！」

往年の特撮ヒーローのようなかけ声と共に跳躍すると、キャンサーはそれを尻尾で薙ぎ払うか突きで対応する。

小野寺は両腕をクロスしてガードすると、地面に着地した。

「やっぱり、そうか」

「おっ、その顔なんかわかったみてぇだな」

ヒュウと口笛を吹く小野寺にこくりと頷いてみせる。

敵が近距離遠距離共にこなせる力を持っている場合、どこでそれを切り替えるかが重要になる。

小野寺に戦闘員を押しつけられ、現在怒り心頭中の瀬名は、接近戦に対応する場合は超近距離射撃やグリップによる打撃、さらに蹴り技など、射撃と格闘技を合わせて臨機応変に戦っている。

が、キャンサーは相手が離れていれば光線、近づいてくれば薙ぎ払いや鋏による攻撃など極めてワンパターンだ。

「あいつは距離を取らない限り光線は撃ってこない！　そこにつけ込めば勝機はあるはずだ！　多分！」

断言できない自分がなんとも情けないが、小野寺はそれにVサインで答えた。

「オーケイ、ならもう一度だ！」

再び真っ正面にダッシュして跳躍。

その愚直《ぐちょく》な動きを嘲笑《あざわら》うかのように、スコーピオンは再び尾で薙ぎ払おうとする。

だが、それこそがあいつの狙いだ。小野寺はその一撃をガードすることも受け流すことも、ただ無様《ぶざま》に打ち払われることもなかった。

ただ、真っ正面から抱き留め、しがみついた。

薙ぎ払いの威力は決して弱くない。真っ正面から食らえば最悪意識を失う可能性だってある。だが小野寺はそれに耐えきった。ここで至近《しきん》距離からの光線を叩き込めば、まだ勝機はあっただろう。だがその選択肢《し》はキャンサーに存在しなかった。

「運送、ご苦労さん！」

尾の先端とスコーピオンの本体が重なった瞬間、小野寺は尾を蹴り本体に向かって一直線に降下。

繰り出されるは、落下の勢いを乗せたスマッシュパンチ。

頭部の外骨格が砕け、キャンサーの中身がこぼれ出る。

突き刺さった拳をアンカーのように固定し、小野寺は露《あら》わになったキャンサーの肉体を貪《むさぼ》る。

魔法少女特有のキュートな衣装を着た少女が、野獣じみた動きで怪物を捕食する様は、凄まじく違和感があるけど、既に慣れつつあった。慣れていいものかはわからないけど。

満足いくまで摂取したのか、小野寺はずぼりと拳を引き抜き、俺の隣へ着地する。

「ったく、蟹《かに》の親戚っつーから蟹味噌《かにみそ》っぽい味かと思ったけど、いつもと変わらない味だぜチクショー」

「サソリはカニと同じ節足動物だけど、どちらかというとクモの仲間だったはずだぞ」

「クモォ？　あー、そういや外国じゃ唐揚《からあ》げにするっつーよな」

「その豆知識は知りたくなかった……」

昼に唐揚げを食ってからのその新情報はキツい。

「食ってみたら案外イケるかもだぜ？　少なくともこのクソマズい癌《がん》野郎よりは何倍も上等だろうさ。あーくそっ、マズすぎて腹が立ってきたぜ」

その怒りに呼応するかのように、小野寺の右脚が赤く染まり、燃え上がる。

「今に見てやがれサソリ野郎、食い物の恨《うら》みは恐ろしいってな……！」

地面を陥没《かんぼつ》させんばかりに蹴り、一直線に走り出す――だがすぐに、急ブレーキをかけて止まった。

「野郎ォ……！」

小野寺の視線の先を見て、俺は息を飲んだ。

スコーピオンが鋏で拘束《こうそく》しながら高々と掲《かか》げていたのは――我らが水浜第二高等学校生徒会長、笹坐笹《ささざさ》その人だった。

「ちょ、ちょっと何よこれ。何がどうなってるのよ!?」

会長は突然の非常事態に、完全にパニック状態だ。

キャンサーの行動が何を意味するのかを理解できない俺たちじゃない。

「人質かよ、クソッ！」

「……ていうか、また会長ああなってんだな」

あの人はちょくちょく魔法少女とキャンサーに巻き込まれ、死んだり酷い目にあったりしているのだ。

ある意味一番リセットの恩恵を受けている人かもしれない……この人の死体やらなんやらに関しては最早見慣れてしまいつつあることに、若干《じやつかん》薄ら寒い思いをしているんだけどな。

ともあれ、相手が会長だろうと人質は人質だ。

むしろこの人選は、小野寺にとってかなりクリティカルなものになっている。天上天下唯我《てんじようてんげゆいが》独尊《どくそん》な不良生徒の小野寺にとって、この生徒会長は天敵であり友人でもある。

そんな会長が今、人質に取られた。

「どうすればいいんだよ、これ……！」

頭を抱えた。

ここで小野寺が必殺技を使えば、確実に会長を巻き込む。

小野寺が、人を殺すことになる。

正直周囲を遠慮なく巻き込みまくるこいつのプレイスタイルからして、知らぬ間に一般人を殺《あや》めてしまっている可能性はなきにしもあらずなのだが、今回は違う。

自分の手で人を殺すことを、意識的に行うことになる。

いいのか？　それで本当に……！

一人苦悩する俺を他所に、

「おーい、そこのあんた」

小野寺は動揺を表に出すことなく声をかけた。その飄々《ひようひよう》とした態度に一筋の光明が差す。

この最悪な事態を打破するための作戦があるのかも——

「目ェ、つむっててくれ。なーに、痛みは一瞬……ってやつさ」

こ、こいつ殺《や》る気だあああああああああああああああああ！

人質を取られた際に敵を倒す場合最も有効な手段は何か。その答えは非常に単純《シンプル》。

人質気《そんなもん》にせずにぶちかましちまえばえーのだ。

「え、ちょっと待ってくれないかしら。何か猛烈に嫌な予感がするのだけれど!?」

あなたの予感は正しいです会長。いかにも正義の味方でございと言わんばかりの格好《かっこう》をしている少女が、あなたごと敵を消し飛ばそうとしてます。

キャンサーも人質をまるで気にしていないことを悟ったのか、僅かに硬直した。

「おい考え直せ小野寺。まずは作戦を――」

「リセットで全て元通り――それ以上の作戦があんのか？」

いやに乾いた声。俺は何も言えなくなった。

「心配すんなって。さっさと終わらせてくるからよ」

先程までの乾いた響きを微塵も感じさせない優しい声を残し、小野寺は疾走した。

「くっ――」

ダメだ。おまえは、殺しちゃいけないんだ。

さっきみたいに妨害しようとしても、こうなったらもう追いつくことはできない。

小野寺は跳び、右脚を突き出す。

殲滅《せんめつ》の炎が、恐怖に引きつった笹の表情を照らし出す。

目を逸《そ》らしそうになった、その時。飛来した弾丸が、小野寺を撃墜《げきつい》した。

「あだっ」

地面に転がる彼女の傍らに着地したのは瀬名だった。

「やっぱテメェか！　よくもオレのカッチョイイ必殺技を邪魔してくれやがったな。お礼してやるぜコンチキショウ」

チンピラのように食ってかかる小野寺を無視して、瀬名はザ・スペクターの弾倉から銃弾を一発抜き取り地面に落とすと、それを足で踏み固定した。

「――ツイン」

その声に呼応し出現したユニットが左右に分かれ、銃と合体。

さっきは右の銃だけだったが、今回は両方だ。さらにその左右の側面を合体させ、二門の銃口を持つ巨大なライフルが完成する。

確信した。これこそが、瀬名の切り札であることを。

蒸気が噴き出し、魔力が充填されていく。

モノクルが〈ザ・スペクター〉と連動し標的をロックオン。

「――スペクター・ツインエクスプロード」

トリガーが引かれる。

瞬間、臨界点に達した魔力の奔流《ほんりゅう》が周囲の景色を一瞬で飲み込んだ。

「嘘でしょこんなああああああああああああああああ!?」

そんな悲鳴が、聞こえた気がした。

光と音が消え、恐る恐る目を開ける。

あれだけの規模の必殺技だ。

周囲の被害も尋常じゃないだろう。そしてその予想は的中する。

キャンサーの肉体は欠片《かけら》も残らず、背後にあった駅ビルには巨大な穴がぽっかり開いていて、崩壊していないのが不思議なくらいだ。

「これが、完全体の魔法少女……」

小野寺の跳び蹴りも、キャンサーを倒すのに充分な力を持っている。

けど、これに対抗できるかと問われれば即答できない――

「おい」

振り向くと、そこにはザ・スペクターの銃口を向ける瀬名の姿があった。

「え？」

衝撃。

ぐるんぐるんと視界が回る。

それを感じて、ようやく自分が撃たれたことを自覚した。

「て、テメェ何しやがる!?」

「見ての通りだ。あいつを撃った」

「んなこた見りゃわかんだよ！　なんだって淋代を――」

「ぎゃー！　また痛みが……って、あれ？」

痛みがすっかり引いていた。

撃たれた痛みではなく、ここに至るまで――小野寺の必殺技をモロに食らったとか――のダメージ全てが、癒《い》えていた。

「……まさか！」

瀬名の必殺技が炸裂した場所に目をこらすと、そこには倒れている会長の姿があった。

「お、カイチョー無事だったのか。ラッキー」

小野寺は口笛を吹きながら会長に駆け寄る。

気を失っているようだが、全身のあちこちにあったかすり傷までも全て元通りになっていた。さすがに衣服までは修復されていないが、キャンサー諸共《もろとも》爆散してもおかしくないはずの状況下でこうしてピンピンしているのは充分奇跡と言っていい。

「おーい起きろカイチョー、もう大丈夫だぜー」

むしろ、小野寺がぺしぺしと頬を叩いているのがトドメになってしまわないか少し不安だけど、頭がぶっ飛んだり変な方向に曲がっていないので大丈夫なようだ。

「もしかしておまえの魔法って……回復なのか？」

「……ああ。ザ・スペクターは治療する相手と破壊する相手を自分の意志で選択することができる」

「だから会長の傷は癒えたけど、キャンサーは倒されたってことか」

人質を取られても問答無用でキャンサーのみを倒すことができるばかりか、人質になった相手の傷を癒やすことができる。

悪の組織の十八番《おはこ》、卑劣《ひれつ》な人質作戦が瀬名の前では一切合切通用しないってことか。

さらに魔法少女にも有効だとするならば、今まで俺たちに足りなかったピースがピタリとはまることになる。常《つね》に生傷《なまきず》が絶えない小野寺の側《そば》にヒーラーがいてくれるのだとしたら、これ程頼もしいことはない。

さっきまで戦っておいてどの口がと言われるかもしれないけど、恥《はじ》をさらしてでも欲しい戦力だ。

「な、なあ瀬名。よかったら俺たちと組んで――ってあれ!?」

俺が考え事をしている間に、瀬名は戦場から姿を消していた。

「……アイツ、オレだけ治さずに帰りやがった」

マンションのリビングにて、ソファーに座った小野寺は不満げに言った。

タンクトップにショートパンツという、凄まじくラフな格好で正直目のやり場に困る。

今の俺は女子と同居という嬉《うれ》し恥ずかしムフフフな状況にあるわけだが、しかしどーゆーわけか、最近メインストリームになりつつある同居系ラブコメっぽいことは一度も起こっていない。

いや、別に小野寺とそーゆー関係になりたいとかそんなんじゃない。けど何も起こらないというのも、もしかして俺は異性として認識されていないのではないだろーかと思うわけで。

まあ今の俺はキュートなもちもちの妖精で、声も男のそれとは大きく違うからそれが原因だろう。きっとそうに違いない。ウン。

「治してほしかったのか？」

俺の丸っこい手には消毒液が染《し》みた脱脂綿を摘《つ》まんだピンセットが握られている。

「バカヤロー、勝負はまだついてないんだぜ？　そんな状態で傷を治してくれなんて頼んでみろ。その時点でオレの負けは確定するね」

「じゃあ別にいいじゃないか」

「提案されたところでＮＯを突きつけるつもりだったんだよ」

「おまえ、相当いい性格してるよ」

「へっへっへ、だろ……っていでで染みる～！」

足の傷口に脱脂綿をあてられ、小野寺は思いっきり顔を顰《しか》めた。

「戦ってる時はこれ以上に痛いんじゃないのか？」

「痛みの種類が違うんだよな。神経にビリッと来るっつーか、こういうのは苦手なんだよ」

わかるようなわからんような。

「まあ、傷がそこまで酷くなくて良かったよ。銃で撃たれたところもかすり傷程度だったしな」

戦いの後の応急処置は、俺の担当だ。

最初の頃はネット記事と睨めっこしながらやっていたが、今はその必要がなくスムーズにできる。成長を感じられるのは喜ばしい反面、小野寺が何かしら怪我《けが》をしているという証左でもあるのでなんだかなぁ、と複雑な気分だ。

それは今日、瀬名から告げられた言葉も拍車《はくしゃ》をかけているんだろう。

グレイ。

不完全体。

初めて見た魔法少女が小野寺だったこともあって感覚が麻痺《まひ》しているのかもしれないが、やはり彼女の存在はイレギュラー極まりないのだろう。それもプラスではなくマイナスの方向で。

ならいっそのこと、契約を破棄してしまえば――

「うぎゅっ」

むにゅっと、親指と人差し指で挟み込むように頬を摑まれ、強制的におちょぼ口になった。

犯人である小野寺は非常に不満そうな顔で俺を見ている。

「言っとくけど、オレは降りねーぞ」

んぐっと、図星を突かれて喉が鳴る。

「……なんだよ、お見通しか」

「たりめーだ。ったく、世界の全てを抱え込んでいるようなツラしやがって」

「そこまでデカいものじゃないさ。けど俺も、グレイのままっていうのはかなり厳しいと思う。完全体の瀬名の姿を見た後だと尚更《なおさら》な」

小野寺《グレイ》は、あまりにも欠けているものが多すぎる。

「はーんそうかいそうかい。知らなかったぜ。今の淋代地球防衛軍にゃクビを切るだけのメンバーがいたなんてよォー」

「ぐっ」

いなかった。何せついさっき存在を知った淋代地球防衛軍とやらの人員は俺と小野寺の二人だけで、まともに戦えるのは一人だけ——しかもそれが不完全体ときている。

侵略者がアレコレする必要もなく勝手に空中分解しかねない有様《ありさま》だ。

「オレは絶対に魔法少女を辞めねえぞ。これはオレが選んだ道だ。譲るつもりなんてさらさらねぇ」

「死んだとしてもか？」

迷うことなく小野寺は頷いた。

嘘じゃないんだろうということは、わかっていた。

こいつは戦いに魅入《みい》られている。それはきっと、彼女にとっては命よりも優先順位が高い。

「やっぱ、イカれてるか？」

「俺から見たらな」

正直言って、戦いにスリルとか快楽を求めるその思考回路の存在は信じられない。

けれど、目の前にそれを持っている奴がいることは確かなのだ。

きっと俺と小野寺では、戦いに対する考えが百八十度違う。

「……けど、本当にヤバそうになったら意地でも止めるからな。小野寺を死なせないっていうのは、この世界を守ることと同じくらい大切なことなんだ」

「はっ、オレが別に死んでもいいって思っててもかよ？」

「ああ。おまえがどう思おうが、俺は小野寺に死んでほしくないんだよ。これは完璧《かんぺき》に俺の都合だ」

それはきっと、こいつの思いを踏みにじることになるんだろう。

そんなことをしてでも、小野寺に死んでほしくないかと言われれば——もちろん、イエスだ。

「平行線どころかぶつかる気満々じゃねえかよ」

「お気に召さなかったか？」

「上等。そっちの方が面白《おもしれ》ぇ」

ニイッと、小野寺は笑う。この手の対立っていうのは、チームが瓦解《がかい》しかねないもののはずなのだが……小野寺はそれすら楽しむつもりらしい。その姿勢は是非《ぜひ》とも見習いたいところだけど、今の俺では少し——いやかなり難易度が高そうだ。

「……ちなみに瀬名と組むっていうのは」

「イヤだね」

バッサリと切り捨てられた。

「その心は？」

「決着がついてねえ。あと絶対魔法少女辞めろって言ってくるだろアイツ」

「そりゃ、まあな」

瀬名が小野寺に契約を破棄するように言っているのは、人格が気に入らないとかそういうことではなく、小野寺がグレイだからだ。

「納得させるには完全体になるのが一番なんだろうけどな……そもそもなんでグレイになっているのかってのもわからないし」

「うるへー、グレイだろうがシンデレラだろうが関係ねーよ。大事なのは戦えてるかどうかじゃねぇか。ともかく、オレがあいつと組む予定は今のところゼロだ。ましてや仲間になってくださいって頭下げるなんざ、天地がひっくり返ってもありゃしないね」

想像してみた。ちょっとわくわくした。

ここまで来ると子どもの駄々《だだ》みたいだが、小野寺としても戦うことは絶対に譲れないことなのだ。

小野寺と瀬名の対立は、きっと長く続くことになるだろう。

魔法少女が二人になったが、しかし悩みはこれまで以上に増えるというなんとも悩ましい結果になってしまった。せめて、もう一人魔法少女がいてほしい。

我の強い二人をまとめてくれそうな――そう、例えば会長のような。

「うぎゃー！　脱脂綿押しつけながら考え事してんじゃねー！」

俺が小野寺の悲鳴に気づくのは、もう少し先のことだった。

第三話　ジ・アナライザー

水浜《みなはま》第二高等学校で一番有名な人物は誰か？　という質問に名前があがる一人として現在コンビを組んでいる小野寺火怜《おのでらかれん》がいることに、俺は特に異論はない。

休日の駅を歩かせれば大半の人間が彼女の美貌《びぼう》に思わず振り向くだろう。

もっとも、彼女が有名なのはそこだけじゃない――というかこっちの方が本命で、生まれてくる時代と場所を盛大に間違えたと思わざるを得ないくらい喧嘩《けんか》っ早い不良生徒なのだ。

故《ゆえ》に有名は有名でも悪名高い、という表現がピッタリ。せめてもの救いは、弱い者いじめのような陰湿《いんしつ》な真似《まね》は一切しないことか。

免許を取った翌日には、親のお下がりだというセローで登校して生徒指導室に連行され（届け出が必要だったのを知らなかったらしい）、気に入らない奴《やつ》は正面から叩《たた》き潰《つぶ》して生徒指導室に連行される。これこそが学校一の不良生徒、小野寺火怜である……冷静に考えて、よく退学にならないもんだ。

で、悪名ではない方向で有名な人物は誰か？　と聞かれれば笹坐笹《ささざささ》と大半の生徒は答えるだろう。俺だってそう答える。

品行方正と文武両道の概念が合体して人間の形をして歩いているようなこの御仁《ごじん》こそ、泣く子も黙る水浜第二高校生徒会長。

彼女の名前を知らない生徒は、恐らく校内の隅《すみ》から隅までつついても存在しないだろう。

小野寺火怜と笹坐笹。

一見、決して交わらないような水と油のような二人は――

「待ちなさい火怜さん！　まだ私の話は終わってないわよ！」

「うるへーー！　お説教はもう聞き飽きてんだよチクショー！」

追いかけっこをしていた。

『廊下を走るな』という貼《は》り紙の横を軽快に走り抜ける二人である。

どういう状況か想像しにくい人は、世界一有名な猫とネズミの追いかけっこを思い出してほしい。アレと似たり寄ったりの光景だ。

理由はどうせ大したことじゃないだろう。会長のお説教にウンザリした小野寺が逃げ出して、会長がそれを追いかけて今に至《いた》るってとこか。

この光景は別に今始まったことではなく、俺が入学してからかれこれ一年近く繰り広げられているので、我が校の生徒にとってはすっかりお馴染《なじ》みの光景だ。

お馴染みになっちゃいけない気もするが。

とはいえ、この二人の仲が険悪そのものかと言われれば案外そうでもない。

「はいこれ、修理しといたわよ」

昼休み、屋上にやってきた会長はスマホを小野寺に渡した。

「データはあらかた復元できたけど、写真が何枚か復元できなかった。ごめんなさいね」

「いいっていいって。本命のゲームデータは無事だっただけでも大助かりだ。サンキューなカイチョー」

小野寺のスマホは一週間前、瀬名《せな》のザ・スペクターによって破壊された。

どうやら、魔法少女の所持品はリセットの対象外……らしい。基準が謎だ。

銃弾に撃ち抜かれ画面にぽっかりと大きな穴が開くという、普通だったらどのゴミの日に出すか頭を悩ませるところだったが、会長の手にかかればこの通り。

スマホは新品同様の輝きを帯びている。

この学校では、スマホが壊れたら会長に頼めという暗黙の了解がある。

会長は機械類の修理に尋常《じんじょう》じゃなく強く、彼女の手にかかればご臨終《りんじゅう》かと思われていた機械もあっと言う間に息を吹き返す。

それどころか僅《わず》かに性能が上がっていることもあるようなのだから、色々と生徒会長の域《いき》を超えている気がしないでもない。

会長がこの街に来てから、スマホ修理店の売り上げが落ちているという噂《うわさ》がまことしやかに囁《ささや》かれているけど、あながちガセネタじゃなさそうなところが恐ろしい。

「あんな壊れ方したのは前代未聞《ぜんだいみもん》だったから、結構手こずったわまったく……一体どうやったらあそこまで派手《はで》に壊れるのかしら」

呆《あき》れが混じったジト目に小野寺は明後日《あさって》の方向に視線を逸《そ》らした。

「あーなんつーか。いけ好かねえ奴とドンパチやったらこうなった」

「もしかして、その傷も？」

「まあな。名誉の負傷ってやつだ」

何故《なぜ》か得意げに言いながら、火怜は頰《ほお》に張られた絆創膏《ばんそうこう》を指で弾《はじ》く。

「物騒《ぶっそう》ねえ、まったく」

会長は苦笑しているが、小野寺のいうドンパチがまるで比喩《ひゆ》表現じゃないことを知ったら卒倒《そっとう》しそうだ。

この人もこの人でそのドンパチに巻き込まれて危うく小野寺に殺されるところだったのだが
――今となっては、その全《すべ》てがなかったことにされている。

会長の海馬《かいば》にも、それらの出来事はこれっぽっちも残ってないだろう。

「ああそうそう。週末の合同ボランティアのことだけど、概要はこのプリントに書いてあるわ」

そう言って会長に渡されたプリントを見て、小野寺は思いっきり顔を顰《しか》めた。

「おいおいカイチョー、なんでオレの参加が確定してるみたいに話進めてんだよ」

「確定してるみたい、じゃないわ。確定してるのよ、あなたの参加は」

「この前も参加したばっかじゃねぇかよ。週末は服買いに行くつもりだったのに、こんなの生徒会の横暴だぜ！」

小野寺はよく生徒会の仕事を手伝わされているが、生徒会の皆さんもその状況にすっかり慣れてしまったようで、こいつを当たり前のように頭数に入れているのだった。

「つーか、こんなのボランティアじゃねぇだろ。ただの強制労働じゃねぇか」

「ウチのボランティアに奉仕《ほうし》の精神は不要。求めているのは労働力だけよ。それにね火怜さん、ここは私の言うことを聞いておいた方が賢明だと思うのだけれど？　あなたがこれからも素晴らしい眺《なが》めと共にランチを満喫《まんきつ》したいのならばね」

「あ、汚《きたね》え！　そりゃねぇだろカイチョー！」

俺と小野寺が昼休みに過ごす場所としてすっかりお馴染みになったこの屋上だが、そもそもここは立入禁止になっている。

会長はそれを黙認している状況なのだが、彼女が報告すればあっと言う間に閉鎖《へいさ》され、小野寺は先生方の雷《かみなり》を頂戴《ちょうだい》することになるだろう。

つまるところ、脅迫だった。

「いいのかよ。天下の生徒会長様がいたいけな女子生徒を脅迫っつーのは色々問題あるんじゃねぇのか？」

目には目を歯には歯をの論理で、脅迫には脅迫で対抗するつもりのようだ。

「言葉というのは何を言ったかよりも誰が言ったかが重視されるのよ。私の言葉とあなたの言葉。どちらが信用されるかしらね？」

が、会長にはこれっぽっちも効《き》いていない。

「ていうか、いたいけな女子生徒ってどこにいるのかしら」

奇遇《きぐう》ですね会長。俺もさっきっから探しているんですが、どこにいるんだかさっぱりです。

「……わーったよ。けど、代わりに日曜は買い物付き合えよな」

少々苦々しそうに言いながらも、小野寺は納得したようだった。

「それくらいならいくらでも付き合うわよ。それじゃ、失礼するわね」

「もう行っちまうのか？　ここで食ってきゃいいのに。掃除もしてるから綺麗《きれい》だぜココ」

「黙認と加担じゃまるで意味が違っちゃうでしょ」

肩をすくめながら、会長は踵《きびす》を返す。そして、

「――脚《あし》は大丈夫？」

「へ？」

唐突《とうとつ》に投げかけられた質問に小野寺はポカンと口を開けたが、はっと気を取り直すと首を振って答えた。

「別に、問題ねーぞ？」

「そう。特に右脚が気になったんだけど……まあ、無理はしないことね」

「だったら、ボランティアの一つでも免除《めんじょ》してくれよ」

「それとこれは話は別よ」

口を尖《とが》らせる火怜を無視して、会長は屋上から去って行った。

「……なあ小野寺、右脚ってどういうことだ？」

雪無によって傷を負ったのは確か左脚だったはずだ。右脚がどうこうなっているというのは俺も初耳だった。

「別に何でもねーよ、気にすんな」

「ヤバそうだったらすぐ言えよ。放っておいて手遅れでした、なんてことになったら目も当てられないからな」

「へいへい、わかってるって」

口調からして全然わかってそうじゃない。小野寺は考えなしの脳筋《のうきん》ではないので、ちゃんと理解はしているんだろうが――理解しつつあえてそれを無視することも平気でやるので本当に油断ならない。

小野寺は瀬名と出会った後、魔法少女を辞めるなんてことはなく、相も変わらずキャンサーと戦いを繰り広げていた。

しかしここで問題が二つ。一つは以前から問題だったので省略するとして二つ目の問題――もう一人の魔法少女、瀬名と衝突することがちょくちょくあるのだ。

キャンサーをどっちが倒すのか奪い合ったり、もしくは普通にケンカをふっかけたり、あるいは互いにそのつもりがなくても二人のリズムがまったく合わずに相手を妨害してしまったりと、これがチームだったらと思うと目も当てられない惨状《さんじょう》である。

そもそも、プレイスタイルからして二人の相性は最悪だ。

二次被害《コラテラルダメージ》上等で、建物を容赦《ようしゃ》なく破壊しながらキャンサーを追い詰める小野寺と、針を通すような精密な射撃と回復魔法で他の被害を限りなく減らそうと努める瀬名。

ここまで綺麗に対照的だと、呆れを通り越して感心するしかない。

しかも小野寺は瀬名と戦うことを結構楽しんでいるフシがある。

敵対関係を維持《いじ》しているのもその楽しみをフイにしたくないからなのではないかと最近俺は睨《にら》んでいて、そのことを小野寺に問うたところ、

「なるほど面白《おもしれ》ぇ推理だな。おっと証拠がなかったらそいつは妄想《もうそう》っていうんだったか。その逞《たくま》しい妄想力を持て余してるってのなら、作家にでもなったらどうだい？」

と、二時間ドラマの犯人みたいなことをほざいていたので限りなくクロだろう。

とはいえ、小野寺と瀬名が衝突したことでキャンサーに逃げられたとか返り討《う》ちにあったということはなく、どちらかが必ずキャンサーを倒しているので結果だけ考えればまるで問題はないのだが、かと言って楽観できるものでもない。

この世界の魔法少女は一度壊滅している――らしい。

つまりそれだけの力を持つ敵が存在するということだ。

魔法少女は最強無敵の存在じゃない。

スルーズが与えるのは戦うための力であって、相手を一方的になぶる力ではないのだ。

絶対でない以上、必ずどこか綻《ほころ》びが生じる。

その『どこか』が二人の対立でしたなんてオチは絶対に避けたかった。

俺の目下の課題は、小野寺と瀬名の仲を取り持つことなんだが……

「あーあ、会長が魔法少女だったら頼もしいんだろうな」

ごろんと屋上の床に寝っ転がる。

「カイチョーが魔法少女ねぇ……いいじゃねえか。滅茶苦茶強そうだし！」

小野寺の口ぶりはなんか凄《すさ》まじく不穏《ふおん》なのだが、強そうという見解は俺も同意するところだ。

あの人の身体能力が高いことは、小野寺との追いかけっこで証明済み。

まあ会長には戦力っていうより、魔法少女たちのまとめ役になってほしいんだけど。

魔法少女になってくれたら、小野寺と瀬名との衝突も丸く収めてくれるのではないかという期待をしていたのだが。

「けどよー。カイチョーって資格持ってねーんだろ？」

「そこなんだよなあ……」

この学校にいる資格者は、小野寺以外誰もいなかった。

会長もまた、例外ではない。念には念をということで、さっきの二人の会話の間も、俺は会長の周囲を人工衛星みたいにぐるぐる回っていたがまるで反応がなかった。

「三人目の魔法少女は生徒会長!?　ってことにはなんなかったかー……あーあ、残念だねこりゃ」

「なんでアニメのサブタイみたいになってんだよ……」

溜息《ためいき》の一つもつきたくなるが、ない物ねだりをしても始まらない。二人の仲を取り持つために動ける人間は俺しかいないのだ。

問題があるとすれば、こっちが瀬名のことをあまり知らないことだろう。

小野寺に関しては全てを理解できているわけではないが、一緒に住んでいることもあって大《おお》雑把《ざっぱ》な性格は摑《つか》めている。

しかし瀬名と一対一で話したことは一度としてない。なんとなくわかったのは、纏《まと》っている空気は極《きわ》めてクールだが結構感情的。小野寺に比べたら結構常識的な部分がある……といったところだろうか。

一度腹を割って話してみたいところだが、戦いが終わるといつの間にかいなくなってしまうのでなかなかその機会がない——

「ん……？　このボランティア、焔ヶ原《ほむらがはら》女学院との合同じゃねえか」

と思ったら、案外機会はすぐ巡《めぐ》ってきそうだった。


焔ヶ原女学院は全国でも名の知れた女子校だ。

小中高大からなるエスカレータ式の一貫校であり、卒業生の多くが各々《おのおの》が望む未来を摑み取っているという。明治《めいじ》時代から続く歴史ある学校であるため、校則はさぞかし厳しいのだろう——と思いきや、生徒の自主自立を重視した自由な校風が売りだ。

水浜第二高校では目くじらを立てられる小野寺の改造制服も、焔ヶ原女学院であれば特にお咎《とが》めなしなので、女学院の生徒の大半は制服を自分好みにカスタマイズしており、手先が不器用な生徒のために服飾部がカスタマイズの代行をするサービスもしているようだ。

自由な校風と卒業後の進路の充実ぶりから、入学希望及び編入希望が毎年定員を余裕でオーバーする人気校だが、編入試験は凄まじい難易度であり、多くの乙女《おとめ》が毎年合格者発表の掲示板の前で屍《しかばね》をさらしている姿が多数目撃されているとかいないとか。

そんな焔ヶ原女学院とザ・普通科高校である水浜第二高とでは天と地の差があり交わることなど何一つない——わけではない。場所が近いこともあって、結構交流する機会が多いのだ。

今回の合同ボランティアも生徒会の交流活動の一環《いっかん》らしい。

集合場所の焔ヶ原のラウンジでは、全寮制ということもあってか休日にも拘《かか》わらずかなりの数の生徒で賑《にぎ》わっている。

笹と焔ヶ原の生徒会長が今日の活動の流れを確認していて、それ以外の生徒は自己紹介を兼《か》ねた交流タイムといった感じだったが、その中でどうもただごとではない空気を放つ二人の生徒がいた。

まあ、勿体《もったい》ぶるまでもなく小野寺と瀬名なんだけどな。

「……」

瀬名はなんとも言えない表情で小野寺&俺コンビを見ている。

まさかこんなところで会うとは思ってもみなかったのだろう。俺も同じだ。

一方小野寺は飄々《ひょうひょう》とした態度だが、その目に宿る好戦的な色をこれっぽっちも隠せていない。

「よお雪無《せつな》ちゃん。情熱的に見つめてくれるたぁ、よっぽどオレが恋しかったみてーだな」

瀬名はぴくりと眉《まゆ》を持ち上げるが、感情に飲まれたら負けだと思ったのか、声を荒らげずに言葉を返した。

「恋しいだと？　自意識過剰《かじょう》とはこのことだな火怜。そういうおまえこそ、私に指輪を渡す気になったか？」

「馬鹿《ばか》言うんじゃねーよ。言っただろ？　欲しけりゃ奪えってな」

まさしく一触即発といった雰囲気《ふんいき》だが、この程度の会話でハラハラする俺ではない。

二人が顔を合わせると大概《たいがい》似たり寄ったりの言葉の応酬《おうしゅう》になるので、既《すで》に慣れてしまっているのだ。

……問題は、当事者二人というより周囲にいた焔ヶ原の生徒の皆様。

今までの和《なご》やかな空気から一変して、視線をこちらに——というか小野寺に向けながら何やらコソコソ話している。

聞き取れた言葉は指輪？　とか、どういう関係なのとか、泥棒猫だとか、協定違反だとか、実力行使をとか、滅殺《めっさつ》だとか瞬殺だとか、凄まじく物騒な感じだが言葉の断片を切り取ってたまたまそう聞こえただけかもしれないので、これだけで判断するのは早計というものだろう。

きっとそうだ。

尚《なお》、当人たちは気づいている様子はない。

「でもまさか、いきなり会えるなんてな……生徒会に入ってるのか？」

人目がある中でワルキューレと会話すると、端《はた》から見れば虚空《こくう》に向かって話しているような格好《かっこう》になってしまうが、今の俺は小野寺の隣にいるので、位置関係的にそんな珍妙《ちんみょう》なことにはならないはずだ。

「いや、生徒会には所属していない」

「ははーん、てことはオレと同じ罰ゲームだな？　何やらかしたんだよ。赤点か？　それとも喧嘩か？」

「頼まれたから来ただけだ。一緒にするな！」

ごもっともとしか言いようがない。

……ところで焔ヶ原の生徒たちが制服から取り出しているのは、特殊警棒やメリケンサック、しまいには三節棍《さんせつこん》など女子校には似つかわしくないというか、どの教育機関においても相応《ふさわ》しくない代物《しろもの》なのだがこれはどういうことだろうか。乙女らの正体見たり傭兵《ようへい》隊なんてそんなことが……いやいやあるはずがない。

見なかったことにしよう。仮にもしものことがあったとしても、小野寺なら乗り越えられる。うん、きっとそうだ。そういうことにしておこう。

「あだっ！」

そんな小野寺の頭頂部に、天罰――ではなくゲンコツが投下された。

「いってえなカイチョー！　これ以上馬鹿になったらどうすんだよ！」

「どっちにしたってマイナスなら誤差の範囲内よ」

んだとこらーと小野寺に食ってかかられても、会長はケロッとした様子でまるで動じていない。

端から見たら小野寺が瀬名をおちょくっているように見えただろうし、実際その通りなので会長が止めに入ったのだ。

「ごめんなさいね。この子、自意識過剰の自惚《うぬぼ》れ屋で性格悪くておちょくり癖《ぐせ》があって喧嘩大好きなお馬鹿さんだけど、ちゃんといいところもあるの」

いいところもあるとか言いながらダメなところがすごい具体的なのが気になるが、おおむね間違ってない。

「は、はあ……私の方こそすまない。つい、感情的になってしまった」

「まったくだぜ。以後気をつけるように」

「あなたも反省なさい！」

「ホンギャー！」

会長のアイアンクローによって小野寺の頭骨がミシリミシリと音を立てている。

「うーん……やっぱりすごいな」

小野寺にアイアンクローを叩き込める御仁を、俺は会長以外知らない。

是非《ぜひ》彼女には魔法少女になっていただき、じゃじゃ馬魔法少女を制御《せいぎょ》してほしいのだが……やっぱりない物ねだりか。

最初の方こそ極めて不穏だった合同ボランティアだが、活動自体は恙《つつが》なく終了した。

一番の問題分子である小野寺も、始まってしまえば特に問題を起こすことなく、手慣れた動きで、河原《かわら》に捨ててあるゴミをひょいひょいとゴミ袋に集めていた。

正午になったところで活動は終了。

再び焔ヶ原の校舎に戻ってきた生徒会の面々は、学食で交流会を兼ねて昼食を摂《と》っている。

どうやらこちらの方が生徒会メンバーたちにとってメインのようだ。

それ以外の助《すけ》っ人枠《とわく》の生徒は自由行動。

そのまま帰ってもいいし、校舎を見学してもいい。

小野寺はいつの間にか姿を消していた。

この学校に来たのは瀬名と話をするためだったが、正直小野寺がいると話がうまく進まずにこの前の焼き直しになる可能性がある。というか、小野寺がそれを望んでいるので、秘密裏《り》に進められるならばそれに越したことはない。

焔ヶ原の生徒の一部が小野寺に対しなんかもの凄《すご》い視線……というか殺気を送っていたのが気になったが、まあ、グッドラック。

校舎を散策《さんさく》していると、思ったより早く瀬名に出会えた。話があると告げると、瀬名はあっさりと了承してくれた。その話とは、もちろん彼女に仲間になってもらうことだ。

幸先《さいさき》のいいスタート。

もしかしたらこの前の戦いのせいか、少々ネガティブになっていたのかもしれない。

彼女たちは戦闘スタイルや主義主張は大きく違えど魔法少女。世界を守る戦士なのだ。ファーストコンタクトこそ惨憺《さんたん》たる有様《ありさま》だったが、まだいくらでも取り返すことができる――！

「ダメだ」

──なんて甘い話というのはそう都合よく転がっているものではないらしい。

場所は校舎二階のベランダ。

神は細部に宿るというが、このような場所でも徹底的に掃除が行き届いているのが、お嬢様学校がお嬢様学校たる由縁《ゆえん》なのだろう。空はこれからの俺の行く末を暗示しているかのような曇天《どんてん》。体に纏わりつく大気は、梅雨《つゆ》が近づいているせいか湿り気を帯びていた。

「何度も言ってるはずだ。私はあいつと組む気はない」

「そ、そう言わずにさ。やっぱり一人より二人のほうがいいだろ？　こーゆー場合はさ」

「それは否定しない。だが、それはあくまでその魔法少女が完全体であった場合だ。グレイなんて、論外中の論外に決まっているだろう」

吐き捨てながら、紙パックのいちごオレに口を付ける。

「……そんなに、グレイってダメなのか？」

「当たり前だ。転移もできない、魔法もろくに制御できない……どう戦えと言うんだ」

「いや、あいつ魔法は使えるぞ？　キャンサーとか瀬名の弾丸とか、魔力を含むものさえ食えば」

「それもどうかと思っているんだが……まあいい。あの炎が魔法かどうかは私もわからん。魔力の塊《かたまり》を炎という形でぶつけているのか炎系統の魔法なのか……何にせよ、キャンサーを倒せるだけの力はあるようだが、ならば尚更《なおさら》、武装杖《ワンドアームズ》は必要だ」

「小野寺は格闘戦がメインだし、武器なんていらないんじゃないのか」

「武装杖《ワンドアームズ》は武器であると同時に杖《つえ》だ。魔力の制御には杖が必要なんだ。そうしなければ、バックファイアーを直接食らうことになる。そのダメージは体に蓄積していくことになるんだぞ？　グレイには自己修復機能なんてものは当然ないからな」

「自己修復機能……？」

また知らない言葉だ。

「変身解除すれば、どんな傷も元通りに修復される機能だ」

「……あれ？　なんか瀬名の魔法と被《かぶ》ってないか？」

その言葉に瀬名はむっとした表情になった。

「言っておくがな。いくら自己修復機能と言っても限界はあるんだぞ。痛みはしばらく残るし、腕が吹っ飛ばされたら二日はろくに動かすことができない。四肢《しし》をまとめてやられたら最悪中の最悪だ。だが私の回復魔法は違う。何事もなかったかのように痛みは治まるし、何より戦闘中に治療ができるからな。魔力が尽きない限り無限に回復することだってできるぞ」

若干《じゃっかん》ムキになって自身の魔法の有用性を説明する瀬名は、どこか子どもっぽい。その手の中で若干つぶれかけているいちごオレもそれに一役買っていた。だがしかし、実際こいつの魔法が凄まじいものであることも確かなのだ。

そう言えば俺が撃たれた時も、小野寺渾身《こんしん》の蹴《け》りによる痛みがすっと引いた。傷は残らなくても痛みが残るというのはなかなかに厄介《やっかい》なもので、戦わない俺でも勘弁《かんべん》してくれと思うのだから、実際に戦う魔法少女なら尚更だろう。だが、それでも傷が治るだけまだマシとも言える。

「小野寺は……ないんだよな、それも」

「そうだな。どんなに小さなダメージでも、蓄積していけば確実に体を蝕《むしば》んでいく。このまま戦うと、確実に火怜は死ぬぞ」

死ぬ、という言葉が小さな体に容赦なくのしかかる。

この世界の魔法少女は、一度壊滅している。

実際に何があったのかは、瀬名の口から直接聞いたわけじゃない。けれど、彼女以外に元から戦っていた魔法少女の姿が影も形もないのは――つまり、そういうことなのだろう。

何があったのか、瀬名は話そうとする様子はない。

彼女がくぐり抜けてきた地獄がどれだけ惨憺たるものであるのかは、想像することしかできないが――おそらく俺の想像以上に酷《ひど》い代物なんだろう。

「……私も迂闊《うかつ》だった。まさか他のキャンサーに手を焼いている間に、とんでもないバカが契約していたとはな」

俺と小野寺が契約していたとき、瀬名は別の場所でキャンサーと戦っていた。

複数のキャンサーが違う座標に現れることは、決して珍《めずら》しいことではない。俺たちの物理的なすれ違いが続いていたのはこれも原因だ。

正直、それを聞いただけでも一人ではキャパオーバーだと思うのだが、リセットの性質上、どれだけ破壊が進んでも倒せば元通りになるため、一体一体対応して回るということも不可能ではない。

つまり、あの時俺が何もしなくてもそのうち瀬名がやってきてビッグフィストを倒してくれたはずだったってことだ……

「けど、俺も小野寺も『じゃあいっか』って割り切ることは多分無理だったと思うぞ」

「おまえたちを責めたいんじゃない。迅速《じんそく》にキャンサーに対応できなかった私の責任だ……すまない」

「謝るなよ。俺と小野寺が会った時点で、遅かれ早かれそうなっていただろうし」

瀬名は力なく首を振る。

「だが、グレイに待っているのは破滅だけだ。どうしてああなったかは知らないが、魔法少女としてやってけるはずもない。ワルキューレの力を持っているおまえなら、あいつの了承を得ずに契約を破棄《はき》させることも可能だぞ」

結局、ここに戻ってくるわけか。瀬名の言っていることは間違っていない。

小野寺は魔法少女としては致命的なまでに欠陥《けっかん》だらけだ。なんでこうなってしまったのかは俺にもわからない。俺が慣れない体で契約をしたせいなのか、それとも契約直後に小野寺に叩き込まれたキャンサーの一撃が原因なのか……心当たりはないでもなかったが、過去に戻って結果を変えることはできやしないのだ。

「けど、小野寺はそれを望んでいない」

その言葉に、瀬名はいちごオレを一息に飲み干すと、ぐしゃりと紙パックを握りつぶした。

「本当にあいつは何を考えている！　あれだけの状態になって戦い続けているなんて……イカれてるのか、やっぱりただのバカなのか!?」

頭を抱え、うがぁと瀬名は吼《ほ》えた。

「いや、百歩譲《ゆず》って義務感で戦い続けていると仮定してもだ。指輪を寄越《よこ》せとか言われたら普通話し合いとかそういう展開になるはずだろう。なんだ力尽《ず》くで奪ってみろって。魔法少女同士で戦うとか……いや乗ってしまった私も悪いんだが、やっぱりあいつはおかしいぞ！」

「あー……まあ、本当に大変だったたな」

同じく小野寺に振り回される身として、これほど実感が籠《こ》もった言葉もない。

「けどあいつは戦うことが好きなんだよ、本気でな。魔法少女になる前、キャンサーに襲われたときだって、あいつは無茶すぎる戦いに挑んでた」

強大な力に溺《おぼ》れてああなったのではなく、元から彼女はああだった。

むしろ魔法少女になったことで、年中無休喧嘩上等な心に肉体がようやく追いついた……いや、それでもまだ足りないくらいなのだ。

「天然モノの戦闘狂っていうのかな、あいつは。矯正《きょうせい》しようとしても矯正器具の方がぶっ壊れるのは目に見えてる。どれだけリスクを説明しようがあいつは戦い続ける。そしてきっと、笑いながら死ぬんだろうさ」

長生きすることとか穏《おだ》やかに死ぬとか、小野寺はそういうことを望んじゃいない……と完全に切り捨てているわけではないだろうが、それよりも今やりたいことの方が最優先事項であり、それが魔法少女としてキャンサーと戦うことなのだ。その結果が、自分の死だとしても。

「おまえは、それでいいのか」

「いいわけないだろ。あいつには死んでほしくない。せめてあと百年は生きて、穏やかに死ねって思う」

共に行動……どころか食住まで面倒《めんどう》を見てもらっている俺だが、しかし小野寺の考えを全面的に支持しているというわけでは決してない。つーかできるわけないだろうが。

小野寺の、ダイナマイトを体に巻きつけて火の海に嬉々《きき》として突貫《とっかん》していくような行動は全然理解できないし、怪我《けが》をする度《たび》にヒヤヒヤしている。

だが、偶然が重なった結果とはいえ、小野寺が魔法少女になったのは俺の責任だ。

「だが、火怜と契約破棄するつもりもない……とんだ矛盾だぞ、それは」

「矛盾はしてないさ。だから、瀬名に協力してほしいって頼んでるんだ。あいつの一番の課題はダメージの蓄積だけど、瀬名がいてくれればそれも解決できる。あいつが死ぬなんて結末は、回避できるだろ」

俺は小野寺を止めることはできない。だから、彼女が死なないように全力でサポートすると決めたのだ。

「さっき断ると言ったばかりだと思うんだが」

「生憎《あいにく》、一度断られたら何度も頼むのが俺の主義だ」

前は違ったけど、ちょっと前に宗旨《しゅうし》替えしたのだ。

「むう……」

瀬名は困ったように視線をさまよわせた。

「そもそも、だ。何度も頼んだとして、それで私が応じるとでも思うのか？」

「思う」

「だろ、だから……って待て待て。なんでそう断言する？」

予想外の反応に、瀬名は目を困惑《こんわく》気味に瞬《しばたた》かせた。

「瀬名は誰かを見殺しにする——いや、できる人間じゃない。それがいくら気に入らない相手でも、だ」

「まともに話すのは今日が初めてみたいなものなのに、よくそんな知ったような口が利《き》けるな」

「確かに心の中までは覗《のぞ》けない。けど行動は何よりも雄弁だろ。おまえはとんでもないくらいのお人好《ひとよ》しだよ」

その言葉がよっぽど不本意だったのか、瀬名は苦々しげに俺を睨む。

「……何を根拠に」

「初めて会ったとき、おまえは人質になった会長を助けた。助けなくてもリセットがあれば問題なかったのにも拘わらず、だ」

必殺技を使う際には、膨大《ぼうだい》な魔力が消費されることは想像に難《かた》くない。同時に、回復する相手と殲滅《せんめつ》する相手を選別するというのならば尚更だ。

瀬名は一般人が戦いに巻き込まれることを好まない。

リセットされるとわかっていても、被害を最小限に抑える戦闘スタイルをとっている。怪我をしている人がいたらわざわざ回復魔法を使ったり、安全な場所へ避難させているのも、俺は何度も目撃していた。

「そんなの当たり前だろう。魔法少女だって無敵じゃない。負けるときは負けるし——死ぬときは死ぬ。そうなったら、私が出してしまった被害をなかったことにできなくなる。リスクを最小限にすることは魔法少女の鉄則だ。むしろ、リセットがあるからと怪獣みたいに暴れてるあいつの方がおかしいんだ」

怪獣みたいとは結構な言い草だが、まるで否定できない。それにしても、頑《かたく》なに認めようとしないいんだなこいつ。

俺はお人好しは美点だと思うのだが……優しい人と言われるとなんか否定したくなるあの心理に近いのか？

「証拠はまだあるっていうかこれが本命なんだけど……小野寺に契約を破棄させようとしているのがいい証拠だろ」

「……何？」

「本当に野垂《のた》れ死ねばいいと思ってるなら、適当なこと言っておだてて、鉄砲玉に使った方がよっぽどいい。戦力が増えるのは瀬名も望むところなんだろ？　不完全体とはいえ、それに目をつむれば小野寺は強い魔法少女だ。利用するだけ利用して死んだらそれっきりっていう方法だってあるはずだ。本当にどうでもいいと思っているのなら——」

瞬間、バチンと引っぱたかれるような勢いで口が手で塞《ふさ》がれた。

「もういい、わかった。黙れ」

瀬名の耳は真っ赤になっていて、推測《すいそく》の成否がはっきりとわかった。

「まったく……次から次へとペラペラ喋《しゃべ》る奴だ」

「今の俺にできることなんて、それくらいしかないからな。本当だったら、あいつと一緒に肩並べて戦いたかったんだけど」

小野寺や瀬名が戦っている時、俺は見ていることしかできない。

敵が潜伏《せんぷく》しているのを知らせたり、行動パターンを推測するのが精一杯《せいいっぱい》だ。

「今のおまえは充分やれてると思うぞ。そもそもワルキューレは戦場に干渉《かんしょう》しない主義らしいからな」

「俺は中身が人間だからな。そういうのは関係ないんだよ」

「……それもそうか」

瀬名は視線を空へと向けた。

元々この世界に派遣《はけん》されていたワルキューレはもうこの世界にはいないと、スルーズは言っていた。

そのワルキューレはこの世界の人間と契約して魔法少女を生みだしたのだから、当然瀬名とは接点があるはずなのだが――俺は、聞けなかった。

んんっと誤魔化《ごまか》すように咳払《せきばら》いする。

「そ、そうか──充分にやれてるか、俺。そうかそうか。じゃあ俺たちに協力──」

「なんでその話に飛ぶんだ⁉」

　飛ぶも何も、ハナからそれが目的なんだもん。

「俺は小野寺に死んでほしくない。かと言って魔法少女を辞めさせることは無理だし、俺もそんなことは考えていない」

　戦うことがあいつの望みだと言うのならば、可能な限りその意思は尊重したい。

「だから、おまえの力が必要なんだ。頼む」

　深々と頭を下げる。ちんちくりんなこの体じゃ、あまり様《さま》になっていないことは薄々わかっていたけれど、それでも頭を下げるべき時は下げるしかない。

　今、瀬名はどんな表情をしているのかはわからない。怒っているのか呆れているのか……はたまた養豚《ようとん》場の豚《ぶた》を見る目でこっちを見ている可能性も充分考えられる。

　どれくらい時間が経《た》ったのかは、時計を確認していないのでわからない。

　数秒しか経ってないのか、はたまた何十分も経ったのか──そう思っていると、コンクリートの床と瀬名の足下しか見えない視界に、にゅっと瀬名の手が入ってきた。

　その手に握られているのは、弾頭部分が透明なクリスタルでできた銃の弾丸だった。

「これは、ザ・スペクターの……」

「直接体に撃ち込むか砕《くだ》いた時点で、刻《きざ》まれた術式《じゅつしき》が起動し魔法が行使される。どんなに死に体でもベストコンディションまで回復させることができる代物だ……おまえが持っておけ」

妙に早口で説明する瀬名と、銃弾を交互に見る。その意味がわからないほど俺は鈍感《どんかん》じゃない。

「じゃ、じゃあ、俺たちの仲間になってくれるのか!?」

「なわけないだろう」

「あれぇ!? 今完全に仲間になるっぽい流れだのに……」

「おまえには借りがあるからな、空白《くうはく》。それを返したってだけだ」

「借り？ そんなもの貸した記憶ないけどな」

「……初めて会った時に、あいつの蹴りから私を庇《かば》っただろう。忘れたのか？」

ああ、あの時のか。

「別にあれくらいいいって。あの後回復してもらったんだから貸し借りなしだろ」

魔法の特性考えたら、突き飛ばすのは小野寺の方にしときゃよかったと後悔してるのは内緒だ。

「い、いいから受け取れ。受け取らないと私が納得できないんだ」

まあ、本人がやるというのなら遠慮なく貰《もら》っておこう。

「ありがとな。これであいつの怪我《けが》も治る」

「別にそっちはどうでもいいがな。おまえがヤバくなったら使え……ともかく、これで私と空白は貸し借りゼロだ」

ふすーと鼻を鳴らしながら、納得したように頷《うなず》く瀬名。

……もしかしてこれって表向きでは協力しないけど、回復アイテムはくれてやるというツンデレ仕草《しぐさ》なのだろうか。

アニメではよく見るが実際にやられると……なかなか悪くないな。かわいい。

「そりゃ何よりだけど……ていうか、なんで空白？」

「？　おまえの本名は淋代《さびしろ》空白ではないのか？」

「そうだけど、いきなり下の名前で呼ばれるのに驚いたっていうか」

なんか一瞬ドキッとしてしまった我が身の単純さが情けない限りだが、瀬名は俺の質問の意図を測《はか》りかねてかきょとんと首を傾《かし》げている。

「別に大した理由はない。私は上の名前で呼ばれるのが苦手でな……ああ別に、自分の苗字《みようじ》が嫌いというわけではないぞ？　だが、下の名前で呼ばれた方がしっくりくるのだ。だから私も下の名前で呼ぶことにしている」

そう言えば小野寺のことも火怜と呼んでいたし、本当にドキッとした俺の感情は無駄なものだったようだ。ああ恥《は》ずかし。

「えーっと、つまり俺も下の名前で呼んだ方がいいってことか？」

「そっちの方が助かる」

「わかったよ雪無……これでいいか？」

「うむ」

小っ恥ずかしいけど結局これは慣れの問題だ。何度も呼んで慣れちまうのが一番。

元々聞く耳を持ってくれないだろうと思って臨《のぞ》んだ話し合いだったけど、かなりいい感じに進められた。特に弾丸を貰えたのは大きな収穫と言ってもいい。

仲間になることは了承してくれなかったけど、完全に敵対するよりは遙《はる》かにマシな結果だ。

これは小さな一歩だが、この世界を守る大きな一歩となる――

壮大なＢＧＭを背景に偉人の名言をパクっていると突如《とつじょ》、ベランダの柵《さく》にがしゃんと手がかけられた。

その光景はさながらＢ級ホラー映画の一幕で、這《は》い上がってくるゾンビが哀《あわ》れな犠牲者《ぎせいしゃ》たちに襲いかかる――！

「「ぎゃあああああああああああああああ!?」」

響き渡るは、俺と雪無の悲鳴のユニゾン――と思いきや、ベランダに外側から侵入してきたのは、小野寺だった。

「なんだ小野寺かよ……あーびっくりした」

まあゾンビなわけないわな。

だからと言って魔法少女っていうのもなかなか予想つかないと思うけど。

「あん？　なんだよオレじゃいけないってのかよ」

と、ここで俺と雪無が一緒にいることに気づいたようだ。

「おまえら、ここで何してんだ？」

何故か、その声はかなり不機嫌そうだった。

「え？　ああ、なんていうかその、話し合いっていうか会談っていうか」

実はこのことは小野寺に話していない。

俺は俺で動くって言っておいたから問題ねーだろと思っていたが、しかし小野寺の不機嫌メーターがぐんぐん上がっていくのを肌《はだ》で感じたので慌《あわ》てて話題を変える。

「ていうか、ここ二階だぞ？　どうやって来たんだよ」

「へっ、それなりの足場がありゃこれくらいヨユーだっての」

最近俺の脳内辞書に記されている『余裕』と小野寺の言う『余裕』は実のところまるで違う意味を持っているのではないかと睨んでいる。

まだキャンサーとの戦いの傷が癒《い》えていないのに、相変わらず無茶苦茶をやらかす奴だ。

雪無も信じられないものを見るような目で小野寺を見ている。

小野寺はうんしょっと柵を乗り越えて着地。そのタイミングで、俺は彼女が背負っている物の存在に気づいた。

「……それ、何だ？」

「段ボールだろ」

「知っとるわ、んなもん。俺が聞きたいのはなんでそんなもの持ってんだってことだよ」

こいつのことだから大方ロクなもんじゃないと思うのだが……。

「おっといけねえ。うっかり忘れちまうところだったぜ」

言うや否《いな》や、『茨城《いばらき》メロン』と書かれているそれを、小野寺は実に素早い動作で組み立て逆さにして蓋《ふた》をするようにすっぽり被《かぶ》って蹲《うずくま》った。

「「……」」

……俺たちは一体何を見せられているんだろう。

段ボールの中に隠れるという潜伏法は定番中の定番だがしかし、こーゆーのは段ボールがあってもおかしくない空間で初めて効果があるのだ。

こんなところでやっても効果がないどころか滅茶苦茶目立つことこの上ない。

雪無もどう反応したらいいのか迷っているらしく、俺と段ボール少女を戸惑《とまど》いの目で交互に見ているが……すまん、俺もどうしたらいいかさっぱりだ。

誰か状況を説明してくれないかと思っていると、中庭からなにやら声が聞こえてくる。

「いたか⁉」

「不覚です、見失いました」

「なんて逃げ足の速い……！」

「諦《あきら》めるな！　雪無ちゃんに近づく不届き者は何としても私たちで排除し、あの子を守るのだ！」

「「「了解《ヤー》！」」」

俺たちは本当に何を見せられているんだ⁉

確かなのはこれまた面倒くさいことに小野寺が巻き込まれた……もしくは自分から首を突っ込んだか。

「……つーかここの生徒たち凄まじく物騒じゃないか？　女子校っていうより傭兵部隊ってい

った方がしっくりくるんだが」

名門校由来《ゆらい》の風格というか品格みたいなのはしっかり感じるのだが、それがかえってイレギュラーさを引き立てている。スイカに塩の論理だ。

「傭兵とは大げさだぞ。あれくらい普通じゃないか？」

「特殊警棒とか三節棍持ち歩いてる女子高生を世間《せけん》一般では普通とは言わねーよ」

無念、既に雪無は朱《しゅ》に交わり赤くなっていた。

「そんなものか」

ふーむと納得したように頷いてる雪無さん。

「……もしかしなくても、護衛《ごえい》術の授業とかあったりする？」

「あるぞ。正確には護身・制圧基礎だ」

身を守るだけじゃ物足りなかったようだった。そして応用もあるようだった。

物騒な世の中だからまあ習っておいて損《そん》はないと思うが、結果的に彼女たちが一番物騒な存在になっているのはどんな皮肉だろう。

「私も高等部から編入した口だから最初こそ戸惑ったが、今ではすっかり慣れてしまったな。そうか、やっぱりこの学校は変わっているのか」

「少なくとも俺の中ではな」

まあそういう変わった学校があるのも多様性……っていうのかなあ？

「――ねえ、ここに火怜さん来なかったかしら？」

ひょっこり、ベランダに現れたのは誰あろう、笹坐笹生徒会長であった。

相変わらず俺のことは見えていないらしい。

小野寺ならあなたの足下に潜伏してますよ、なんて言えるはずもなしか。

「何かあったのか？」

「ちょっとトラブルでね。火怜さんとここの生徒たちの間で小競《こぜ》り合いっていうか、殴り合いの大喧嘩になったみたい」

やっぱりそんなことだろうと思ったよ。

とはいえ、それで小野寺が退却するとは珍しい。

「あいつらヤベえぞ。一人一人が雪無並みの力持ってやがる。一斉《いっせい》に相手にするのは分《ぶ》が悪すぎるぜ」

会長に聞こえないよう小野寺が超小声で説明してくれた。

一人一人が雪無並み、か。

彼女は魔法少女に変身してなくても、生身《なまみ》の小野寺とタメ張れるくらい強いのでそれが複数となると、なるほど分が悪いかもしれない。

雪無の話を聞く限り、格闘術とかも学校で習っているみたいだし、なんらおかしいところはない。おかしいのはこの学校のカリキュラムだけだ。

『焔ヶ原の生徒をナンパするのだけはやめておけ』という格言じみた言葉を風の噂で聞いたことがあるけど、そういう意味だったのか。

偉い人を怒らせるんじゃなくて物理的に制圧されてしまうのは予想外だったけど。

「つーわけでやるなら各個撃破だな」

「違うそうじゃない」

「一時的に負けるのはいいけどよォー、最終的にはオレが勝たねーとな！」

そこは穏便《おんびん》に手を引くというのがベストな選択肢《し》だと、こいつは何故わからないんだ？

「ベストが常《つね》に最善とは限らないんだぜ。オーケイ？」

最善とはいかないまでもおまえが取ろうとしている最悪よりはマシだ。

小声で言い合っている俺たちを他所《よそ》に、雪無と会長の会話も進んでいく。

「殴り合い、か……」

「ええ、なんでも火怜さんが一方的に挑発してきたみたい。しまいには服を触られた瞬間、殴られたと言ってその生徒をぶん殴ったんだとか」

凄まじく悪質な手法だが、何かおかしい。

小野寺だったらそういう回りくどい方法を使わずに、『そんだったら喧嘩で白黒つけようぜ。さあ、勝負勝負！』とか言いそうなものだが――

「違《ちげ》えよ！　あっちが勝手に因縁《いんねん》をつけてきたんだ！」

怪奇、喋る段ボール。

「……」

会長がひょいと段ボールを持ち上げると、そこには当然小野寺の姿が。

「そうね。確かにそんな事実はないわ火怜さん……けど、マヌケは見つかったようね」

なるほど、さっきの火怜にしては不自然極まりない情報は、会長のミスリードだったのか。

謎は解けた。

「き、汚《きたね》え！　汚えぞカイチョー！」

「だまらっしゃい。まったくあなたは、トラブル起こした罰としてここに来てるのに新しいトラブルを起こして……！」

「オレは正当防衛を——」

「トラブルに対処する側にとっちゃ正しいとか正しくないかとかどうだっていいのよ、オーケイ!?」

ギリギリとアイアンクローが小野寺の頭蓋《ずがい》に食い込み、ホギャーとお嬢様学校には似つかわしくない悲鳴が響き渡る。少々物騒だがこれも青春の一ページとしていい思い出になるのだろうか……と、俺のセンチメンタルな思考を吹き飛ばすように、警報が鳴り響いた。

それは紛《まぎ》れもなく侵略者の襲来《しゅうらい》を知らせるものであり、魔法少女の戦いの始まりを告げる鐘《かね》の音だ。

「近いな……まったくこんな時に」

雪無は舌打《したう》ちしながらも指輪を出現させ、構えを取った。

瞬間、体が結晶に包まれ魔法少女に変身する。

「ヴエェ!?　え？　何？　何がどうなって——」

何も知らない――正確には知らないことになっている――状態で、こんなアニメみたいな光景を目《ま》の当たりにしたら誰だってこんなリアクションにもなる。

「悪いが説明している時間はない。あなたは早くこのバカを連れて避難してくれ」

「わ、わかったわ」

戸惑いながらもすぐに冷静さを取り戻すのはさすが生徒会長というべきか。

会長は頷くと、指輪を出現させようとしていたこのバカ――もとい小野寺を羽交《はが》い締《じ》めにしてズルズルと引きずっていく。

「お、おい待てよカイチョー！　オレにだってやることが――」

「知ってるわ。ここからすぐ逃げることでしょう。さあ、さっさと行くわよ！」

うがーと暴れている小野寺に『避難を済ませてから変身しろ』とアイコンタクトを送った。

納得してくれたのか、小野寺はこくりと頷き――一瞬で会長の背後に回り込むと、その首筋に手刀《しゅとう》を『トン』と叩き込んだ。

「あうん」

妙な悲鳴を上げて倒れる会長。完全に気絶していた。

「変身！」

ぶっ倒れた会長に構わず、小野寺も変身を完了させた。

「何やってんだおまえはあああああああああ!?」

「何っておまえが目で言ったんだろ。気絶させてから変身って」

……どうやら、俺と小野寺の意思疎通《そつう》は、以心伝心《いしんでんしん》とはほど遠い領域にあるらしかった。

「はあ……」

体育倉庫に身を潜《ひそ》めた俺は、小さく嘆息《たんそく》する。

外からは爆発音や生徒たちの悲鳴が聞こえてくる。今頃、外はとんでもない大混乱に陥《おちい》っていることだろう。この世界を蝕《むしば》む怪物と、それを阻止《そし》せんと戦う魔法少女たち。

何度も繰り返されている戦いだが、しかし多くの人々にとっては初めて見る異常事態。

戦いが始まってから十分が経過しようとしていた。いつもだったら俺も小野寺や雪無と一緒に戦場へと向かうのだが、今回ばかりはやや勝手が違う。

偉大なる勘違《かんちが》いによって小野寺が会長を気絶させてしまったので、俺が会長を見守ることになったのだ。あいつらと一緒にいたところで何かできるわけじゃないけど、こうして離れているというのもなかなか辛《つら》い。

自分だけ安全圏にいるという罪悪感を、嫌でも意識しないといけないからだ。一緒に戦場にいるだけでも、少しだけ忘れることができるのだが――さすがに今日は状況が状況だ。

小野寺にはキャンサー退治《たいじ》に向かってもらって、俺が会長を避難させることになった。

他の生徒会役員には、会長のスマホのロックを解除した小野寺（なんでこいつがパスコード知ってんだってのはさておき）によって各自避難するよう伝えてある。

会長は逃げ遅れた生徒を探す、とも。

そのような経緯《いきさつ》で、俺たちは今、体育倉庫の中に身を潜めている。本当だったらもっと遠くの場所へ逃げたかったが、気絶した人間を運ぶのはなかなかに骨が折れるのだ。

まあそれはいいとして、

「総員、退避ー！」

とかやっぱりお嬢様高校には似つかわしくないような声が聞こえてくるのは一体何なんなのだろう。あれか、二次元世界の女子校と実際の女子校が全然違うとかそういうことか。

「後で雪無に聞いてみるか……」

なんて思っていると、会長の瞼《まぶた》がぴくぴくと動き、目を開けた。

「ここは、どこ……？」

会長は視線をさまよわせ……俺の前で固定される。

「ぎょえぇ!?」

ずざざっと後退して、後ろに鎮座《ちんざ》していた跳《と》び箱に後頭部をぶつけた。

「ぐえっ」

なんかこの人のリアクションって、いちいち汚いんだよな……ってそんなこと言ってる場合じゃない。

「会長……もしかして俺が見えてるんですか!?」

会長はしまった、と言わんばかりの表情で目を逸らす。

「いいえ、見えてないわ。全然見えてない。白くてもちもちして飛んでる物体なんて見えているはずがないじゃないの」

「見えてるじゃないですか」

おまけに喋ってるし。

「ぬかったわ……今までずっと気づかないフリをしてたのにここでボロを出してしまうなんて……！」

「ずっと見えてたんですか!?」

なんで黙ってたんだ……いや、待てよ。よく考えてみれば俺の姿は結構異常だ。

確かにマスコットみたいなデザインは結構可愛いが、しかしそれはフィクションの産物としてであり、実在するとしたら完全に未知の生命体。

動いて喋るとなるとかなり不気味なのかもしれない。

にも拘わらず、あっさりと受け入れていた誰かさんは度量が広いというかなんというか。

「別に怪《あや》しいものじゃないですよ。魔法少女のマスコットみたいなものだと思ってください」

我ながら前半と後半で台詞《せりふ》が思いっきり矛盾している気がする。

「魔法少女……ということは、雪無さんが魔法少女なのね？」

「そういうことです」

実はあなたの後輩もそうなんですよ、とは言わないでおいた。ここで言ったらさらにヤヤコシクなりそうだからな。急いで要所要所をかいつまんで魔法少女について説明した。ワルキューレが見えていることが、魔法少女になる資格であることも。

「つまり……私もなれるの？　魔法少女に」

「はい。けど……命がけの戦いになります。最悪、死ぬかもしれません」

こればかりははっきりと言っておかなくちゃならない。俺の目的はできるだけ多く契約し、魔法少女の数を増やすことだ。

けれど無理強《むりじ》いしたり、リスクを言わないで契約して後々ヤバくなったときに、「聞かれなかったからさ」なんて飄々とほざく真似《まね》だけはできないし、絶対にしたくない。

「別に今決めなくてもいいです。いずれ今日の戦闘は終わりますから、安全なときにじっくり考えた方がいい」

リセットが発生したらこの出来事もなかったことになるので、また一から説明しなくてはいけないが、それくらいの手間どうということはない。

「……わかったわ。契約する」

しかし会長は、決意を固めた目で頷いた。契約を求めていたはずの俺の方が面食《めんく》らうことになった。

「本当に、いいんですか？」

「ええ。何事もリスクがあるのは仕方ない……むしろあって然《しか》るべきだわ。魔法少女システムという規格外の力を手にするのならば尚更ね」

会長はすっくと立ち上がり、その真《ま》っ直《す》ぐな目で俺を見た。

「私も魔法少女になる。契約、してくれるわよね？」

俺は神妙《しんみょう》な面持《おもも》ちで頷く。

契約のための手順は、既にスルーズにレクチャーしてもらっている。

小野寺の時は無意識でやっていたが、それを自分の意思でやるというのはなかなか難しい。

目をつむり、意識を体の内側へと向けるイメージ。

体に力を込めて、肉体の中央に力を注ぎ込む。その力を一つのカタチに形成。契約の象徴たるその円環を、胸から体外へと弾き出す。

白く光る指輪は、何色にも染まっていない。どのような色彩になるかは、契約者次第《しだい》だ。

「これが、魔法少女システム……」

光に照らされた会長の声は、どこか恍惚《こうこつ》としている。それだけ、目の前の光景は神秘的だったのだろう。ゆっくりと回転する指輪を、会長の手が包み込む。白い光がペリドットのような鮮やかなグリーンへと変わった。指輪が会長の薬指にその姿を現し、光が弾けた。

「よしっ！」

成功だ。

まだその姿を見てすらいないのに、俺にはその確信があった。

魔法少女になった会長は、どんな姿をしているのだろう。やがて光が収束を始め、シルエットが見え始めたその時、

「……え？」

ばちっと、小さな衝撃を感じた。

光から手が突き出ていて、その手に握られているのは今どきあまり使われていないＵＳＢメモリ。だが、メモリの先端が従来のＵＳＢ端子ではなく、二本の電極のようなものが付けられ、二つの電極の間には青白い電流がバチバチと耳障《みみざわ》りな叫び声を上げている。

これはまるで――

「スタン、ガン――？」

まずい。うまく口が回らない――

誰がそれを握っていたのかなんて考える暇《ひま》もなく、俺は意識を失った。

最初に聞こえてきたのは、音だった。

不規則なリズムの打鍵《だけん》音。回転して風を攪拌《かくはん》するファンの音。

後はピロリピロリとよくわからない音たちが好き勝手に闊歩《かつぽ》しているような、楽器指定なしの指揮者不在オーケストラというのはきっとこんな感じといった音。チケット代を払ってまで聴きたいとは到底《とうてい》思えない。なんてことを思いながら、俺は瞼を持ち上げ――

「んな⁉」

目の前に広がる景色に驚愕《きょうがく》した。

その空間を一言で言い表すならば、謎の科学者のラボといったところだろう。

無数の巨大なモニターには、様々なデータらしきものが表示されている。

しかし問題はその中身。映像データの中には小野寺と雪無が、魔法少女として戦っている映像が映し出されていた。何かを計測したような文字列も羅列《られつ》されているけど、残念ながら俺の知らない言語だ。日本語じゃないのは勿論《もちろん》として英語でもない……ハングルでもアラビア文字でもない、未知の言語。

マズい。ここは、非常にマズい。

知らぬ間に怪物の腹の中にでも飛び込んでしまったような、そんな気分だ。

「げっ」

逃げ出そうとして拘束《こうそく》されていることに気づいた。

四肢と胴体が、ゴム製と覚しき拘束具で、台座にキッチリ固定されている。

「あら、目を覚ましたみたいね」

頭上から声が降ってくる。

「会長……！」

ひょっこりと、視界に現れたのはやはり、我らが水浜第二高等学校が誇る生徒会長、笹坐笹だった。

「どう？　意識ははっきりしてる？」

「あ、はい」

何気ない質問だったので、つい普通に答えてしまった。

多少しびれが残っている気がしないでもないけど、多分体を動かすのに問題はない。それを試すことができない現状にあるのが悲しいところだけど。

「よかった。手荒な真似をするつもりはなかった――なんて言い訳はしないわ。最初からこうするつもりだったから」

「なんで、ですか。なんでこんなことをするんです？　ていうか、ここは何なんですか。いや、そもそもあなたは何者なんです⁉」

目の前にある情報が整理しきれない。わかっているのは目の前にいるのが笹坐笹ということくらいで、その会長も俺が知らない何かがある。

ここから助け出すために来てくれた正義の魔法少女――なんてことにならないことは、これだけ情報が少なくてもわかる。制服の上から羽織《はお》られている白衣が、会長がここの空間の住人であることを如実《にょじつ》に示していた。

「やっぱり、知らなかったみたいね。そもそも知ってればあんなコンタクトはとらないか……まあいいわ。時間もたっぷりあるし一つずつ説明してあげる。ここは水浜第二高等学校の地下に存在する研究室よ。生徒会室から直通で行けるわ」

地下って、そんな漫画みたいなことが……あってもおかしくないか。

魔法少女のマスコットになってしまった男子高校生もいるのだ。地下にラボを作っている生徒会長がいてもおかしくない……ハズ、多分。

「次は私が何者であるか……まあこれは百聞《ひゃくぶん》は一見《いっけん》にしかずね」

会長が腕時計と覚しき端末を操作した瞬間、そのシルエットが一瞬だけぶれ、その姿を変えた。

ファンタジー世界のエルフを思わせる細長い耳――それだけの変化で、彼女がこの世界の住人ではないことを理解させられた。

　ということは消去法で――

「会長は、エテルネルなんですか……？」

「ええ」

　あっさりと肯定された。

　エテルネル――スルーズ曰《いわ》く、キャンサーを操《あやつ》りこの世界を侵略せんと企《たくら》む異世界人。

　異世界『人』というだけあって、外見は殆《ほとん》どこの世界の人間と変わらない。

　腕が四本あるとか目が八つあるとかそういう感じだと思っていたので、少々拍子《ひょうし》抜《ぬ》けだ。

「ちなみにこのデバイスは現地の生命体に擬《ぎ》態《たい》をすることができるの。それも外見を取り繕《つくろ》うだけのチャチなものじゃあないわ。現地の生命体の組成を解析《かいせき》し一から義《ぎ》骸《がい》――ああこれは疑《ぎ》似《じ》的な肉体って意味ね――を生成して自分本来の肉体を分解しデバイスに格納しつつ義骸を実体化。魂《たましい》の座標を固定することで肉体のみを置換《ちかん》することに成功したの。このデバイスのメリットはなんといっても一瞬で変身できるところにあるわ。最初の頃は三十分とかかかったけど今は０・０５秒にまで短縮できたの。その秘訣《ひけつ》はデバイスに内蔵されているミニブラックホールで――」

　長い。あまりにも説明が長い。

　時折ジョークも混ぜつつも簡潔《かんけつ》な生徒会のスピーチとはえらい違いだ。

「あ、あのー……そろそろ次の質問していいですか」

「ブラックホールの強烈な圧力を利用して一瞬で肉体を――え？　ここからさらにこのデバイスの原理を説明するところなのだけれど」

「いや、それに関しては大体飲み込めたんでいいです。用はその腕時計みたいなのにもう一つの肉体が入ってるってことでいいんですよね？」

「それだけじゃ理解したとは言えないわ。それはあくまで表面的なことであって――」

ペラペラペラペラ。

さらに説明が続く。多分今のこの世界じゃあり得ない超技術なんだろうけど、さっぱりわからん。つーかどんだけ説明したいんだこの人は。

「――というわけ。わかった？」

「ええ、まあ、なんとなく」

「なんとなく、ね。本当は全てを理解してほしかったのだけど、初めて聞くことだろうし仕方ないわね……」

デバイスの説明はこれで終わりらしい。このまま続いてたら尺を全て使い果たしかねない勢いだったのでほっと一安心だ。いや、尺ってなんのことかよく知らないけどね。

「じゃあ、今までのキャンサーは、会長が全て操って――」

「いないわよ。私はただの工作員だもの。それとも、私が自分の操っているキャンサーに殺されるような間抜《まぬ》けだとでも言いたいのかしら？」

「……」

「何よ。そのあり得そうだなーって顔は」

会長って結構抜けているところがあると聞くから、ありそうかありそうじゃないかと聞かれたら、まあありそうだ。

「じゃあ、なんで今まで何度も殺されてたんですか」

「私の義骸が完璧《かんぺき》すぎるのよ。キャンサーたちはこの世界の生命体を排除するために動いている。本来だったらエテルネルの私は対象外だけど、私が作ったデバイスがあまりにも完璧だから、この世界の人間と認識されて攻撃を受けるということ。まったく、策士策《さくし》に溺《おぼ》れるとはこのことね」

自嘲《じちょう》気味に言って肩をすくめるが、何故かその表情は晴れ晴れとしたドヤ顔であった。

味方に敵と認識されてしまうほどに高性能ってことではあるから、制作者としてはこれ以上ないくらいの成果ってことか。

高性能なのは結構だが、仲間に狙《ねら》われる時点で欠陥製品のような気がするけど。

「まあ、この義骸が致命的なダメージを受けても後で修復すれば問題ないわ。さすがに本体をやられたら面倒なことにはなるけど」

魔法少女とキャンサーとの戦いに巻き込まれ死んでいたと思っていたあれも、あくまで仮初《かりそ》めの体が破損《はそん》したに過ぎなかった——ということか。

そして今まで必ずと言っていいほど会長の姿を戦場で見かけた理由がようやくわかった。

彼女は工作員——言うなればスパイだ。俺にとっては、これほど現実感の伴《ともな》わない存在もない。

魔法少女の方が、まだリアリティがある。その任務はこの世界の情報を集めること――そしてエテルネル側がもっとも欲しい情報と言えば何だ？

「魔法少女のデータ。それが目的だったんですね」

会長は指を軽快に鳴らした。

「正解よ。ワルキューレによってもたらされる奇跡の力。あれは今のエテルネルにはないものだわ。それにキャンサーを完璧に打倒し得《う》る力っていうのは、侵略関係なしに魅力的だしね」

「ずっと、俺たちを……小野寺も騙《だま》していたって言うんですか」

何故か声が震えていた。俺は別に会長と特別親しかったわけじゃない。ほぼ一方的に知っているようなものだ。

けど、小野寺はどうだ。

あれだけ仲が良かった先輩が、実は敵のスパイだったなんてそんな展開、あんまりだ。

「何故に火怜さん……？　ああ、確かクラスメイトだったものね、淋代空白君？」

「っ……！」

俺の正体まで知っているのか!?

「アナタの体を少し解析させてもらったの。驚いたわ、まさか肉体をワルキューレから借り受けているなんて。どんな方法を使ったの？」

「黙秘します」

これ以上この人に情報をくれてやる必要なんてない。

「そう、まあいいわ。後で自分の力で調べればいいことだし。それに騙してなんかいないわ。真実を言わなかっただけ」

「俺にとっちゃ、その二つに違いなんかないですよ」

「でしょうね。でも少なくとも、私は火怜さんや生徒会のみんなに悪意を持って接していたわけじゃない。この世界のこともけっこう気に入っているのよ？　ステルス戦闘機とか興味深い兵器も結構あるし……ああ、けど核兵器はダメね。無粋《ぶすい》もいいところだわ」

嘘《うそ》をついているようには、聞こえなかった。彼女は相当矛盾していることを言っているはずなのに、その言葉が真実であると認識してしまう。

「それに私がいてもいなくても、キャンサーは必ずこの世界にやってくる。所詮《しょせん》私は下っ端も下っ端。国を変えるだけの力は、今は持ってないのよ。そもそもあんなクソ兵器は趣味じゃないし……ああでも勘違いしないで頂戴。私が万年下っ端みたいな認識をされるのだけは勘弁してほしいわ。見ての通り、私はちょっと前までそこそこの地位にいたのよ？」

見ての通りと言われましても。

「……科学者、とかですか？」

白衣着てるし、むしろスパイっていう役職の方が違和感がある。

「間違ってはないけど、厳密には技術者よ。主に兵器の開発を担当していたわ」

近くにあったキーボードを叩くと、モニターに様々な設計図らしきデータが映し出される。

「開発したものの中にはボロクソ言われたのもあったけれど、中には英雄と呼ばれる戦士が使って多大な戦果を挙げるものもあったわ」

まるで愛《いと》しい我が子を撫《な》でるように、会長はモニターに触れた。

「トントン拍子、とまではいかなかったけどかなり出世したのよ？　けど……その道は阻《はば》まれたの。冤罪《えんざい》っていうクソみたいなものにね」

ギリッと、会長は憎々《にくにく》しげに歯を食いしばった。

「冤罪……？」

「私が開発した新兵器が、皇帝陛下《へいか》へ反旗《はんき》を翻《ひるがえ》すものだって言われたのよ。私としてはまったくそのつもりはなかった……けど、上の連中はその訴えを信じた。私みたいなスラム育ちの技術者が出世するのを疎《うと》ましく思ってる奴は大勢いたわ。真実かどうかは関係ない。私を引きずり下ろせるきっかけにさえなれば、信憑性《しんぴょうせい》なんて二の次三の次。結局、私は監獄《かんごく》にぶち込まれて、やっと釈放かと思ったら今までの地位も名誉もぜーんぶ失ってた。で、再スタートと思ったら、畑違いにも程がある工作員として、世界間戦争の最前線であるこの街に派遣されるハメになったってわけ。まあ、大して期待はされてないでしょうね。要は体《てい》のいいお払い箱よ」

「会長……」

その話はあまりにも壮絶だった。

彼女が彼《か》の世界でやってきたことの善悪は定かではないけれど、つい同情してしまう自分がいる。これがストックホルム症候群ってやつか。

「大変、だったんですね」

「まったくよ。いくら皇帝陛下を実験台にしようとしてたからって、実行しないうちにグチャグチャ言われちゃたまんないわ」

「……」

あれぇ？

「そのつもりはなかったって言ってませんでした？」

「だから、皇帝の座から引きずり下ろそうなんて考えてないってば。少し耐久テストに付き合ってほしかっただけよ。あの人最強だし、威力《いりょく》を試すにはもってこいだって前々から思ってたのよね」

何か雲行きが怪しくなってきたぞ。

「友達の家で飲んでるときに、陛下に実験台になってくれないかしらね～って言ったのがマズかったわね。結局彼女に計画書奪われて告発されて……告発するのはいいけど、全てが終わってからにしてくれと頭を下げて頼んだのに聞く耳持ってくれなかったのよ？　まったく、我が友ながら頭が硬《かた》くていけないわ」

「……」

会長の、政治に翻弄《ほんろう》される悲劇の天才ってイメージは構築早々、大規模な修正を行う必要があるようだ。

「上の連中も前から口うるさかったのよね。納期を守れとか、通常の三倍の性能出すために開発費三千倍なんて舐《な》めてんのかとか、ここまでの威力必要ないとか。もっと誰でも使えるよう

んなものより浪漫《ロマン》よ浪漫！　兵器に浪漫を求めずして何求めるって言うのよ！」

「実用性じゃないですかね」

「しかも私を捕縛《ほばく》したときに連中なんて言ったと思う？　『いつかやらかすと思ってた』ですって。偏見《へんけん》もいいところじゃない！　まだ計画を立てていただけなのよ!?　まったく、疑わしきは罰せずって言葉すら知らない大馬鹿者どもだわ！」

「会長はテロ等準備罪って知ってますか？」

それっぽい法律があっちにあるのかは知らないけども。

話は断片的だけど、徐々《じょじょ》に話が見えてきたぞ。

会長はエテルネルで、元は兵器開発を行う技術者だった。

ところが問題行動を連発してその罰としてこの世界に左遷《させん》されたってことか……うん、侵略者とかそこら辺のことは置いても何となく悪いのは会長のような気がするぞ。左遷も悪意とか疎ましいとかそういう話じゃなくて、単純に頭冷やしてこいってことじゃないのか？

まあその効果はあったのかと問われると、結果はご覧《らん》の有様。

会長の頭は今でもホットだ。

「けど、それももうおしまいよ。私は遂《つい》にワルキューレの捕獲《ほかく》に成功した……今まで誰も捕らえていないワルキューレと彼女たちによってもたらされる魔法少女システム。この二つが、既に私の手の中にある！　この成果を手土産《てみやげ》に、私は再び返り咲き、開発三昧《ざんまい》、実験三昧の日々を謳歌《おうか》してやるわ！」

うっほほーいと浮かれまくっている会長。

「持って帰る……って、俺をどうするつもりですか⁉」

「んー……ぶっちゃけ淋代君の魂はどうでもいいのだけれど、他者の魂によって制御されているワルキューレも貴重なサンプルだから悪いようにはしないわ。まあしばらく私と一緒にいてもらうことになるわね。帰還《きかん》する前に、あれこれ解析しておきたいことがまだ山ほど残っているから。その後はこの世界とお別れすることになるけど」

血の気が引いた。

それはつまり、俺はエテルネルたちがいる世界に連れ去られるってことじゃないか。

そうなったら確実に手遅れだ。悪いようにはしないと会長は言っていたが、その言葉を素直に受け取れるほど楽観主義者じゃない。

それに俺にはタイムリミットがある。スルーズが俺の肉体を修復し終えるまでに魔法少女をできる限り増やさなくてはならないのに、こうなってしまっては契約もへったくれもあったものじゃない。

しかもようやく見つけた三人目の契約者は、あろうことかエテルネルのスパイだった。

魔法少女とエンゲージリングという違和感しかない組み合わせに慣れてきてしまっているという実情はさておくとして、俺はとんでもない過《あやま》ちを冒《おか》してしまったことに遅まきながら気づく。迂闊《うかつ》、あまりにも迂闊だった。

「くそっ、生徒会長で小野寺と仲もよくて魔法少女の資格を持つ会長をスパイだと見抜けなかったなんてあまりにも――って気づくかそんなもん！」

考慮できねーよ！　つーかなんでスパイが生徒会長やってんだ⁉

「私に言われても困るわよ。なんか……推薦《すいせん》？　でいつの間にかそうなってたの」

「なんで引き受けたんですか⁉」

「『これは笹坐さんにしかできないことなの』って言われたのよ。そう言われちゃ引き受けざるを得ないじゃない？　天才にしかできないって言われたら」

「スパイのくせにホイホイ乗せられてんじゃねーよ」

スーパー生徒会長笹坐笹伝説の始まりが、まさかこんなしょーもないものだとは思わなかった。にしてもこの人、正体がバレる前と後でのギャップ激しすぎないか？

どっちが素《す》なのかさっぱりわからん。

「……俺が行方不明になったら、他の魔法少女たちだって確実に怪しみます。疑われる可能性は充分にありますよ」

何せ俺は会長を避難させるためにあいつらと別れた直後に行方不明になった。

疑いが向くのは自然な流れだ。

「別にいいわよ、それくらい」

「……は？」

「最後までコソコソ動くのは趣味じゃないの。準備が整ったら盛大に魔法少女たちの前に現れて、ぶっ倒してやるわ」

「ぶっ倒すって……殺す気ですか!?」

「そういう結果に収束するのなら、そうね。けど戦いってそういうものでしょう?」

何の気負いもなく、会長は言った。本気で、この人は言っている。

なんとしても止めなければ。だが拘束されている俺には何をすることも――いや待て、あれがあるじゃないか。

魔法少女から力を剝奪《はくだつ》する反則技にも等しい力――いわばＧ　Ｍ《ゲームマスター》権限。

雪無に使え使えとせっつかれているが、まさかこういうときに役立ってくるとは。

契約解除の方法は至ってシンプル。契約解除と強く念じるだけでいい――はず、なのに。

「なんで……?」

手応《てごた》えがまるでない。

会長の指には相変わらず指輪がおさまったままだ。

「言い忘れてたけど、あなたとのリンクは切らせてもらったわ。もうあなたは、私の魔法少女システムに干渉することはできない」

「なっ……!」

あっさりと、俺の切り札は打ち砕かれた。

「そんなこと、普通できるはずが」

「そうね。けど私、普通じゃないもの――天才ですもの」

会長はにっと笑う。笑い方があいつにそっくりだと、こんな状況なのに思った。放っておけば、必ず会長は魔法少女たちと衝突する。

頭をよぎるのは、今も怪我を負っているであろう小野寺の姿。

保険を渡しておいたが、あいつのことだし素直に使ってくれる可能性は低い。

そんな状態で会長と戦ったら——きっと、最悪の結末になる。

「——小野寺」

「え？」

「小野寺火怜が、もう一人の魔法少女なんです」

だから俺は、最後の最後で情に訴えることにした。

雪無が魔法少女であることを会長は知っているが、小野寺もそうだとは知らないはずだ。

「あの子が、魔法少女ですって……？」

「言っとくけどガセじゃありませんよ。気になるんだったら一日中へばりついてキャンサーが出てくるまで監視してればいい。決定的瞬間が見れるはずです」

敵に正体をばらすっていうのはあまりよろしくないことだが状況が状況だ。

可愛がっている後輩が魔法少女だと知ったら、もしかしたら止まってくれるかもしれない。

そんな一縷《いちる》の希望は——

「そう。なら尚更、気合いを入れなくちゃね」

あっさりと、打ち砕かれた。

会長はそれっきり俺に興味を失ったとばかりに、指輪に見覚えのない規格の端子《たんし》を繋《つな》いで、指をキーボードの上で踊らせ始める。

わからない。この人は一体何を考えているんだ？

身を挺《てい》して小野寺を守った会長。

小野寺にお説教をしている会長。

生徒たちのために奔走《ほんそう》する会長。

自分は天才だと言ってはばからない会長。

相手を殺すかもしれなくても躊躇《ちゅうちょ》しようとしない会長。

どれが真実でどれが偽《いつわ》りなのか、俺にはまるでわからなかった。

「会長……あなたは、何のために動いているんです？」

元の地位に返り咲くつもりのようだが、出世のみがこの人の目的じゃないことはわかる。むしろこの人にとっては手段にすぎまい。

「変えたいのよ、この現状をね。そのためだったら、私はなんだってするわ」

振り向かず、ただ淡々《たんたん》と会長は答えた。


肉が食いたい。

火怜がそう思ったのは放課後のことである。

あてもなく駅の周辺をウロウロしていた時にそう思った。こういう日は肉だ。思う存分《ぞんぶん》肉を食えばえーのだ。近くにステーキハウスがあったはずだ、そこで食おう。

視線を周囲にさまよわせる。

いつもだったら、火怜の頭と同じ高さに白いもちもちがふよふよと浮いているのに、今は影も形もない。

その状況に舌打ちしながらセローを走らせ、ステーキハウスへと向かう。夕食時にはまだ早いからか、客は少ない。ましてや制服姿の美少女ＪＫ（自己申告）なんて火怜以外一人もいやしない。

「えーっと……ヒレ四百グラム。レア、付け合わせ抜きで」

ライスとスープを付けるかと聞かれたが丁寧《ていねい》に断る。

肉が食いたい、というより肉以外喉《のど》を通らない。

「値段は一グラム十四円の量《はか》り売りだから……ぐえ」

五千六百円也《なり》。今月買う予定だったアクセサリーや本のラインナップを大幅に変更する必要がありそうだ。けれどこういうところで妥協《だきょう》はしたくないので気前よく出すことにする。

お陰様で小野寺家のエンゲル係数はちょっと笑っちゃうくらいの数値を叩き出しているが、まあそれは些細《ささい》な問題ということにしておこう。

肉屋なりスーパーなりで買って自分で作った方が多少は安上がりなんだろうが、今は料理をする気分にはなれなかった。

理由は単純で、モチベーションの低下である。

何故低下しているのかは――まあ、今そんなことを考えたってしょうがない。

ＢＧＭとして流れてくるジャズ（曲のタイトルとかは知らない）に耳を傾けながらぼーっとしていると、ステーキがやってきた。パチパチ跳《は》ねる油と香ばしい匂《にお》いに、胃袋がギュウと締めつけられる。何か食べる気分じゃないと思っていたのに体は正直だ。

いただきます、と手を合わせてステーキの攻略にかかる。まずはステーキを二つに分けて、片方に岩塩《がんえん》をガリガリとかける。もう半分はついているソースでいただこう。

二百グラムで同じようなことをすると、両方とも中途半端な量になってしまうが、四百グラムだったら両方とも満足する量を食えるって寸法である。

「カロリーとか色々あるけど大丈夫だろ。ヒレってアブラ少ねーし。なんならタンパク質たっぷりだし。美容にいいんだぜタンパク質は」

とまあ言い訳を少々ふりかけながらも食べ始める。そこからは、もう肉と鉄板しか視界に入っていなかった。ほどよい弾力の肉を噛《か》みしめると、うま味がたっぷりと含まれた肉汁《にくじゅう》が口に広がった。

「……何つーか、肉食ってる感じだ」

思わず、当たり前のことを口にしていた。ナントカ牛とかカントカ産とか、そういうのはメニューに書いてなかったけど、こりゃいい肉使っている。なら、あれだけ高額なのも納得がいくというものだ。

そこから先は、火怜は全自動肉咀嚼《そしゃく》マシーンと化していた。

刺して、切って、噛む。

刺して、切って、噛む。

ドデーンと鉄板の上に寝っ転がっていたステーキは、あっと言う間にその姿を消していた。

「肉だけじゃ飽きるかなとも思ったけど……意外にそうでもねーな」

むしろ肉を食ったという実感はこっちの方が強い。ご馳走《ちそう》様と手を合わせる。

「いやーうまかった……」

けど、足りない。

「……あ？」

足りない？　そんなはずはない。さすがの火怜だってもう百グラム追加で、なんてオーダーはできない。腹もちゃんと満腹だと言ってる。それなのに足りないとはどういう了見か。

「……ああクソッ、わかってるっつーの」

この物足りなさは肉体的なものじゃなく精神的なものだ。

その原因は……まあ、なんとなーく想像はつく。

淋代空白。

いつも火怜の側《そば》をふよふよ飛んでる白いもちもちにしてクラスメイトが、突然いなくなった。

もうかれこれ四日経っている。誰かに連れ去られたか、もしくは愛想《あいそ》尽かされて出てかれたか。

まあ、別に後者だったらどうでもいい。そういうこともあるだろう。

仮にそうだったとしても空白に落ち度はないし、あれこれ言うつもりもない。ただ、もしも仮の話として、出ていく前に自分への不満を言ってくれれば、改善することも検討したというか……ああ違うそういう話じゃない。

まあ後者の可能性はほぼゼロと切り捨てても問題ない。

問題は前者――つまり誰かに連れ去られたんじゃないかということだ。空白はこの世界の人間と契約して魔法少女にする力を持っているが、全員が全員魔法少女になれるわけじゃない。いきなり自分という大当たり（つえーし美少女だし）を引いた空白はとんでもないラッキーボーイだったわけだが、ここで一つ落とし穴がある。

その資格が、人間の人格を測るわけじゃないってことだ。

正しき心を持たなければこの力は使えぬ……！　みたいな展開とは無縁《むえん》というわけだ。

つまるところワルキューレが見えてしまえばどんな奴でも魔法少女になれてしまう。

グライダーに乗る緑色の爆弾魔だろうがピエロペイントの犯罪者だろうが、みんな仲良く魔法少女だ。そういう奴とばったり遭遇《そうぐう》して捕まった――なんてことも考えられる。

契約した後に本性現されたら、基礎スペックが低い空白では対処しようがない。

問題は犯人は誰か、ということだ。行方不明になる前に空白と最後に接触していた人物が一番怪しいのだが、そいつは誰かというと笹なのだった。

「カイチョーがそんなことをするとは思えねぇしな……」

そもそもあの人は魔法少女の資格を持ってないから視認することすら不可能だ。

だから犯人会長説はボツ。もしくはエテルネルとかいう異世界人に捕まったってこともあり得る。こうなると空白が持つワルキューレ力を狙っている可能性が高い。どっちとしても燃える展開に変わりはないからワルキューレの力は遠慮なく持ってってくれ、とは思うのだが。

くあっと、欠伸《あくび》をする。

「……寝足りねえ」

最近は空白の行方を追って夜通し街を捜索しているから、まったく眠れていなかった。

授業の時間を利用することでなんとか不眠不休は避けられてるが、健康にも美容にも悪いことは確実だ。

夜動くということは必然的にバイトも休まざるを得ないわけで、そのぶん給料もガリガリ減っていく。考えれば考えるほどステーキ食ってる場合じゃないが、それはそれだ。

突然休む、しかもどれくらいの期間かわからないなんて無茶言っても快く了解してくれた店長には感謝しかないが、いつまで続くのかわからないのが非常に面倒だ。

けど捜索を打ち切るわけにもいかない。そう思っていると、ポケットの中にあるスマホが震えた。確認してみると、笹からのメールだった。

「ラインじゃなくてメール？　よくわかんねーことすんなあの人」

笹の趣味は機械いじりなので（以前家に行ったら妙なマシンがたくさんあった）もしかしたらそれ関連だろうか。

「未来から送られてきた過去改変メール……って線はないな。送信されたのついさっきっぽいし」

メールの内容は極めて簡素《かんそ》で、『二十四時、校舎』とだけあった。

「待ち合わせ……？　にしちゃ妙だな」

メールに画像ファイルが添付されていることに気づく。

ダウンロードして写真アプリでそれを開いた。

「……は？」

それを見た時の自分の表情は、さぞかしマヌケだっただろう。写っていたのは、拘束された白いもちもち。

火怜がずっと捜していた、相棒《あいぼう》の姿だった。


小野寺火怜は不良である。

三度の飯《めし》と同じくらい喧嘩が好きだし、遅刻することもしょっちゅうだ。

社会のルールと自分の中のルールが衝突したら迷わず後者を優先するという、社会生活を営《いとな》む一員としては凄まじく問題がある思考回路の持ち主だが、しかし夜の学校に忍び込むことは一度とてなかった。良心が痛むとかそういう話ではなく、単純にその時間はバイトやら夕食やら趣味やら、やるべきことが詰まっているからである。

ましてや二十四時といったら、とっくにベッドに潜り込んでいることも多い時間帯である。

しかし火怜は今、夜の校舎と相対《あいたい》していた。

いつもは日常の象徴といってもいい建物だが、夜の月明かりに照らされるその姿は妙に不気味だ。

スマホの時計を確認すると、現在の時刻は二十三時四十八分。待ち合わせには時間ピッタリ、もしくは少し遅れて到着する火怜だが、今日は時間よりも早く到着していた。

セローから降りて、昇降口に向かう。

昇降口の扉は開錠されていた。教師の閉め忘れ……では確実にないだろう。

「ったく、なんだってこんなに辛気《しんき》くさいんだか」

人間の不在は、ここまで建物を寒々しくするものらしい。

そういうのも味があって悪くはないが、普段騒がしい光景を見慣れているだけあってあまりいい印象は抱けそうになかった。いや、これも精神的な問題だろうか？

そもそもこの場所は今、火怜にとって日常の象徴ではなくなっていた。

ここは今、戦場なのだ。

階段を上りながら、拳《こぶし》を固める。校舎、と大雑把に指定されていただけで、具体的な場所はわからない。しかし火怜は、迷いのない足取りで進んでいく。

そして両者は、相《あい》まみえる。

場所は二年三組付近の廊下。

偶然かそれとも意図したものかは不明だが、ここはキャンサーの襲撃《しゅうげき》によって笹が死亡した場所であった。

「こんばんは、火怜さん。あなたにしては随分《ずいぶん》と早い到着ね」

いつも通りの口調で、笹は後輩を迎え入れる。

一方火怜は、そこまで冷静ではいられなくなっていた。

「……あのメール、どういう意味だよ」

何度ラインを送っても、既読がつくだけで反応が一切なかった。

彼女の真意を確かめるには、直接会って話をするしかない。

「おかしな質問ね。その意味がわかっているからこそ、この場に来たのではなくて？」

その返答だけで、火怜は全てを飲み込んだ。

いや、正確にはもうわかっていたのだ。確信がなかった――いや、確信したくなかった、か。

そう思っている自分に少し驚きながらも、口を開く。

「あいつを返せ」

「断るわ」

短い拒絶の言葉。

「ワルキューレの力は私の計画にはどうしても必要なの。私が、エテルネルとして返り咲くために」

腕時計型のデバイスを操作した瞬間、笹の姿はエテルネルのものへと変わった。

ヒュウと、火怜は思わず口笛を吹く。

「あんた、エテルネルだったのかよ」

「ええ、驚いた？」

「少しな。生徒会長が敵のスパイだったってなぁ、さすがにアイツも見抜けねーわな」

火怜だって、今まで仲良くしていた先輩の正体がエテルネルであるとはまるで考えもしなかった。真っ先に切り捨てた仮説が、余計なオマケまでついて自分の前に突きつけられるハメになるとは。

だが、それでハイどうぞと譲るつもりなど、火怜には微塵《みじん》もない。

「ワルキューレとか計画とか、そういうのはどうだっていいんだよ……淋代を返せって、言ってんだ！　今すぐに！」

ワルキューレ？　魔法少女の力？　そんなものいくらだってくれてやる。だが、空白諸共《もろとも》持っていかれるというのなら話は別だ。

絶対に、思い通りになどさせない。火怜の剣幕に、笹は怯《ひる》んだ様子もなく苦笑する。

「妬《や》けちゃうわね。あなたがそれほど他人に執着するなんて。私には躊躇《ためら》いなくキック叩き込もうとしたのに。アレ、結構ビビったのよ？　義骸どころか本体までやられると思って」

「安心しろよ。淋代には実際に食らわせたことあるからな」

「どこに安心できる要素があるのかしら……？　でもあの威力のキックに耐えきるとは、やっぱり耐久力は馬鹿にならないってコトよね」

ふーむとしばらく天井を睨みながらブツブツ呟《つぶや》いていた笹だったが、やがて視線を火怜へと戻した。

「別に私だってあなたの要求を百パーセント遮断《しゃだん》するつもりはないわ。そうでなければ、こんなところに呼び寄せたりしないもの」

　本当に秘密裏のうちに作戦を終わらせることだってできたはずだった。

　しかし笹は、そうしなかった。

「どういうこった？」

「返してほしければ、条件があるってこと」

「んだよ、まさか仲間になれってか？　悪いがそれはゴメンだね。オレは無双《むそう》ゲーより死にゲーが大好物なんだ」

　それに、世界侵略のために街を破壊するよりも、それに抗《あらが》うレジスタンスとして戦う方が火怜の好みだ。

「まさか。そんな楽しみをふいにする真似はしないわ――私と戦いなさい。勝てば、あなたの好きにしていいわ。負けたら――」

「あー、それ以上は言わなくていいぜ。到達しようのねぇ可能性の話をしても仕方ねーだろ？」

「大した自信ね。それがあなたのいいところだけど――私も、負ける気は毛頭ないの」

　言うや否や、笹は変身の構えを取る。彼女の薬指には既に指輪が出現していた。

「変身」

　瞬間、指輪が一際《ひときわ》強く輝く。

　結晶に包まれ、笹は魔法少女に変身した。

　グリーンのラインが走るボディスーツの上にパーカーを羽織っているその姿は、どことなくサイバーパンクを彷彿《ほうふつ》とさせるような出《い》で立《た》ちである。

『THE・ANALYZER』

無機質な電子音が、廊下に響き渡る。

ジ・アナライザー。

それが笹の武装杖《ワンドアームズ》の名前らしい。どのような武器かは不明だが、少なくとも真っ正面から切り込んでくるような名前ではないようだ。

「つーか、そんな音、付いてたか？」

「私が後で追加したのよ」

「なるへそ。いかにもあんたのシュミって感じだ」

フードを脱いだ笹は、どうぞとばかりに手で促《うなが》した。

「いいのかよ。いきなり襲いかかってきてもいいんだぜ？」

「変身を邪魔するのは、無粋《ぶすい》というものでしょう？」

「へっ、わかってるじゃねえか。雪無にも聞かせてやりたいぜ」

なにせあっちはいきなりぶっ放してきたからな——ともう一人の魔法少女との邂逅《かいこう》を思い出しながら、にっと不敵に笑う。一切の邪魔が入ることなく構えを取り、叫ぶ。

「変身！」

指輪が輝き、火怜も魔法少女へと変身した。

当然ながら電子音による武装杖《ワンドアームズ》の名乗りはない。元々発現していないから無理もない話だが、すこし寂《さび》しい。そう思いながら、床を蹴った。

亀裂《きれつ》が入る音が聞こえてきたが、そんなのにいちいちかまっていられない。どうせ戦いが終わる頃には、その程度の損傷《そんしょう》など目に入らなくなるような惨状《さんじょう》になっているだろう。

ならば遠慮なく、暴れるまでだ。

「木の葉隠すなら森を作れってなぁ！」

手加減などしない。全力の拳を、笹の顔面に叩き込む——！

しかし、火怜の瞳《ひとみ》は驚愕に見開かれた。

「なかなかのスペックね。手どころか足の裏までジンジンするわ」

笹は片手で火怜の拳を受け止めていた。さらに力を込めても、万力《まんりき》のようにびくともしない。

「マジかよ」

「マジよ。言ったでしょう？　負ける気は毛頭ないって——！」

笹の拳が、火怜の頬を容赦なく撃ち抜いた。

速い。そして、重い。

油断していると、意識がそのまま持っていかれる。

鉄の味が口に広がる。思えば、笹に殴られるのはこれが初めてだった。

お仕置《しお》きにアイアンクローを食らわされることはままあったが、ほぼじゃれ合いみたいなものので、ここまでの殺意を持った一撃を食らったことは一度もなかったのだ。

体がぞくりと震える。

恐怖？　それもある。

畏怖《いふ》？　それもある。

緊張？　それもある。

快楽？　もちろん、大前提。

それらが垣根《かきね》なく混ざり合って生じる感情――則《すなわ》ち、闘争への喜悦《きえつ》。これこそが、戦いの醍醐味《だいごみ》だ。万力のごとく締め上げている笹の手を振り払い、二撃、三撃と拳撃《けんげき》を繰り返す。

笹は受け止め、回避してそれらをいなしていく。

強い。全体的なスペックは、おそらく火怜以上だ。

「ちなみに、実はこの魔法少女システムは色々いじっているの。出力も従来の一・一倍アップしてあるわ」

「うわっずりぃ！」

まさかのチート宣言である。

「これも実力のうちよ、火怜さん。戦場ではありとあらゆるモノを利用する。これはコンピューターゲームじゃない。あらゆる手を尽くして初めて全力というの。そうしないのは怠慢《たいまん》であると知りなさい！」

「こんなところでお説教かよ……！」

だが、それは火怜とて異論はない。

正々堂々と戦え、という言葉はその「正々堂々」とやらが得意な人間が、自分の有利な方向に持っていこうとする言葉だ。自分の力を十全に発揮《はっき》できるというのであれば、「堂々」と戦おうが「卑怯《ひきょう》」な戦法を使おうがどっちでもいい。

火怜は火怜のやり方でそれを叩き潰すだけだ。

笹の猛攻はまだ続く。右手をかざすと結晶が弾け、一振《ひとふ》りの剣を生みだした。

笹のコスチュームと似たようなメカニカルなデザインのそれは、触れる物全てを切り刻まんとする凶暴な輝きを帯びていた。

「それがジ・アナライザー……って剣じゃねえか!?　もっとこう、パソコンみたいなのじゃねーのかよ！」

「間違ってないわよ。あなたをバラバラにして、中身を解析してやろうって意味だと思うから――！」

笹が吼えた瞬間、ジ・アナライザーの刃《やいば》が咆哮《ほうこう》と共に振動を始める。獰猛《どうもう》なうなり声を上げる剣を、笹は火怜に向かって躊躇《すぐ》いなく振り下ろした。あれをまともに受けるのはマズい。

いくら魔法少女が耐久力に優れるとはいっても、ジ・アナライザーの持つ威力を過小評価することはどうしてもできない。

床を蹴って横方向に飛ぶ。ジ・アナライザーの刃は先程まで火怜が立っていた床に深々と切り込みを入れた。その凄まじい切れ味に戦慄《せんりつ》する。

迂闊に近づけば、間違いなく刃の餌食《えじき》になるだろう。しかし完全な近距離特化の魔法少女である火怜は、接近しなくては何も始まらない。

リスク回避のために遠距離から様子を見るか、それとも斬《き》られる覚悟で突撃するか——

「迷うまでも、ねえよな……！」

怯むことなく、火怜は笹へと向かっていく。

斬られる？　負傷？　なんてことはない。そも、火怜がここに来たのは空白を助けるためだ。

こんな前座で、負けるわけにはいかないし、負ける気がしない。唸《うな》りを上げるジ・アナライザーの斬撃《ざんげき》をくぐり抜けて、笹の体に拳を叩きつける。

確かな手応《てごた》え。今回は確実に入った。

「——軽いわね」

「何!?」

しかしそれでも、笹は平然としていた。

僅《わず》かによろめいてはいたものの、その余裕に満ちた態度は決して崩《くず》れていない。

「魔法少女としてのスペックの差違……？　それは違うか。もっと根本的な部分と言うべきかしらね——！」

言うや否や、笹は火怜を逆袈裟《ぎゃくげさ》に斬り上げた。てっきり血がぶしゃあとスプラッタ映画よろしく出るのかと思ったが、魔法少女の耐久性に救われたようだ。

しかし、痛覚は誤魔化しようがない。焼けつくような痛みが、全身を駆け巡る。

凄まじい量の火花が散る。

フラッシュバックする。燃える視界、灼熱《しゃくねつ》の空気、奇妙なダンスを踊る人々——

「今は――関係ねえだろうが！」

忌々《いまいま》しい記憶を振り払うように、火怜は回し蹴りを繰り出す。

笹は最低限の動きで避《よ》け、追撃《ついげき》を繰り出す。

「ったく、マジで強《つえ》ぇなカイチョー……フツーあんたみたいなキャラって、システムのアシストに抱かれまくって本人はそうでもないパターンじゃねーのかよ」

だが笹は違うと、火怜は肌で感じていた。笹の豪快ながらも緻密《ちみつ》な剣技も、踊るような足さばきも全て彼女の体に染《し》みついたものだ。システムの操り人形ではなく、自身の力をさらに高めるためにシステムを利用している。

一朝一夕《いっちょういっせき》の付《つ》け焼《や》き刃《ば》ならば、いくらスペックが高くても動きの粗《あら》をついて勝負をこちらの有利に運ぶこともできるが――笹はまったくそうさせてくれない。空白がいなくなってからの日数を逆算すると、笹が魔法少女になってからそこまでの時間は経過していないはずだ。

下手をすれば、魔法少女として戦うのは今回が初めてである可能性もある。

しかしそれを一切感じさせない動きに、火怜は敵でありながら敬意を抱かざるを得ない。

強者には敬意を。これは火怜のポリシー……いや、本能に近いかもしれない。

「技術者も兵士も体が資本。鍛《きた》えるのは当たり前でしょう？　それに、兵器の実験も兼《か》ねて戦場駆け回ってたから、経験値も人一倍よ！」

「ハッ、マジかよ」

戦士としては、三人の中で自分が一番新米だったようだ。

まあ、だからと言って勝ちを譲ってやる気など毛頭ない――！

戦いは拮抗《きっこう》しているように見えた。スペックの差違こそあれど、素体《そたい》の持つ技量はほぼ互角《ごかく》と言っていい。二人の体には、互いが刻んだ傷があった。既に周囲の光景はかなり酷い有様になっていたが、火怜は笹、笹は火怜しか視界に入っていない。

剣が嗤《わら》い、拳が唸る。

だが――

「ぐっ……？」

ぐらり、と火怜の視界が揺れた。体を支えようとしても、思うように力が入らない。

何故だ。何故今、このタイミングで――！

「ハァ！」

そして、それを見逃す笹ではない。

目にも留まらぬ速さで火怜に、無数の斬撃を叩き込み、吹き飛ばす。

「がっ――！」

ろくに受け身も取れなかったせいで、痛みが容赦なく体を襲う。とうとう強靭《きょうじん》な肉体も耐えきれなくなったのか、先程のジ・アナライザーの斬撃を受けた場所が赤く滲《にじ》んでいた。

ああ、また空白に文句言われるな。

そう、ぼんやりと思う。

まさに致命的な隙《すき》だったが、しかし笹の追撃はこれ以上飛んでこなかった。チャンスと思い、笹起き上がろうとするが、体が重い。

その理由は——なんとなく察しはついていたが、今はそんなことどうだっていい。

戦闘再開と拳を構えるが、笹は右腕をだらんと下ろしている。

まるで、戦うことを放棄《ほうき》したかのように。

「——弱い」

失望を滲ませ、笹は言った。

「あまりにも弱いわ火怜さん。私の想定の範囲内に収まってしまっている……まったくもって、嘆《なげ》かわしいことだわ」

「なん、だと——」

いくら笹相手でも、弱いと言われて平静を保てるほど火怜は人間ができていない。

「これは挑発じゃないわ。あくまで事実を口にしているまでよ」

「ざっけんな。何を根拠に言ってやがる！」

バネ仕掛けの人形のような勢いで起き上がり、笹に殴りかかる。

しかし笹は受け止めることも反撃することもなく、ただ避けるだけだった。

「そんなのあなたの動きを見ていればすぐにわかるわ。以前より動きがぎこちないし、反応も鈍《にぶ》い。繰り出される攻撃もどこか軽い……腕が鈍っているわけじゃないわね。問題はソフトじゃなくてハードにあると考えるべきかしら？」

火怜の攻撃を回避しながら、笹は左手を火怜に向かって水平に持ち上げる。

「──解析開始《アナライズ》」

笹の目が、鮮やかに輝く。瞬間、彼女の前に膨大な数のウィンドウが立ち上がった。

ウィンドウの一つ一つに表示されているのは、火怜に関するありとあらゆるデータ。

「なんだ、それ……！」

「私の魔法よ。対象のありとあらゆる情報を曝《あば》く解析魔法。あなたはもう丸裸も同然──って、
ああもう、余計な情報が多いわね……！」

技術者である笹にとっては夢のような魔法だが、表示される情報は膨大かつ現在のシチュエーションでは無用の長物であるものも多々交じっており、それを手動で選別しなくてはいけないのが弱点だ。

舌打ちしながらも、頭を回転させて必要な情報のみを選別し、それ以外は全て削除《さくじょ》する。

「──解析完了。やっぱりね、あなたの弱さの秘密がわかったわ」

火怜が反応する間もなく、笹は続ける。

「ダメージの蓄積……それがあなたの枷《かせ》よ」

ギリッと、火怜は歯を軋《きし》ませる。完全に、図星であった。

「私は今までのあなたの戦闘データを全て収集して解析したわ。火怜さん、あなたは最初に変身したときに比べてかなり弱体化しているわね」

ふざけんな、とは返せなかった。それは火怜が、嫌というほど理解していたが故に。

「その理由は極めて単純。魔法少女が本来持っている自己修復機能をあなたは持っていない。

だからこそ、あなたは本来持っている凄まじいスペックを十全に活《い》かすことができない。いくら魂《ソフト》が強くとも、肉体《ハード》がついてこれないんじゃ意味がないわ。グレイだから仕方がないとはいえ、その差は残酷なまでに大きい……そもそも今だって、そんな風に動けていること自体が私としては信じられないのだけど」

今の火怜の肉体はいつ限界を迎えてもおかしくないほどに悲鳴を上げている。外側はなんとか取り繕えているものの、内側のダメージは深刻だ。

以前、笹に右脚の具合を指摘《してき》された時には、内心凄まじくヒヤリとした。それを知ったら空白が慌てふためくのは想像に難《かた》くなかったので、なんとかとぼけてやり過ごしたが、現実は誤魔化せない。

だが、それがどうした。

「オレが退《ひ》く理由には、ならねえだろうが」

「でしょうね。あなたならそう言うと思ったわ」

今まで受けた傷が次々と開いていくのがわかる。包帯やガーゼは赤く染まり、限界まで水を吸ったスポンジのよう。全身を苛《さいな》む痛みで、気を抜けばのたうち回りそうになる。

だが――この心は未《いま》だ、戦いを求めている。

故に、小野寺火怜は止まらない。そんな選択肢なぞハナから持ち合わせていない。

勝ちたい。なんとしても笹に勝ちたい。

「言っちゃなんだけど、このままだと本当に自滅して死にかねないわよ？」

「けれど、あなたにはそれを何とかすることができる……違う？」

「ああ、かもな」

「あ？　一体何言って——」

——と、笹が左手に持っている物を見て、火怜は瞠目《どうもく》した。

それは弾丸だった。それも、弾頭が鮮やかに透き通った特別製。

行方不明になる前、空白に渡されたもの。

「って、いつの間に!?」

「あなたを吹っ飛ばした時に、コスチュームから落ちたのよ。それを親切な私が拾ってあげたってワケ」

「ああそうかいそりゃドーモ……んで、そいつがどうしたってんだよ」

「この弾丸には回復魔法の術式が刻まれているわ。撃ち込まれれば瞬《またた》く間に全快できるほどの魔力が凝縮《ぎょうしゅく》されている……この意味、あなたならわかるでしょう？」

それを使えば、あっと言う間に火怜は本来の力を取り戻すことができるはずだ。

だが——

「別にいらねーよそんなの。使うまでもねえ」

吐き捨てるように、火怜は言った。

「その弾丸が空白が作ったモノならオレも躊躇《ためら》わずに使っていただろうさ。けど、これを作ったのは十中八九雪無だからな」

空白は思いっきり口を濁《にご》していたが、それがわからないほど、火怜もマヌケではない。

「つまりこれを使えば——オレはあいつに負けるってこった」

無論合理的ではない。しかし合理的か否《いな》かで自身の行動を完全に制御できるのであれば苦労はしない。そもそも雪無と空白がそのような物をやり取りするようになっていたという事実が何というか、もう——

「まったく、強情ね……こうなったら意地でも使わせるしかないか。形態拡張《チェンジ》、拡張分析剣《アナライザー》・蛇腹形態《モードスネーク》」

瞬間、ジ・アナライザーは従来の剣から一瞬でそのカタチを変えた。

ワイヤーで等間隔《とうかんかく》に繋がれた無数の刃。蛇《へび》のように柔軟な動きが特徴のそれは蛇腹剣《じゃばらけん》と呼ばれる武器だった。くいと手首だけの最低限の動きだったが、ジ・アナライザーの刃は生きた蛇の如《ごと》く火怜に襲いかかる。

火怜は刃の猛攻を回避し、弾き返せる攻撃は刃の腹を弾いて防ぐ。

その斬撃は柔軟で、空間を縫《ぬ》うようにして迫ってくる。目を離せば一瞬で切り刻まれるようなスピード。それでいて、このジ・アナライザーの動きは鞭《むち》とも異なる。突然軌道が変わったりすることもザラにある。

まるで、本当の蛇と戦っている気分だ。笹はこの剣を最低限の動きで操作していたが、どう考えてもそれだけの操作で実現できる動きではない。

「はっ、マジですげえな……改造の一環かよ？」

「ええ。蛇腹剣は剣と鞭、その両方の特性を併《あわ》せ持つ。けど扱いづらいのが難点なの。何せ、鞭の要領で使おうとしても、その重さはワイヤーに剣の刃丸ごと一つ分。おまけに自分に当たってしまったときのダメージも深刻だし、第一こんな狭い場所じゃうまく制御することは不可能……」

「説明なげーよ！　もっと簡潔に言えや簡潔に！」

「なによ、もう少しゆっくり聞いてくれたっていいじゃない……要は私の脳波でコントロールしてるから縦横無尽《じゆうおうむじん》な動きが可能になったのでした！　こんな風にね！」

火怜の右腕に、刃が絡《から》みつく。

しまった――と思うよりも早く、笹は一気に腕を振り抜いた。

ざぐしゅっ
ズタズタになった腕が宙を舞って、
ぼとり
地面に、落ちる。

一拍《いっぱく》遅れて、血が、噴《ふ》き出した。

「が、ああああああああああああああああああああ！」

思えば、魔法少女になってから、痛みのあまり叫ぶことはこれまでなかったかもしれない。

笹が操る蛇は毒を有していない。だが、獲物《えもの》を切り刻む牙《きば》は持っていた。

「さあ火怜さん。そろそろコレが欲しくなってきたんじゃない？」

「……ざっけんな、誰が、使うかよ」

変わらない火怜の答えに、笹は呆れたとばかりに肩をすくめる。

「返事が違うわ。こうなったら、徹底的にやるしかなさそうね」

刃が月光を反射して煌《きら》めく。そう火怜が認識した時には、猛攻が始まっていた。

ジ・アナライザーの刃が、容赦なく火怜の肉体を刻む。

速い。

あまりにも、速い。

──あれで、本気じゃなかったって言うのかよ……！

目にも留まらぬ速さ──とまではいかずに、刃はすべて視認できている。

しかし悲しいかな、疲労とダメージで憔悴《しょうすい》している体、しかも腕を一本失ったことでバランス感覚も狂っている火怜には対処することは不可能だった。

次々と新たな傷が刻まれ、血が流れる。

ぐらりと倒れそうになる体を、ズキズキと痛む脚でなんとか踏みとどまらせる。

「形態拡張《チェンジ》、拡張分析剣《アナライザー》・直剣形態《モードブレイド》」

笹はジ・アナライザーを直剣へと戻し、一気に肉薄。

躊躇うことなく、火怜の腹を貫《つらぬ》いた。

「……白。空白、おい起きろ！」

ぺちぺちと頬を優しく叩かれ、俺は目を覚ました。

小野寺――じゃないな。あいつだったら耳摑んでブンブン振り回してくるし。

じゃあ一体誰なんだろと思いながら目を覚ますと、そこには心配そうな表情の雪無がいた。

「空白！　よかった……無事だったんだな」

「あ、ああ。お陰様で……ていうか、なんで雪無がここに？」

ここは学校の地下にある会長のラボだ。雪無がここにいる理由は……

「決まっているだろう。助けに来たんだ」

「そ、それはどうも……でも、よくここがわかったな」

ここは秘密基地的な場所で、そう簡単に見つかることはないはずだが……と思っていると、雪無は複雑な表情で言った。

「どうも、敵はおまえの所在を隠すつもりはなかったみたいだ。それどころか、ホログラムみたいな標識に道案内までさせていた。その途中で何回か戦うことになったがな」

「敵って、キャンサーとか？」

「似ているが、少し違うな。防衛システムのドローン？　みたいなものだ。他にもわけがわからんトラップも多くてな。巨大な鉄球は転がってくるわ宝箱は嚙みついてくるわ、しまいにはなんだレベルアップって!?　魔法少女にはそんなものないぞ！」

頭を抱え、うがあと叫ぶ雪無。どうやら生徒会室からこのラボに至るまでの道のりは、往年のＲＰＧダンジョンの様相を呈《てい》していたらしい。

「多分会長の遊び心……なんじゃないかな」

ノリノリでトラップを作る姿が容易に想像できた。きっと口笛も吹いていたんだろう。

「まったく、なんなのだあの女は。真面目《まじめ》でいい人だと思ってたのに、こんなふざけたマネを……！」

「ふざけたマネって言うけど、一応敵側の対応としては仕方ないんじゃないか？　良いか悪いかはさておくとしてさ」

「普通敵だったらおまえの位置なんて絶対露見《ろけん》させないだろ」

「……ソウデスネ」

仮にここに至るまでの道のりをダンジョンとするならば、さしずめ俺は宝箱ってことか。

ここ数日、俺は会長と二人っきり（拘束されてます）で過ごしていた。

その間に起きた出来事はとてつもなく濃密で、思い出すのもご勘弁というか、次彼女と顔を合わせたらぶん殴ってやろうと決意せざるを得なかったというか、まあそれはさておくとして、話し相手は会長しかいなかったので、その思考回路はなんとなく察することはできる。

あの人は決して職務を蔑《ないがし》ろにしているわけではない。が、それよりも自分の中で優先順位が高いものがあると、あっさりとそれを二の次三の次にしてしまう……あれ、結果的に蔑ろにしてるなコレ。

で、彼女の中で優先順位が高いのは何かと言うと、好奇心とか、浪漫《ロマン》とか、遊び心だとか、そういうヤツなのである。

「なあ、トラップの殺意ってどれくらいだった？」

「油断していたら死にかねないレベルだったぞ。耐久力はそこまでではないが、攻撃力は並のキャンサー以上だ」

つまりダンジョンの難易度をわざと低くしているわけではない、か。わざわざ大がかりなダンジョンを地下に作り敵を呼び寄せる——仮に、確実に敵を始末するのであれば、俺というお宝は必要ないわけだ。しかし会長がそんなことをするか？　と言われればかなり微妙だ。

裏の顔を考えると、会長はかなり腹黒い人である。だが何ていうか、偽物《にせもの》の宝を餌《えさ》にダンジョンに挑ませるようなことはしないように思えるのだ。

クリアした者には必ず報酬《ほうしゅう》を与えるというか、ヒーローが変身したり名乗ってる時には待ってくれるというか、悪党ではあるけど、そういった美学を持ち合わせているような人なのだ。考えてることはロクでもないけど。

「だからどうした。そんなの持ち合わせていようがいまいが敵は敵だ」

まあそうバッサリ切り捨てられては身も蓋もないのだが。

「そういや、小野寺の姿が見えないけど。あいつはどうしたんだ？」

普通だったらこーゆー場所を、いの一番で突破してきそうなイメージだが、ここに小野寺の強烈な存在感は微塵も感じられない。

「あいつは今、笹と戦っている」

「……マジかよ」

「マジだ。まさか奴まで魔法少女になっていたとはな……まったく、おまえと契約した魔法少女たちは何故揃《そろ》いも揃ってアレなのだ」

「それは鶏《にわとり》が先か卵が先かって話なんじゃないか。元々魔法少女に選ばれるような人間はそういうアレな一面を持っているとかさ」

「なんだと。私が変なヤツだとでも言いたいのか」

「まあ普通ではないよな」

「……」

んんっと雪無は誤魔化すようにして咳払いする。

「私がここにいるのは、火怜に頼まれたからだ。おまえを助けるために協力してくれとな。信じられるか？　校庭の真ん中でずっと土下座《どげざ》してたんだぞ」

「……マジでか」

小野寺が雪無に協力を要請《ようせい》したというだけでも充分に驚きだが、よりにもよって土下座するとは。天地がひっくり返ってもやらないとかなんとか言ってたのに、マジでどんな風の吹き回しだ？

「私は今日初めて知ったぞ……土下座は謝罪や懇願《こんがん》の他に脅迫にも有効だということにな」

「脅迫って、それはちょっと言い過ぎ……いや、そうでもないな。脅迫だわソレ」

仮に、プライベートな空間で二人きりとかの状態ならまあ懇願の範囲に収まる。要は誠意を見せるってことだからな。

……だが、校庭のど真ん中、不特定多数の人間が見る中で土下座したらどうだ？ 何も状況を知らない人から見れば、雪無が無理矢理土下座を強《し》いているように見えてあまりいい印象にはならないだろう。

「……周りからなんか言われなかったか？」

「さすがですお姉様、とか言われたな」

「あー……」

焔ヶ原の生徒から見れば、以前学校で狼藉《ろうぜき》を働いた不良娘を屈服させたカリスマお姉様の図ってことになるのか。

「後輩からも慕《した》われてるんだな」

「いいや、言ったのはクラスメイトだ。悪い気分ではないが、少しこそばゆい」

「お、おう……」

後輩からじゃなくてクラスメイトからっていうのが凄まじく業《ごう》の深い話だな。

この前のことといいこのことといい、雪無の人間関係ってマジでどうなってるんだろう。

「……でもよく引き受けたな。そんな脅迫まがいのコトされたら普通断ると思うけど」

「そうだな。おまえを助けようとはしただろうが、火怜と協力することはなかったろう。だがあいつが提示した条件がことのほか良くてな。だから引き受けた」

「条件……？　下僕《げぼく》になりますとか、足場になりますとかそんなやつか」

「指輪だ」

「……は？」

「指輪の譲渡《じょうと》。それが火怜が私に出した条件だった」

「お、おい。ちょっと待てよ。そんなことしたらあいつは――！」

「ああ。魔法少女ではなくなる」

嘘、だろ……？

自分があれだけボロボロになっても拒絶してたじゃないか。それなのに、雪無に土下座はするわ協力を申し込むわ、挙げ句の果てに魔法少女を辞める……？

「マジで、どうしちまったんだよ小野寺……！」

「それだけ、おまえが大切だったということだろう。自分の望みよりも友達を優先したんだ、あいつは」

「……！」

俺のせいなのか。俺がヘマをしたせいで、あいつが大切にしているものを手放さなくちゃいけないなんて、そんなの納得できるかよ。

「気にする必要はない。あいつはグレイだ。魔法少女を続けることは無理があった……遅かれ早かれ、こうなっていた」

「けど！」

「だから私は協力したんだ。正直、火怜のことを見誤っていた。奴は誰かを助けたいという心を持っている。それを知れただけでも僥倖《ぎょうこう》と言うべきか惜《お》しいと言うべきか――」

本当に、惜しいことをしてくれたもんだ。小野寺は俺を助けるためによりにもよって魔法少女の力を手放す覚悟を示した。じゃあ、俺にできることは——？

「それより、ここから逃げることが先決だ。ここは敵地のど真ん中だからな。続きは脱出してからにするぞ」

そう言うと、雪無は拘束具《こうそくぐ》をザ・スペクターで撃ち抜き破壊した。

普通の銃だったら俺もただでは済まなかっただろうけど、回復の対象に俺を設定してくれているらしく痛みはまるで感じなかった。雪無はひょいと俺の体を持ち上げ踵を返す。

その時、ズズズ……と何やら重々しい音が聞こえてきた。はて、一体なんだと振り向いてみると、ついさっきまで俺が拘束されていた台座が沈んでいく。

なんだろう。

このシーン、すごい既視感《きしかん》があるというか嫌な予感しかしないというか。

「……なあ雪無。インディ・ジョーンズって観《み》たことあるか？」

「ううむ、ディズニーシーのアトラクションくらい……ああいや、前に金曜ロードショーで見たぞ。ゴムボートで飛行機から脱出するシーンは圧巻《あっかん》だったな」

ガッデム、それは二作目だ。

「インディ・ジョーンズの一作目に似たようなトラップがあるんだ。お宝が台座から離れると、台座にかかる重量の変化でトラップが発動する……みたいな仕掛けでさ。主人公はお宝と同じ量の砂を台座に乗っけることでトラップの作動を防ごうとするんだ」

まあ、結局その対策も失敗するというオチがあるんだけどな。

「ああなるほど。アレはそういう意味があったのか」

「アレ？」

「ダンジョンの途中に砂場があって革袋《かわ》が置いてあったんだ。しかしどう考えても怪しいだろう？　だから無視して何もしなかったのだ」

なんてこった。どう考えてもヒントじゃんそれ！　この後有名なアレが待ってますよってというサインに他ならないじゃん！

……いや、これで雪無を責めるというのも酷《こく》な話だ。

会長、あなたの遊び心はなかなかのものですよ。けど、これは元ネタ知ってる人にしかわからないやつだぞ。

パロディ及びオマージュ最大の弱点。それは元ネタを知らない人にとってはなんのこっちゃサッパリワカランことである！

「で、その映画ではこの後どういうことになるんだ？」

「えーっと……確かこのダンジョンのトラップが一斉に発動するって仕組みだったな」

瞬間、忍者屋敷の回転扉よろしく、ラボの壁が次々と百八十度回転していく。

現れたのは、全長二メートル程のヒトガタ。そのほっそりとしたデザインは、ロボットというよりもオートマタと表現した方がしっくり来る。

全身が黒いのは戦闘員型キャンサーと似ているが、発せられる威圧《いあつ》感は連中とは比べ物にならない。さらに手にしている武器も一体ずつ違う。その数は——視界を埋め尽くすレベルだ。これからの展開がどうなるのかは、嫌でもわかった。

「なるほど、こいつらの相手をしろということか……」

落ち着いた様子で、雪無はザ・スペクターを構える。

「問題ない。切り抜ける！」


「が、あ——」

火怜は魔法少女になってから様々な攻撃を受けた。

例《たと》えば殴打《おうだ》だったり銃撃だったり、斬撃だったり——バリエーションは様々だったが、そのレパートリーの中に貫通は含まれていなかった。

そして今日、火怜は初めてその感触を味わうことになった。

熱い。火怜の肉体は、傷を痛みではなく灼熱と感じ取っていた。

口から夥《おびただ》しい量の血が吐き出される。

既に足下は血の海だ。脇腹《わきばら》を貫かれたので骨は無事だが、内臓をいくつかやられた。

常人《じょうじん》であれば確実に致命傷だが、しかし魔法少女なら大丈夫——とは全然楽観視できない。

少しでも気を抜けば、死神に容赦なく意識を持っていかれそうだ。

「どう？　そろそろ使う気になった？」

何気ない様子で、笹は火怜に問うた。

なるほど、そういうことか。笹は火怜に弾丸を使わせるために、このような致命傷を食らわせたらしい。使わないと言うのならば、使わざるを得ないような状態に持っていくというシンプルだが、なかなかにえげつない手法。

「言っておくけど、弾丸を使わずにここから逆転しようなんて甘い考えは捨てるのが吉よ。手負いの獣《けもの》ほど危険なものはない、というけれど、あくまでアレはダメージを負ったことによる凶暴性が危険なのであって、単純なスペックでは健康な状態より遥かに劣るわ。まあ、満身創痍《まんしんそうい》からの一発逆転が燃えるのも事実なのだけど――あなたは違うわ火怜さん。あなたは十全な状態に戻れる選択肢があるにも拘わらず、それを使おうとしない」

「どういう、意味、だよ」

「戦場で闘う者同士が互いに十全な状態であるとは限らない。けど、可能であるならばそうなることが一番喜ばしい状態なのも事実よ。互いに全力を出し合う戦いほど素晴らしいものはないのだから」

今の火怜は、お世辞《せじ》にも十全とは言えなかった。

戦いによって蓄積されたダメージが、彼女から従来の力を容赦なく奪っていく。

「銃弾を使いなさい火怜さん。私は十全なあなたと戦いたいの」

火怜はそれに、血を吐き捨ててみせることで答えた。

「……そう。残念だわ」

嘆息して、笹はジ・アナライザーを引く。

刃は火怜の肉体を抉《えぐ》っていたが、それと同時にある程度止血《しけつ》の役割を果たしていた。それが引き抜かれれば、出血は今の比ではなくなる。

火怜の肉体は今以上に危機的な状況になる――はずだった。

「え――?」

笹は、ジ・アナライザーを引き抜くことができなかった。

力を抜いているわけではない。

どれだけ動かそうとしても、火怜に突き刺さっている剣はびくとも動かない。

ジ・アナライザーは、完全にその場に固定されていた。

「どういうこと――まさか!?」

答えに辿《たど》り着いたのとほぼ同じタイミングで、火怜の拳が笹の顔面を撃ち抜いた。

一発だけでは終わらない。

二発、三発、四発、五発――!

その威力は今までと比べ上昇しているわけではない。

むしろ、下がっていると言ってもいい。あの致命的な一撃は、確実に火怜にダメージを与えていた。

だが――今の笹はあまりにも無防備だった。

笹の口の中に、鉄の味が広がる。

油断していたのだ。自分が圧倒的に有利であるというその立場に甘えてしまったが故に。

「なんていう、不覚……！」

最後のアッパーカットで、笹はジ・アナライザーを手放し、よろよろと後退した。

「ぎ――」

火怜は、血で粘《ねば》ついた口を大きく開けて、嗤った。

「ゃはは！！！！！！！！！」

全てを嘲笑《あざわら》うかのように、全てを讃《たた》えるように、全てを歓迎するように、全てを慈《いつく》しむように。ありとあらゆる感情をごちゃ混ぜにして、血塗《ちまみ》れの魔法少女は嗤い続けた。

「はははははははははははははははは――はァ」

熱い吐息《といき》と共に、爛々《らんらん》とした目で、笹を見据《みす》える。

「ったくよおカイチョー。油断しすぎにも程があるってもんだぜ。手負いの獣、ナメんなよ？」

にっと、赤く染まった犬歯を剝《む》き出しにして火怜は言う。

「……あなた、お腹《なか》の筋肉を使ってジ・アナライザーを固定していたのね」

「イエース。初めてやってみたけどよォー、なかなかうまくいくもんだな」

そのふてぶてしく小生意気な口調は紛れもなく小野寺火怜のものだったが、しかし明らかに無理してるのがわかった。

筋肉が持つ特性。それは異物が侵入したことを認識すると収縮し、異物への抵抗力が強まる。そこまでは大概の生物が持っている特性であるし笹も理解していた。

だからこそ、ジ・アナライザーは微細な振動を続けることでその抵抗を限りなく減らすことができる。だが、火怜はそれに加えて自《みずか》らの意志で腹の筋肉を動かし、従来の反応よりもさらに力強くジ・アナライザーを固定してみせた。

笹の力を持ってしても、動かすことが困難になるくらいに。

火怜は、自分の肉体に突き刺さっている柄《つか》に手をかける。

「え？　火怜さんあなた一体何を——」

そして、ずぶりとジ・アナライザーを引き抜いた。

瞬間、傷口から凄まじい量の血が迸《ほとばし》った。逆さになった状態で栓《せん》を引き抜いた酒瓶《さかびん》のように、あり得ない量の血が、クリーム色の廊下を染め上げていく。

「がっ、ぎっ……」

火怜は苦悶《くもん》の表情を浮かべながらも、そのギラついた瞳に一切の陰《かげ》りはない——はずもなく、戦意にこそ陰りはないが、徐々に生命の光を失いつつあった。

「——何、やってんのよ!?」

突き刺しておいて、笹はついそんなことを口走ってしまった。

殺し合いの相手ではなく、ただの先輩として。

「……おいおい、こんな時に、敵の心配、かよ」

「心配って……当たり前でしょう！　あなた、死ぬ気なの!?」

刃物で刺された場合、死ぬ確率が高いのは刺さっている最中よりも引き抜かれた瞬間だ。

出血多量によるショック死が主な死因である。人間は一・五リットルの血を失うと死ぬ。

だが目の前に広がる血は明らかにそれよりも多い。

それでも床を踏みしめて立ち、意識を保っているのは尋常ではない生命力だが——それもいつ限界を迎えてもおかしくないのだ。

違う。

笹が望んでいたのはこんな決着ではない。

互いに全力を出し合った結果、どちらか一方が命を落とす——まあこれは仕方ない。

だが、こんな状態で火怜が死んだら不完全燃焼もいいところだ。

ジ・アナライザーで貫いたのも、あくまで弾丸を使わざるを得ないような状況に持っていくためで、こんなイカれたスーサイドショーを見るためではない。

「こうなったら意地でも——！」

弾丸を突っ込んでやる、と左手に目を落とす。

「え……？」

ない。

さっきまで雪無の弾丸を握っていたのに、手の中はカラッポだった。

「うそ、なんで——」

「ひょっとして、捜し物はこれかい？」

火怜が指で摘《つ》まんでいるのは、紛れもなく笹が捜していた弾丸。

奪われた。しかしいつ？　どのタイミングで――

「――私を殴った時に、奪ってたのね」

「イエース。人間ってなぁダメージを受けると、その部位に神経を注いじまう。そのせいで他がおろそかになるってワケだ」

その隙を突いて、火怜は笹から弾丸を奪っていた。

だが何故だ。今まで火怜は使うのを渋っていたはずだ。

もしくは自分が使わなくても笹の手元にある状況をなんとかしたかった……？

「カイチョー……あんた、ゲームの回復アイテムっていつ使う派だ？」

「へ？」

突然の質問に笹は目を瞬《しばたた》かせる。ゲームは笹もよく嗜《たしな》んでいるが……ここで嘘をついても仕方ないので、正直に答える。

「そうね。縛《しば》りプレイでない限り半分は割らないようにしてるわ。六割くらいで使ってる」

「へぇ、結構堅実なプレイスタイルだな。ちなみに、オレはギリギリだ。死ぬ一歩手前まで使わねー派でよ。使わずに勝てちまえば節約できるし、何よりスリルを味わえるだろ？　アレが好きなんだ」

「それが今とどう関係が――」

――ああ、なるほど。そういうことか。

疑問が一瞬で氷解する。

「なんてこと……最初から、使うつもりだったのね」

「たりめーだろ？　純粋なタイマンだったら使うつもりはなかったんだけどよォー、淋代が捕まってんだ。使えるもんはなんでも使わねーとな。おかげで雪無に頭下げることになっちまった。ま、下げちまったからには、最初から最後まで利用させてもらうぜ」

「けど、なんでこんな自殺紛《まが》いのことを――」

「言ったろ。無双ゲーより死にゲーが好きってな。死にゲーの基本は死んで覚えることだぜ？　敵のスペックや攻撃パターン……自分のライフ丸々一回使って頭に叩き込む。一発で勝てるんだったらそれに越したことはねーんだろうが、カイチョーはそれができる相手とは思えねえ。こう見えても、全力でやってたんだぜ、オレ」

血の気が引く。完全に、火怜の思惑《おもわく》を理解してしまったが故に。

「オレの体はボロボロだ。けど、まだ死ぬってワケじゃねえ。だったらよォー――本当に死ぬギリッギリまでダメージ受けて、手の内探った方がいいと思わねえか？」

ある意味、これほど合理的な作戦はないだろう。体を限界まで酷使《こくし》することで相手の手の内を探り、体が瀕死《ひんし》に陥ったところで回復アイテムを使い、フルスペックの状態で戦う。

なるほど合理的だ。理にかなっている。

だが、あまりにも血の気がない。

血が通うどころか捨てている、流血の戦略。要は、自分の体を一度使い潰す作戦だ。

戦場では味方の犠牲を前提に成り立つ作戦もある。

笹からすると下の下に見える戦略だがしかし――火怜の場合は上も下もない。外れている。まさしく外道《げどう》。

残機《ざんき》が一つ残っているから、どれだけ痛めつけられても大丈夫なんて思いついたとしても、実行に移そうなんてことはしない。

仮に実行したとしても、耐えきれない。しかし火怜はそんな作戦を思いつき、実行し、耐えきってみせた。

見誤っていた、自分の後輩を。

「喧嘩っ早いとは常々思っていたけど、ここまでネジが弾け飛んでいるとは思わなかったわ」

「オレもあんたがここまで容赦ないド悪党だとは思わなかったぜ」

一年の付き合いがあってもわからないものだと、互いに苦笑する。

「――やっぱイカれてるわ、あなたって」

そして笹は改めて、最大の賛辞《さんじ》を送った。火怜はニッと笑い、弾丸を口にくわえる。

「コンティニューだカイチョー。死ぬなよ？」

弾丸が噛み砕かれる。

その音が鼓膜《こまく》を震わせた次の瞬間、火怜の拳が笹の鳩尾《みぞおち》に突き刺さった。

悲鳴を上げる間もなく吹っ飛び、壁に叩きつけられる。壁は放射状に亀裂を作り、笹は吐血《とけつ》した。貫かれていないのに、体内をしっちゃかめっちゃかに引っかき回された感覚。

「素晴らしいわ。これがあなたの全力なのね……！」

血を拭《ぬぐ》いながら、正面を見据える。

噴き出した血こそコスチュームや体に纏わりついているが、既に火怜の体を蝕んでいた傷は影も形もなかった。

「まだまだ試運転だぜ――！」

同時に、地面を蹴る。

こうして始まった第二ラウンドに、バトルフィールドとなった校舎は悲鳴を上げる。

拳や剣が振るわれる度に、容赦なく施設が破壊されていく。ジ・アナライザーによって一クラス分の机が纏めて切断され、火怜の拳によって教室が三つほど壁が取っ払われ、繋がった。

そんな被害状況などお構いなしに、二人はただ目の前の敵を撃滅せんと技を繰り出していく。

その度に体が軋み血が流れるが、それでもお構いなしに互いに攻撃を続ける。ダメージや疲労によってスペックダウンを強いられていた火怜だったが、既に彼女を縛るものはどこにもない。

解放してくれたのが雪無の魔法というのがなんとも気に食わないが、このイライラは後でご本人に解消してもらうとしよう。

「まったく、これでグレイだっていうんだから……つくづく楽しませてくれるじゃない！」

「お褒《ほ》めにあずかり光栄だよ――！」

笹は魔法少女になってから、そのシステムの詳細《しょうさい》は全て魔法で解析してある。魔力切れを起こした際の不完全体――いわゆるグレイの詳細も把握《はあく》していた。

魔法の使用不可や大幅なスペックダウンに加え、自己修復機能や転移機能など、生命維持に関《かか》わる機能までオミットされてしまう極めて致命的な状態。

　普通であれば撤退し、自身の魔力が回復するまで潜伏するのが常道のはずだ。しかし火怜はそんなの知ったことかと、完全体の笹と対等に渡り合っている。不完全体でもこれなのだから、完全体になった時はどれだけの力を有しているか――どうしても、好奇心が刺激されてしまう。

　しかし、グレイもグレイでほんの僅かながらメリットも存在する。武装杖《ワンドアームズ》や魔法の使用など、魔力が切れれば、大半の魔法少女は行動不可能になってしまうくらい魔力に依存している。

　笹のように近接武器型の武装杖《ワンドアームズ》であればまだマシだろうが、雪無のような遠距離型は極めて悲惨《ひさん》なことになるのは想像に難くない。

　一方火怜はというと――一切合切、問題がない。何せ火怜は最初から魔力がない。魔力による恩恵を殆《ほとん》ど受けられない分、それに縛られることもない。

　その思考の大半を、目の前の敵を叩き潰すことに注ぐことができる――！

「これもまた災《わざわ》い転じて福と成すってヤツかしら……ねッ！」

「させるかよ！」

　ジ・アナライザーの斬撃を火怜は拳で受け止めた。

　火花が散り、僅かに血が流れる。衝突する二人の武器は、震えながらも各々《おのおの》引くつもりはない。拳と剣の鍔《つば》迫《ぜ》り合いだ。

「一つ質問だ……淋代を使って何するつもりだよ」

「知ってどうするの？」

「相手のことを何もわからずぶっ潰すより、何かしらわかってぶっ潰す方が手応えあんだろ？」

「そこら辺は理解不能だけど、いいわ。教えてあげる。あの子は私たちの世界に持って帰る──といってもすぐに上層部に知らせるつもりはないわ。ワルキューレのことはじっくりねっとりわからないことがないってくらい調べ尽くす」

「おいおいエッチなのはダメだぜカイチョー……マジで殺すぞ」

「そう怒らないでちょうだい。つーかあんなちんちくりんの体、どう弄《もてあそ》べっていうのよ！」

「色々あんだろ。触手《しょくしゅ》とか！」

「あなたの性癖《せいへき》は聞いてないわ。まあ、私の魔法が解析魔法のおかげで魔法少女システムの解析は既に終了している。あとはワルキューレの肉体を利用した新たなシステムを完成させれば完璧ね！」

「新たなシステム？」

「人造魔法少女システム──簡単に言ってしまえば、誰でも魔法少女になれるシステムよ！」

「誰でもって、それができりゃあ淋代も苦労してないぜ！」

空白は火怜が学校で授業を受けている間も、魔法少女の資格を持つ人間を捜し回っていたが、残念ながら成果は殆どなかった。

やっと見つけた資格者が笹《コレ》なのだから、もはや踏んだり蹴ったりだ。まあ火怜としては面白いので別に構わないのだが。

「ええ、当然ながらオリジナルより出力は落ちるでしょうけど、私は天才よ。工夫次第でどうとでもなるわ！」

「ははーん、先が読めたぜ。魔法少女システムをエテルネルの奴らにバラ撒《ま》いて魔法少女軍団を作るって寸法だな？」

「半分正解で半分間違いよ。バラ撒くのはエテルネルの世界だけじゃない——こっちの世界も、よ」

「……はぁ？」

この世界に魔法少女システムがバラ撒かれれば当然、今までとは比較にならない数の魔法少女が誕生することになる。

しかし解《げ》せない。エテルネルだけにバラ撒いてしまえば、確実に勝利の天秤《てんびん》はエテルネル側に傾くことになる。こちらの世界にだけバラ撒けば、その逆の結果になるだろう。

しかしどちらかにバラ撒くのではなく、どちらも、とは一体どういうことなのか。まあ自分としては魔法少女との戦いは嫌いじゃないので大歓迎なのだが——いや、待て。

ふと思いついた仮説は、我ながら突拍子《とっぴょうし》もないというか何食ったらそんな発想になるのかと正気を疑う代物だったが、これならば笹坐笹の行動に全て納得がいく。いってしまう。

「魔法少女同士の戦い——魔法少女大戦。それが、あんたの狙いか？」

笹は、微笑《ほほえ》みを浮かべて肯定した。

「私はね。この現状にどえらい不満を持っているの。ただ機械的に、キャンサーをこの世界に放逐《ほうちく》するだけ……キャンサーに意志なんてないわ。あるのは機械的に他の生命体を殺すという本能だけ。ましてや兵器として改造された個体なんて木偶《でく》もいいところ。やっぱり戦いは意思を持った者同士でやらないと。そう思わない？」

「だから、どっちの陣営にも魔法少女の力を与えるってか？」

「ええ、そうすれば大きく流れは変わるでしょうね。互いの陣営が各々の意志と力を持って全力でぶつかり合う。今の私と、火怜さんみたいに――！」

突如ジ・アナライザーが蛇腹剣形態に姿を変え、火怜に襲いかかる。火怜はバランスを崩しかけるが、体を捻《ひね》ってその斬撃を回避し、刃と刃を繋ぐワイヤーを掴んだ。

「戦いを止めるんじゃなくて加速させるってか。ハッ、あんたも充分イカれてるよ。このマッドサイエンティストが！」

ぐいとワイヤーを引っ張り笹を引き寄せ、その体に膝蹴《ひざげ》りを叩き込む。

笹は顔を歪《ゆが》めるが、口元の笑みは消さずに言った。

「最高の、褒め言葉ね。でもあなたは、私の作戦に嫌悪感を抱いていない――違うかしら？」

笹の作戦は、どう考えても悪の秘密結社とか帝国とかそういうノリとは違う。ああいうのはあくまで敵の殲滅《せんめつ》、支配を目的としたものだ。

つまるところ、戦いは手段であって目的ではない。

しかし笹が望んでいるのは、魔法少女という対等なシステムを提供した上での、殺し合いだ。目的と手段が逆になっている……わけではない。彼女の目的は戦いであって、人造魔法少女システムの拡散がその手段だ。二つの世界が全面的に衝突する中、笹は高みの見物――とはなるまい。きっと自分も積極的に参加するタイプだ。彼女のそういう姿勢は火怜も嫌いではない。安全圏でふんぞり返っている黒幕タイプよりよっぽど好感が持てる。

元より魔法少女大戦とやらは、熱き戦いを求める火怜にとっても悪い話ではないのだ。

だが――

「させるかよ。あんたの計画は、オレが叩き潰す！」

「……へえ？　意外な返答ね」

「確かにあんたの計画は面白そうだ。何もないフラットな状態だったら賛成してたかもな。けど、淋代はダメだ。あいつを利用するって言うなら、オレは乗らない。だから――覚悟しやがれ！」

機関砲のように次々と叩き込まれる火怜の拳。体内にあるあらゆる液体が波打つ感覚と共に、笹の体は天井を突き抜けた。バギン、バギンと連続して天井を突き抜け、とうとう屋上まで到達した。ようやく開けた視界先にあったのは、皓々《こうこう》と輝く満月。

しかし、その完璧な輪郭《りんかく》が歪む。いや違う。自分と月の間に割って入る存在があるのだ。

それが誰かなんて問うまでもない。火怜の踵落《かかとお》としを、ジ・アナライザーで弾いた。

まるで鉄を斬ったように重い感触。

火怜は勢いを殺さぬまま抱きつくようにして笹に覆《おお》い被《かぶ》さり、肩口に牙を突き立てた。

「がっ――!?」

鋭利なその牙はコスチュームを突き破り皮膚《ひふ》を突破。痛みとぬるりとした感触が、傷口から広がっていく。武装杖《ワンドアームズ》を持たない火怜にとってはその全身が武器であるため噛みつきも当然使うだろうが──彼女の今までの戦闘データでは、噛みつきを行う目的は一つだ。

吸われている。紛れもなく、自分の血を。

しかしそれも一瞬のことで、火怜は肩から口を離し、後方へ飛んだ。

「他人の血をここまで飲むのは初めてだけどよォ──案外、生臭《なまぐさ》かねぇんだな」

真っ赤になった口元をぐいと拭いながら、火怜は言った。

「とんだ悪食《あくじき》ね。魔力得るために人の血を吸うなんて普通する？　最早《もはや》魔法少女じゃなくて吸血鬼じゃない」

「再生能力のねー吸血鬼とか、どんだけ欠陥品なんだよ」

口元に笑みを浮かべる火怜の右脚には、既に炎が揺らめいている。

火怜は、ここで決める気だ。

「なら、私も全力でそれに答えないとね──形態拡張《チェンジ》、拡張分析剣《アナライザー》・大剣形態《モードスクラッパー》！」

笹の声に応じるように、ジ・アナライザーは蛇腹剣形態とはまた違ったカタチに変化する。

ワイヤーを限界まで伸ばし、等間隔に配置された刃を核として魔力で構成された巨大な光の刃が生成される。これこそが、笹の切り札。

「最後に聞いていい？」

「んだよ」

「淋代君のこと、好きなの？」

「は？」

表情に変化がない——が、足下の炎の揺らめきが大きくなる。

火怜はぽりぽりと頰を搔《か》きながらも、答える。

「ちげーよ。淋代はそういうんじゃなくて……なんかしっくりくるんだよ。アイツが隣にいると」

「ああハイハイそういうことね」

「おいなんだよその『まあ私はお見通しですけどねフッフフ～ン』みたいな顔は！」

「あら、私は何も言ってないわよ。あなたがそう感じるということは内心どこか引っかかるところがあるからではなくて？」

「うがあああああああああ！　ムカつく！　なんかすっげえムカつく！」

しばらくの間地団駄《じたんだ》を踏んでいた火怜だったが、顔を上げた時には、既に相手のことを仕留《しと》めんとする殺戮者《さつりくしゃ》の貌《かお》に変わっていた。

「いくぜ、カイチョー」

「来なさい、火怜さん」

火怜が地面を蹴り上げた。

笹に向かって一直線に疾駆《しっく》し、跳躍《ちょうやく》。

空中で一回転した後、右脚を突き出し弾丸の如く急降下。

「おりゃああああああああああああああああああああ！」

避けることはしない。正々堂々正面から迎え撃つ――！

「アナライザー・スクラップエクスプロード――！」

刀身《とうしん》の輝きが増し、全てを刻まんとする光の刃が火怜に向かって切り上げられた。

激突。

二つの魔力が互いを食いちぎらんとするように絡み合い――二人の視界を、真っ白に染め上げた。


「これは……ひどいな」

雪無の感想は非常にシンプルだったが、目の前の惨状を一言で言い表すならばこれ以上に相応しいものはなかっただろう。

校舎が全壊していた。今まで何度もキャンサーの被害に遭《あ》ってきた我が母校だけど、ここまで酷いことになっているのはこれが初めてかもしれない。

オートマタを屠《ほふ》り、脱出を阻むトラップに四苦八苦（『なんで入る時とバリエーションが違うんだ！』と雪無は絶叫していた）しながらも生徒会室に脱出できて、あーよかったと一息ついてると、今度は突然校舎が崩れ始めるという、なんかもう色々滅茶苦茶な事態になって今に至る。一応脱出できたのは幸いだけど、そうも言ってられない。

俺を助けに来てくれたのは雪無だけじゃない。あいつは今会長と戦っているはずだ――いや、もう終わったのか？　ともかく俺はあいつを捜さないといけない。

「小野寺！　どこだ！　返事をしてくれ！」

瓦礫《がれき》の向こう側から「おぉ〜い」という声が聞こえ、すぐその場に向かう。

「小野寺！　よかった無事で――」

一瞬、言葉を失う。小野寺は満身創痍だった。コスチュームはボロボロで、血で赤黒く染まっている。体の方もいたるところに傷ができていて、特に右脚が深刻そうだ。

それでも倒れることなく、小野寺は瓦礫の山の上に自分の脚で立っていた。

「よっ淋代。助けに来たぜ」

ぐっと、サムズアップする小野寺。

感動の再会――というにはあまりにも軽い。しかしその姿を見て、その声を聞いただけで妙に目頭《めがしら》が熱くなってきた。別に何年も離れてたわけじゃないのに、まったく妙な気分だった。

「ああ、ありがとう……本当に、ありがとう」

「へっへっへ、いいってことよ。おかげさまで、カイチョーと思いっきりドンパチできたしな！」

「……きゅ〜」

と、妙な声を上げてぶっ倒れているのは、エテルネルのスパイという衝撃の真実が発覚した笹坐笹会長である。彼女も負けず劣らずの満身創痍っぷりだが、小野寺と大きく違うのは変身が解けていることだろう。

そう言えば勝敗を聞いていなかったけど、聞くだけ野暮《やぼ》か。会長が変身解除している時点で、大方の察しはつく。

しかし知り合いが実は裏切り者で殺し合うっていう展開ってもっと悲惨でドロドロしたものになると思ってたけど、小野寺の顔は滅茶苦茶晴れやかだった。なんか心なしか肌もつやつやしている。

「……」

雪無は黙ったまま、小野寺に銃口を向け引き金を引いた。柔らかい光に包まれると、小野寺の傷が一瞬で癒えていく。

今まであれだけ小野寺を回復するのを拒《こば》んでいたのに、こんなにあっさり魔法を使うとは……

「おお、随分大サービスじゃねえか」

「やかましい！　……とにかくだ。約束は守ってもらうぞ」

今さらのように思い出した。そもそも小野寺は、俺との契約解除を条件に雪無に協力してもらっていた。それが完了した今、約束を果たさなければならない。

「オイオイ。そこはなんかいい感じに友情が芽生《めば》えて見逃してやるってパターンじゃねーのかよ？」

「約束は約束だ。それと友情なんて芽生えてない……芽生えてないぞ、ウン」

……まあ、友情が芽生えつつあるからこそ回収するということもあるかもしれないが。

「ったく、しゃーねーな。ま、約束だもんな。オレは約束は一言一句違《たが》えないことで有名な火怜ちゃんだぜ」

そこに関しては異議申し立てを行いたいのだが……いいのか？　おまえは本当にそれで。

何か助け船を出そうとしたけど、小野寺はそれに気づいたのか小さく首を振るだけだった。

……そうか、既に受け入れてたのか。

小野寺が指輪を外すと、魔法少女から人間へと戻る。もう二度と、魔法少女としてのあいつの姿を見ることはできない。そう考えるだけで、言いようのない寂しさが湧《わ》き上がってきた。

ほれ、と小野寺は雪無に指輪を突き出した。

ここまで平和的に事が進むなんて信じられなかった。出会った頃には殺し合い同然の戦いをしていたというのに。

それは雪無も同じだったらしく、居心地《いごこち》が悪そうに少しばかり目を逸らしていた。

「おまえに友情は感じていない……いないのだが、火怜。おまえが、完全な魔法少女だったらよかったのにと、今では思える」

「へっ、そうかよ。オレも、オマエともうちっと協力しとけばよかったと思ってるぜ」

ふっと微笑み合う二人。

この瞬間、二人は互いを完全に理解することができたのかもしれない。惜しむべきは、もう共に肩を並べて戦う未来は途絶えてしまったことだ。

それが、あまりにも寂しい。

雪無が指輪を受け取ろうと手を伸ばして——小野寺はその手を避けるようにひょいと手を直角に上げてみせる。そして一言。

「はい、あーげた」

「「……」」

沈黙。凄まじい、沈黙。

なんかもう、今までのちょっと感動的だった雰囲気なんて最初からなかったんですよと言わんばかりであった。

「どういう、つもりだ」

混乱半分怒り半分の表情になった雪無が問うた。なんかもう、大爆発五秒前な面持《おもも》ちである。

「私がおまえとの協力を受け入れたのは、おまえが指輪を譲渡すると言ったからだ。それなのにこれは、どんな冗談だ？」

「冗談じゃねーよ？　オレは確かに言ったぜ。『指輪をあげますからどうか淋代を助けるのに協力してください』ってな」

マジかこいつ敬語で頼んでたのかよ……って待てよ。

「……まさか、その指輪をあげるって、ギブじゃなくてアップでしたってオチか？」

「イエース。言ったろ？　オレは約束は一言一句違えないって。誰もこいつを譲渡するなんて言ってねーだろ。オレは二者択一《にしゃたくいつ》ってのが嫌いでね。欲しいものは総取りが基本なのよ」

ダヨナー、ソウダヨナー。

おかしいと思ったんだ。小野寺が他人のために自分の大切な何かを捨てるなんて、そんな殊勝《しゅしょう》なことをするワケがない。大事なものなら両方諦めない。それが、小野寺火怜だ。

まったくしてやられた……が、そこに至るまでの経緯《いきさつ》が経緯なので、周囲の空気……というか約一名の空気はこれ以上ないくらい最悪なことになっております。

「私を、騙したのか」

「騙してねーぞ。オマエが勝手にそう解釈しただけって話だ。前に言ったじゃねぇか。こんな面白ぇ力、手放してたまるかって」

ケラケラと笑う小野寺。

「う、があああああああああああああああああああああああああ！」

案の定、雪無はブチ切れた。

まあ、あのしんみりしたやり取りマジで何だったんだよって話だもんな無理もない。

「私がバカだった……こんなヤツに魔力を割《さ》くことになるなんて！　えぇいそこになおれ、死なない程度にズタズタにしてやる！」

言うや否や、ザ・スペクターを小野寺に向かって構えた。

「落ち着け雪無！　さすがにそれはマズいって！」

「せつな？」

「ええい放せ空白！　こいつだけは一度痛い目に遭わせないと気がすまん。ちょっぴり見直したと思ったのに！　私の感動を返せ！」

「くーはく？」

なにやら小野寺が目をぱちぱちさせているけど、今はそれどころじゃない。

ああクソッ、こんな時に彼女たちを纏められる御仁《ごじん》はいないものか――

「まあまあ落ち着きなさいな。仲間割れなんて端《はた》から見たら醜《みにく》いものよ」

「「あんたが言うな！」」

かつてはその候補だったけどスパイでしたもんねこの人！

「ってそうだ。仲間割れしてる場合じゃないぞ。まずはこの人の処遇を考えないとだろ」

「おっと、すっかり忘れてたぜ。で、どーするよ？」

「こいつはエテルネルだ――なら、やることは一つだろう」

ザ・スペクターの銃口を、小野寺から会長へと移し照準を合わせた。

「ちょっと待ちなさい。捕虜虐待《ほりょぎゃくたい》は感心しないわね」

「……キャンサーで多くの人を殺してきた連中が、よくもそんなこと言えたものだな」

「それは同感。あんなやり方は私の趣味じゃないの。もっといい解決方法があるからそれだけでも聞いてくれないかしら？」

ペラペラと俺にも話していた『魔法少女大戦計画』を丁寧に説明する会長。

この人、今までずっと隠し事してたくせに正体ばれた瞬間すっごい口が軽くなったよな。悪の組織の一員かよ……似たようなもんでしたね。

「というわけよ。おわかり頂けた？」

「ああ、よくわかった……覚悟しろ」

「なんでそうなるの⁉」

「当たり前だ。おまえの計画は無益な戦いを広げる最低最悪な代物だ。早いとこ潰すに越したことはない」

「ちょっと待ちなさい。戦いを無益というのは感心しないわね。いいこと？　戦いというのは魂と魂のぶつかり合いであって──」

「おまえの自己満足に付き合ってやる義理はない」

「そんな短慮で私という偉大な天才を消してはならないわ！　お願いだから銃を下ろして頂戴《ちょうだい》……あっ、そうだわ。なんだったらあなたたちの仲間になってあげてもいいわ！」

お手本のような命乞《いのちご》いをする会長。

うーんどっちが悪役かわからない──ワケねーな。完全に会長が悪役だわ。

ちらりと小野寺を見ると、小さくウインクを返してきた。

協力してやるからやってみろ……ってことね、了解。

新たな戦い、というか処刑の火蓋《ひぶた》が切られようとしている中、小野寺はザ・スペクターの銃口に指を突っ込んだ。

「なんのつもりだ！」

当然のごとく、雪無は小野寺に食ってかかるがここからは俺の役目だ。

「殺すのはナシだ、雪無。おまえに会長を殺すなんてことはさせない」

「わかっているのか？　こいつはおまえたちを騙して、あまつさえ実験動物みたいに扱おうとしたんだぞ」

「まあな。正直ここ数日はキツいことだらけだったよ」

わかりやすく説明するために、地下で俺がヒドイ目に遭ったときの記憶をプレイバック。

『今からあなたに、五万ボルトの電流を流すわ』

『五万!?　ちょっと待ってください割とシャレになりませんよ！』

『普通の人間であれば黒焦《くろこ》げの死体になる……けれど、ワルキューレの肉体を手に入れたあなたならば耐えきれるはずよポチッとな』

『ぎゃあああああああああああああああああああああ！』

……あれ、やっぱりちょっと痛い目に遭った方が良くないかこの人？

いやいや、ここで罰を与えてたら計画がパァだ。他ならぬ被害者である俺がなかったことにした……なら、雪無が会長を殺す理由もなくなるはずだ。

「む、むぅ……空白は、それでいいのか」

「いい。ここで会長を失うリスクの方がデカいからな……小野寺はどうだ？」

ぱっと見たかぎり、小野寺のヤツまだ会長のこと嫌いになってないっぽいんだよな。俺に今協力してくれているのもいい証拠だ。こんな形でお別れっていうのも、味気ないだろうし——

「……」

「小野寺？」

「……」

「おーい小野寺ー」

小野寺火怜、まさかの沈黙。

おい待て、ここはおまえも同意して多数決に持ってく的な流れだろうが。せき止めちゃってどうすんだよ。なんて思っていると、ちょいちょいと会長が肩をついて俺に耳打ちした。

「火怜って呼んでみなさいな。きっと効果てきめんだから」

「えぇ……」

正直あまり効果があるとは思えないけど、物は試《ため》しだ。

「か、火怜」

「おう！　オレは構わないぜ！　空白！」

めっちゃいい笑顔で返された。待ち望んでいた回答ではあるけど……なんだろう、この釈然《しやくぜん》としない気持ち。重要なイベントのはずなのに思いの外《ほか》あっさり終わってしまったような。

「……はぁ、わかった。おまえがそう言うのならば、是非《ぜひ》もない」

雪無は嘆息しながらも銃口を下ろし、変身を解除した。

「ひゃっほう。こうしてこの世界は偉大なる天才を失わずに済んだのだった……完ッ！」

「……やっぱ急所外して撃つのはアリかもな」

「淋代君!?」

この人には少々お灸《きゆう》を据《す》えた方がいいのかもしれない。何が完、だ。まだ終わってねーよ。

「でも、殺さないとしてどうするつもりだ。警察に引き渡すのは無理だし、どこかに監禁するというのも難しいぞ？」

「どこにも閉じ込めやしない。仲間を閉じ込めるなんて、愛情がねじ曲がったヤツくらいしかやらないだろ？」

「仲間だと？」

「ああ。今日からこの人は俺たちの仲間になってもらう。この世界を守りキャンサーをぶっ潰す魔法少女として、な」

魔法少女は常に人手不足だ。処刑とか監禁とかそういう物騒なことをするよりも、戦力として組み込んだ方がよっぽどいい。おまけに会長は多分滅茶苦茶強い。火怜をあそこまでボロボロにできる実力を持っているのならば戦力として申し分ない。

何より、会長はエテルネル側の情報をかなり持っているとみた。会長を仲間にしておくことで諸々《もろもろ》の恩恵にあずかれる。

「オレは大賛成だぜ！　カイチョーと一緒に戦うのは面白そうだし！」

火怜はノリノリで賛同してくれたが、雪無は納得がいっていないのか複雑そうな顔である。まあ、今まで殺し合ってた種族と仲良くしようとかいきなり言われても混乱するばかりだろうし無理もないか。ちなみに当人である会長は、

「あのーちょっと待ってくれるかしら淋代君？　私そうなると非常に困るの。マジモンの裏切り者になるって言うか、出世の道が完全に閉ざされてしまうのだけど。そうなったら大金使って研究することも難しくなってしまうのだけど？」

思いっきり顔を引きつらせていた。そんな会長に向かってニッコリ微笑む。

「言ってましたよね？　仲間になってあげてもいいって」

「いや、確かに言ったけど。それは定番の命乞いっていうかその場の勢いっていうか、ね？」

「一緒に頑張りましょうね、会長」

「いやあああああああああああああ!?」

そうかそうか、そんなに嬉《うれ》しいか。感動のあまり涙を流している会長を生暖《なま》かく見つめていたその時だった。

空に亀裂が入り、割れた。

とまあ、ここまではいつものキャンサー出現の合図だったが――

「なんだ、あれ……？」

空に出現したソレは、今まで見てきたどの怪物よりも遥かに、

「デッ……」

「カッ……」

かった。

あまりのデカさに俺と火怜は仲良くハモった。

全長は小さく見積もっても五百メートル以上。そのシルエットは一見この世界の鯨《くじら》のようだが、よく見ると牙《は》が生え、全身が鱗《うろこ》で覆われて下半身は無数の触手で構成されている。胸部にある巨大なコアは、まるでこの夜空に出現したもう一つの月のようであった。こんな血のように赤黒い月を見てロマンチックな気分に浸《ひた》れる人間はそうそういないだろうけど。

マッコウクジラやシロナガスクジラといったメジャーな鯨というよりも、遥か昔に伝説上の怪物として恐れられていた、おどろおどろしい『鯨』のイメージが具現化《ぐげんか》したような姿だった。

雪無も呆然《ぼうぜん》と、空を泳ぐ怪物を見上げている。

恐らく彼女も初めて見るタイプのキャンサーなのだろう。

「うげっ、テューマーじゃない」

顔を顰めている会長は、奴について知識を有しているようだ。

「テューマー……腫瘍《しゅよう》かよ。なんか素晴らしい予感がする名前だなオイ」

ぺろりと火怜は頬を伝う汗《あせ》を舐める。彼女の「素晴らしい予感」というのは世間一般では「嫌な予感」と言い換えることができる。

胸部にある平面状の器官からは黒いゲル状の塊《かたまり》が時折こぼれ落ちている。

こぼれ落ちた塊はやがてカタチを持ち、動き出す。

その姿は紛れもなく――

「キャンサー、だと？　それも戦闘員型ではない……何の冗談だ、これは」

まるで悪夢を見ているかのように、雪無は首を振った。

「ところがどっこい、現実なのよこれが。テューマーの特性。それはキャンサーを生み出すキャンサーってコト。つまるところキャンサーの工場ね」

「工場ね……うっし決めた。アイツの名前はファクトリーホエールだ！」

「馬鹿、今そんなこと考えている場合か」

「こういうときこそ遊び心が必要なんだぜ？　カイチョー。アイツってあっちの世界じゃケッコー有名なのか？」

「ええ、天災って表現がピッタリね。一度現れれば街が二つ三つ地図から消えることもザラにあるわ」

口元を思いっきり引きつらせた俺を他所《よそ》に、会長は解析魔法でキャンサーの詳細を調べている。

「ふーん、ぱっと見改造はされてないみたい。単純にこの世界に破棄《はき》された個体と見るのが妥《だ》当《とう》でしょうね」

「この世界はゴミ捨て場か!?」

雪無が激昂《げっこう》する。

「決めた人間にとってはそうなんじゃない？　人間、関《かか》わりのないものには残酷的に無関心なものでしょ。あっちでも、ここでも」

「こういう時に批評は結構です。捨てられた場所にいる側からすればたまったもんじゃないですよ。しかも結構強いんでしょ？　あいつって」

「結構なんて過少表現もいいところよ。言ったでしょ？　天災って。野生のキャンサーの中では最強クラスよ」

「最強、ですか」

それはまた仰々《ぎょうぎょう》しい評価を貰っているみたいで何より。既に深夜だったが、空に浮かぶ異形《いぎょう》の存在に気づいた人々の戸惑いの声が連鎖的《れんさ》に広がっていく。

「で、どうするの？　今日はもう遅いから帰って寝る？」

「馬鹿なことを言うな。あんな怪物を放っておいたら、どれだけの被害が出ると思っている」

次々と発生する怪物の群れに立ち向かうように、雪無は前を睨んだ。

「オレも帰らねーぜ。せっかく噛み応《ごた》えありそうなヤツが目の前にいるんだ。おちおち寝てられっかよ。もちろんカイチョーも帰らねーよな？」

火怜も、雪無の隣に並んだ。

「どうせそんな選択肢用意されてないんでしょ？　まったくもう……」

ブチブチ文句言いながら、会長も二人と共に立った。

まったくもって動機はバラバラだったけど、キャンサーを倒すことでは共通している三人は、それぞれバラバラの構えを取り、叫んだ。

「変身！」

「変身」

「え!?　あ、えっと――変……身ッ！」

結晶に覆われ、三人は魔法少女にその姿を変えた。

その堂々たる姿は、切り取って絵にして飾っても違和感のない――

「雪無。オメェ流されてなかったか？」

「確かに。でも結構気合いの入ったかけ声だったわね。ああいうのも嫌いじゃないわ」

「うるさい！　いいから戦うぞ！」

前言撤回、違和感ありまくりだ。


ビルの壁面を火怜は走っていた。

どんな原理かは知らないし、その手の特殊能力があるわけでもない。

ただ全力で走ったらいけた、それだけの話である。壁に足を突き刺し、引き抜く。その一連の動作を何度も、猛スピードで繰り返し、空中に飛んでいるキャンサーに肉薄。

穴が開かんばかりに壁を蹴り上げ、重力を振り切る。

「ハアッ！」

独楽《こま》のように体を回転させ、鳥型キャンサーの背中に踵を叩きつける。

コアを砕いた、確かな手応え。崩壊《ほうかい》寸前のキャンサーを足場に、さらに火怜は高みを目指す。

向かいのビルに張り付いている蜘蛛《くも》型のキャンサーは、襲いかかる敵に向かって糸を発射。

火怜は空中で体を捻って避け、コアに拳を沈み込ませる。

三メートルを超える巨体がビルを突き破り、上の階からガラガラと崩壊していく。深夜なので人がいない可能性は高いが――それだとしてもその被害が尋常でないことは想像に難くない。

しかし火怜はそれを気にせず地面に着地し、地を這《は》っているキャンサーを次々と仕留める。

笹曰《いわ》く、キャンサーは大別して二種類存在するという。

一つが魔法少女たちが日常的に戦っている改造キャンサー。もう一つが改造されていない野生のキャンサーだ。二種のキャンサーを見分けるのはそれほど難しくない。外骨格《がいこつかく》のような鎧《よろい》によってコアが保護されているか否だ。

スペック的な観点で言えば、野生型はコアの堅牢《けんろう》性や改造による身体能力強化がない分、動きがパターン化されておらず、非常に荒々しい。

一体一体の耐久力はそこまでではないものの、決して油断していい相手ではない。

「づぁっ――」

ノコギリザメ型のキャンサーの頭突《ずつ》きが、火怜の脇腹を貫いた。顔を歪めながらも手刀《しゅとう》でその鋭利な吻《くちさき》を砕き、その本体には膝蹴りを叩き込んで仕留める。

腹の筋肉に力を入れてノコギリ型の吻を固定し出血を抑えた。

「ったく、どいつもこいつもどうしてオレの脇腹貫くのがお好みなんだよ。あっちじゃメジャーな性癖なのかね」

「何バカなことを言っている。手を動かせ手を」

火怜の隣に降り立った雪無は、彼女を睨みながらもザ・スペクターでキャンサーたちを撃ち抜いた。

「動かしてるっつーの。むしろオレの方がキャンサーを倒しまくっているぜ」

既に仕留めたキャンサーの数は、両手両足の指ではおさまりきらない。

「戯《ざ》れるな。私の方が多い。おまえが殴るよりもトリガーを引く方が早いからな」

「んだよその謎理論。要は飛び道具に頼っているってことだろうが。それに比べてオレってば生身《なまみ》で倒してるんだぜ。バリバリのインファイターだぜ？　つまりオレの方が強いってことだろ。間違いねえ」

「何を言っている。武装杖《ワンドアームズ》の種類は魔法少女の適性に合ったものが選ばれるんだ。飛び道具だからといって恥じることなどどこにもない。そもそも発現すらしてないおまえが私より強いだと？　笑わせるな」

「はっ、そりゃどう考えてもオレの方が強いだろ。グレイの状態でいい感じに渡り合えてんだ。完全体だったらそりゃもうすげぇコトになってたろうぜ。究極の凄まじき魔法少女ってな」

「そんなたらればに何の意味がある。おまえがグレイだという現実は微塵も揺らぎはしないんだぞ。キャンサーが出ていなければその指吹っ飛ばしてでも指輪を奪っていたところだ。ていうか奪ってやるぞ、戦いが終わった後でな！」

「おー、上等じゃねぇか。あの時のリターンマッチってのもなかなか悪くねえ」

　と、二人がヒートアップしていると、

『二人とも仲間を罵《のの》り合っている場合じゃないでしょう？　今戦うべきは火怜さんでも雪無さんでもなくキャンサーなのよ。おわかり？』

「「……」」

　渡された無線機から、そんなお説教めいたお小言が飛んできた。どうやら笹はマッドサイエンティストから、お馴染《なじ》みのお説教委員長にフォームチェンジしたようである。

　彼女の言葉はなるほど、確かに正論である。が、世の中正論ほどムカつくものもないというのも事実であり、ましてや裏で敵側の工作員なんぞやっていた人間からそんなことを言われようものならそのフラストレーションは五割増し。

「なあ雪無。オレちょいとナイスな作戦思いついたんだ聞いてくれよ。カイチョー縛り上げて転がしてキャンサーが群がってきたところを一網打尽《いちもうだじん》っつーのはどうだ？」

「なるほど、火怜にしてはいい案だな。いざという時には魔法で回復させればいいから、致命的な怪我以外はどれだけ欠損《けっそん》があっても問題ない」

『あれ!?　なんかすごい身の危険を感じる形で団結してる!?』

いがみ合っている者同士が手を取り合う一番手っ取り早い方法。

それは共通の敵を作り上げることである。

「まあそれは冗談にしても、だ。これはあまりにも数が多すぎるぞ。ファクトリーホエール……まったく、とんでもない奴だ」

当人は相変わらず破壊活動に参加することなく、ぬぼーっと空中を漂っている。そのおどろおどろしい姿からは考えられない大人しい様子は、少々愛らしいと思わなくもないが、

「くそっ、あそこまで高く飛ばれたんじゃ、オレのキックも届かねぇ」

「届いたら倒せるとでも言うのか？」

「そーゆー雪無はどうなんだよ」

雪無はギリッと歯を軋ませながら応える。

「……既にツインエクスプロードを一発、ヤツに撃ち込んだ」

「……マジ？」

「マジだ」

たらりと、火怜の頬から汗が伝う。

雪無の必殺技は二種類あるが、シングルエクスプロードでも並のキャンサーなら跡形《あとかた》もなく消し飛ばすことができる代物だ。さらにツインエクスプロードの威力は火怜とて笑い飛ばせるものじゃない。だがファクトリーホエールは、相変わらずぬぼーっと宙を漂っている。

まるで、下界にいる魔法少女たちを脅威《きょうい》としてすら認識していないかのように。

「うっし、てことはアレだ。定番の合体技で――」

「よせ。いたずらに魔力の消費に直結するような行動は慎《つつし》むんだ」

「何言ってんだよ、オレはグレイだぜ？　魔力の消費なんざ屁《へ》でもねーのさ。怪我さえしなきゃどうってことガハッ」

ノコギリザメ型キャンサーから食らったダメージが響いたのか、火怜は血を吐いた。

「その傷を治すのに私の魔力を使うことを忘れるなこの馬鹿！」

そう言ってザ・スペクターを向ける雪無だったが、火怜はそれを手で制した。

「いちいち回復してたら後でジリ貧《ひん》になるぜ。オマエも結構魔力使ってんだろ？」

空白の救出に加えて魔法の連発、挙げ句の果てにツインエクスプロードまで使った雪無の魔力はかなり少なくなっているはずだ。これで火怜の小さな傷まで回復していたら、最終的に魔力が空《から》になり、火怜と同じグレイになってしまう。

幸いなことに、出血はそこまで酷くはない。火怜の肌感覚では、この状態でもあと一時間は戦える。なんだかんだでお人好《ひとよ》しの雪無が納得するとは思えないが――

「……わかった」

と思ったら、銃口を下ろした。

「要は、魔力を補給すればいいんだな」

雪無は手足を撃ち抜かれ動きが鈍ったキャンサーに飛びつくや否や、その体に歯を突き立てた。

「！　雪無――」

目を剝く火怜に構わず、ぎこちなくも必死に肉を引きちぎり、咀嚼《そしゃく》する。

うぷっと嘔吐《えず》き涙目になったが、口を押さえなんとか飲み込んだ。

「な、なんだこれは。おまえいつもこんな物を食べてたのか!?」

食べ慣れていない雪無からすれば予想外のマズさだったらしい……が、火怜も火怜で雪無の行動は予想外だった。完全体の魔法少女が魔力を補給するには、自然回復を待つのが定番らしいが、魔力を持つ物体――例えばキャンサーを捕食するという方法もある。

だがベテランの雪無が知らなかったように、この手段は外法《げほう》も外法だろう。

「だが、魔力が増えた感触はある。まったく盲点《もうてん》だったな。こうやって補給すればよかったなんて……もっと早く、気づいていればな」

口元を拭いながら、用済みとばかりに食らいついたキャンサーを仕留めた。

続いて火怜に銃弾を放ち、瞬《また》く間に傷を治癒《ちゆ》した。

「これなら問題ないだろう」

「そして新たな問題が出てきたってオチだな……ったく、オレの十八番《おはこ》を奪いやがって。食中毒でひっくり返っても知らねーぞ」

「昔から胃腸は丈夫なたちでな。魔力の問題が解決したのは僥倖《ぎょうこう》だったが……それで奴に勝てるかと言われれば怪しいところだな。その前にこいつらをなんとかせねば」

ファクトリーホエールに辿り着く前に、今目の前にいるキャンサーの群れに押しつぶされかねない——その時だった。

空から、無数の炎の槍《やり》が飛来した。槍は次々とキャンサーのコアを貫き、その体を炎に包み絶命させる。魔法少女たちがいる周辺のキャンサーは、一瞬にして壊滅した。その数は全体の一割にも満たない数だったが——その乱入者が尋常ではない力の持ち主であることを否定することは不可能だった。

「一体、誰が……？」

雪無の疑問に応えるように降り立ったのは、火怜たちのように——いや、それ以上に現実離れをした出で立《いた》ちの少女。腰まで伸ばされ、眉《まゆ》の上で切りそろえられた黒髪。身に纏う巫女《みこ》服とはややアンバランスな、左腕に装備されたガントレット。

魔法少女——その姿を見た瞬間、火怜は不思議な感覚に囚《とら》われた。火怜と少女は初対面のはずだ。だがなぜか既視感がある。一体誰だったろうと記憶をひっくり返した結果出てきたのは、

「空白……？」

何故か、少し前から一緒にいるようになった少年の名前だった。あり得ないはずなのに――火怜には確信があった。目の前にいる魔法少女は、紛れもなく自分の相棒なのだと。

そして魔法少女は――淋代空白は正解、と笑った。


時間は少し前にさかのぼる。

「くそっ……！」

瓦礫に拳を叩きつける。けれど今の俺の小さな拳じゃ、亀裂があちこちに入ったコンクリートの塊でさえ揺らぎもしなかった。

けれど、そうでもしないと冷静でいられなかった。

火怜たちがピンチだ。でも、俺には何もできない。

そりゃそうだ。元々この体は戦うためのものではなく、契約して力を与えるためのものなのだから。だからこうやって、いつも通り指をくわえて見ていることしかできない――

「――お困りのようね」

俺の弱った心につけ込まんとする悪魔の如く、囁《ささや》く人がいた。

「……何してるんですか、会長」

ここ最近、俺の中で株が大暴落した会長である。

仲間に引き入れることが決定してからはしばらく不機嫌そうだったが、あっと言う間にいつものペースに戻っているとは切り替えの早いことで。

「生徒会の仕事の一つよ。困っている生徒がいれば手を差し伸べるってね」

「生徒会長モードだったら説得力あったんですけどね」

しかし火怜並みにギラギラしたその目は完璧にマッドサイエンティストモード。

どう考えても嫌な予感しかしない。

「あなた、二人を助けたい？」

「当たり前じゃないですか、そんなの。こっちは何度も何度も助けられてるのに……俺は何もできない。せいぜい、体張って盾代《たて》わりがいいところです」

「盾、ね。残念ながら今必要なのは盾じゃないわ。天空の異形をも穿《うが》つ矛《ほこ》よ」

ファクトリーホエールは一定のペースでキャンサーを生みだしている。一体一体のスペックはさほどの脅威にはならないが、あの数だ。しかも本体は滅茶苦茶頑丈《がんじょう》ときている。

会長の話も確かに頷けるのだが――

「だったら、尚更じゃないですか。俺は矛なんて持ってませんよ」

そんなものがあったら、我先《われさき》にと駆けだしているところだ。

「ふぅン……矛があったら戦える。その言葉、嘘じゃないでしょうね？」

「こんな時に嘘ついてどうするんですか」

パチンと、会長が指を鳴らした。

瞬間、視界が閃光《せんこう》に覆われる。戸惑う暇《ひま》もなく光が消えたとき、ふと違和感を覚えた。

体が妙に重い。いつもだったら綿菓子《わたがし》のように軽いはずなのに。それに、いつもより重力を感じる。浮いている時は出番のない脚も、今は瓦礫まみれの地面をしっかり踏みしめていた。

「何がどうなっているんだ……？」

俺は額《ひたい》に手を当てて考えて――待て。

「嘘だろ!?」

俺の声だ。肉体が滅ぼされる前、聞くことを意識すらしたこともない自分の声。

そして額に当てている手も人間のそれで、指先にはもちもちではなく、皮膚と筋肉を隔《へだ》てた先にある頭蓋骨《ずがいこつ》の固い感触があった。

俺は、人間に戻っていた。ご丁寧にも消滅寸前に着ていた制服すらも修復されていた。ついでに委員会で使っているプリントとバインダーもあった。（これはいらない）

けど、人間に戻れた喜びよりも戸惑いの方が大きい。

「どういうことですか会長。もしかしてこれ、あなたが――」

「いいえ。私はあなたの中にあった肉体データを引っ張り出しただけよ。ちょっと前に修復し終わっていた、その体をね」

「おかしいですよ。スルーズは一カ月かかるって」

「それは彼女の自己申告でしょ？」

じゃあなんであいつは……

「ッ……もしかして、そういうことなのか？」

「さぁ、それは当人に聞いてみないとわからないことよ」

「あいつに聞きたいのは山々なんですけど、どこにいるんですか」

「あなたの体の中よ。私がやったのは、淋代君の肉体データとワルキューレの肉体データの座標を置換《ちかん》しただけですもの。ワルキューレの魂には変化はないはずよ」

「ということは、まだ俺の体の中にいるのか……」

なんか妙な気分だ。

「けど、なんで俺の体を今引っ張り出してきたんですか。あなたは一体何を――」

質問を遮《さえぎ》るように、会長は俺の目の前に何かを突き出した。

艶《つや》のない銀色のガントレット。

前腕部《ぜんわんぶ》の外側を覆うようなデザインのそれは、あちこちに基板や配線が剝《む》き出しになってい て、お世辞《せじ》にも完成品とは言える代物ではない。が、左手の薬指に装着する部分には、無色の クリスタルがはめ込まれた指輪らしきものが装着されている。

「会長、これって――」

会長はこくりと頷き、

「おめでとうございます！　今日からあなたは魔法少女です！」

「真面目にやってくれません？」

せっかくシリアスなシーンなんだからここはバシッと決めてくれよ。

「はいはい、わかったわよ……これは人造魔法少女システム。そのプロトタイプよ。資格の有無に拘わらず魔法少女に変身が可能になっているわ。もちろん淋代君、あなたもね」

「完成してたんですか？」

「まさか。まだ不完全もいいところ。ロールアウトにはほど遠いわ。けれど、あなたが望む力であることは確かかね。これを使えば火怜さんと雪無さんの力になることができる。彼女たちを助けることができる……かも、しれないわね」

会長の笑顔はまるで聖女のようで慈愛《じあい》に満ちたもので——いや、待てよ。よく見るとその様《さま》は聖母というより、暇つぶしに実験用マウスと戯《たわむ》れる科学者のそれだ。んで、一時間後には平気なツラして頭蓋骨開いて脳に電極ブッ刺したりするのだ。

嫌な予感しかしねえ。つーか最近嫌な予感してばっかだな俺。

「……ちなみに、今俺が死んだらどうなります？」

キャンサーたちはもうすぐそこまで迫っている。一分もしないうちに蹂躙《じゅうりん》されるのは目に見えていた。

「火怜さんたちの活躍に期待してリセットされるのを待つしかないわね。まあ二人のスペックを調べてみる限りそれはほぼ不可能に近いけど」

「拒否権ないってことですよね、それ」

「理解してくれたのね、嬉しいわ」

にっこりと悪魔の微笑《ほほえ》みを浮かべる会長からガントレットをひったくり、左腕に装着した。

瞬間、ガントレットから電流が走り、凄まじい激痛が復活したての肉体を苛《さいな》む。

「が、あ――!」

油断すると意識を持っていかれかねない。

くそっ、五万ボルトも可愛く思えるくらいだ。あまりの痛みに膝をつく。

会長はニコニコしながら俺を見ている……この事態は想定の範囲内ってことか。

「引き返してもいいのよ……って、それは無理な相談か。あなたはここで降りることはできない。彼女たちに負い目があるから。今まで彼女たちが戦っていても自分は何もできない――そう思っていたのよね？　一緒に戦える力が手に入るとしたら、あなたは多少の痛みで投げ出すことはできないのよ、おわかり？」

知ったようなこと言いやがって……ああくそっ、よくわかっているじゃないか。これくらいの痛みがなんだ。あいつらが今まで戦ってきたことに比べれば、こんなもの屁でもない。

「やります……やってやりますよ」

震える脚を殴りつけ、立ち上がる。

「変身シークエンスは従来の魔法少女システムと変わらないわ。構えて、強く念じれば変身できるはずよ」

握り締めた拳がギリギリと唸る。目の前には異形の怪物たち。助けてくれる奴はいない。おまけに俺は変身前からボロボロ――まあこれは会長のせい――だけど、今の俺には力がある。

正面を見据え、構える。初めてなのに、昔から体に染みついていたようなスムーズな動作。

続く言葉は、勿論《もちろん》決まっている。

痛みを振り切らんばかりに、俺は叫んだ。

「――変身ッ！」

ガントレットから溢《あふ》れ出した赤い結晶が、体を包み込み、弾けた。

『THE　BOOSTER』

アーマーが装着されたガントレットから、電子音が鳴り響く。

ザ・ブースター……それが俺の武装杖《ワンドアームズ》の名前ってことか。

自ら名乗ってどうするんだよとは思わなくもないけれど、会長のシュミだろうから深追いはしないでおこう。

「これが、魔法少女……」

当たり前だけど、見るのと実際なるのでは全然違う。

体の内部に炉心《ろしん》があるんじゃないかと思うほど熱くて、その熱が力となって全身を駆け巡っている。全身を苛む痛みは健在だけど、変身の影響か大分マシになっていた。

「素晴らしい……素晴らしいわ淋代君。下手すりゃ変身すら危ういかもと思っていたけどまさか成功するなんて！　ふふっ、やはり私のような天才のなせる神業《かみわざ》というべきねッ！」

自画自賛《じがじさん》している会長だけど、なんか滅茶苦茶不穏《ふおん》なこと言ってなかったか？　変身に失敗してたらどんなことになってたんだろう。

いや、追及は後だ。まずは目の前のキャンサーを倒して――と、そこでハタと気づいた。

「……これ、どうやって戦うんですか？」

魔法少女になったことで、俺の中にはとんでもない力があることはわかった。ところがどっこい、使い方がサッパリわからない。

「え？　あー、そうよね。私としたことがうっかりしてたわ」

「ははは、ですよね」

「オートマニュアル機能もオミットしてたからこうなるのも当然だわ」

「おい今何つった」

オミットって省略って意味だったよな……まさか。

「魔法少女は戦闘経験がなくても本能的に自分の戦い方を理解しているでしょ？　今まで触ったこともない武器も、そこそこ扱えるようになってるのはその機能のおかげというわけなの」

なるほど、確かに魔法少女の資格があるからって必ずしも戦闘のプロとは限らない。オートマニュアル機能は一般人を戦士に変えるために必要なものなのだ――

「――なら何だってそんなモン削《けず》ったんですか!?」

「容量不足よ！」

うっわ、魔法少女らしからぬ言葉がぶっ飛んできたなオイ。

「淋代君。あなたはスマホにどうしても遊びたい新作ゲームを入れるときに容量が足りなかった場合どうするかしら？　ちなみに私は改造してストレージを増量するわ」

「さすがにそれは無理ですけど……まあ、いらないアプリとか消して――まさか」

「そう、限られた容量で増設も不可能となったら何かを削るしかない――この試作型では火力を優先して、安全系統の機能は全てオミットされているわ」

すべ、て？

「てことは、自動修復機能とかワープ機能とかその他諸々の必要不可欠な機能も――」

「ぜーんぶなし。ついでに変身前のビリビリはバックファイアー抑制機能がないことが原因ね」

「なんで削ったんですか!?　よりによっていかにも必要そうな機能ばかり！」

「何言ってるの？　火力を削るか安全を削るか。二者択一になったらどっちを選ぶかなんて考えるまでもないでしょう？」

「そうですね普通火力削るんですよチクショウ！　これじゃグレイと同じ――いや下手したらグレイよりも酷いじゃないですか！」

あいつだってオートマニュアル機能はあったっていうのに！

「アレは不完全な契約だったが故に、機能の搭載《とうさい》にばらつきがある――いわばバグよ。火怜さんはグレイかグレイじゃないか以前の問題で魔法少女システムが不完全なものなのだけど、不完全は不完全で強みはあるわ」

「強みぃ？」

「ええ。それらの機能に回さなくてはいけない魔力を、全て攻撃に振り切ることができる。魔力がカラッポなのが惜しいけど、充塡《じゅうてん》した時の力は完全体に引けを取らない――むしろそれを上回ることだってある」

「……まさか、それを意図的に再現した代物がコレとでも言うんじゃないでしょうね」

「イェース、でも安心なさい。その分火力は折り紙付きよ」

「その火力出すために説明書よこせっつってんだよ！」

「ゼータク者ねえ。あなた、攻略サイト見ながらゲームするタイプ？　コントローラーがちゃがちゃいじって覚える醍醐味《だいごみ》も知るがいいわ」

「ああそうだな！　そんでもって強力な技の存在知らないまま後半詰むってオチだろーが。そして今詰みかけてんの俺！」

魔法少女になってしまった以上、もうワルキューレの耐久力に甘えることはできない。

けれど、どうやって体を動かせばいいのかわからない。

「どうしたの淋代君？　震えているだけじゃ戦いには勝てないわ」

「誰のせいだ誰の！」

肉薄してきたキャンサーが、がぱりとその顎門《あぎと》を開く。ズラリと並んだナイフのような牙に、俺の心は恐怖で悲鳴を上げた。

怖い。嫌だ。逃げたい。

うるせぇ黙れ。

魔法少女になったんだろ。あいつらと並べるようになったんだろ。

それなのに、こんな風に震えているだけで終わっていいはずないじゃないか――――！

「う、ああああああああああああああああ！」

無我夢中で、左手のガントレット――ザ・ブースターをキャンサーの口に突っ込んだ。

嫌な手応えと共に、牙が砕け、肉と血が飛び散る。

それでも即死には至っていないのか、キャンサーはガントレットに健在な牙を突き立てる。

ガントレットは結構頑丈なつくりになっているのか壊れる心配はなさそうだけど、ガチンガチンという衝撃が体に響き、恐怖心を逆撫《さかな》でしていく。

くそっ、ここからどうすればいいんだ？

引き抜こうとしても、ガントレットに牙が食い込んでしまって上手《うま》くいかない——そう思ったとき、キャンサーの体が内側から膨《ふく》れ上がるようにして、木っ端微塵《こばみじん》に吹き飛んだ。

「え……？」

突然の出来事に、呆然と立ち尽くす。

肌を撫でる熱波と、目に焼き付く紅《くれない》の輝き。

炎だ。

ガントレットから撃ち出された炎がキャンサーを倒したのだ。

けど、なんでいきなり……？

『何をしている淋代空白。敵はまだ尽きたわけではない』

「スルーズ!?　おまえ表に出ることできないんじゃ——」

『おそらく左腕に装備された手甲《てっこう》による現象だろう。主人格は淋代空白のままだが、私も一定の権限が与えられているらしい。言うなれば、私がおまえの補佐を務めるということだ』

会長をちらりと見てみると、計画通りとばかりにニヤついている。

『理解に苦しむ。何故ワルキューレの私が人間の補佐に回らねばならないのか』

「まあそれは状況が状況だから仕方ない……としか。補佐って具体的にどんなことするんだ？」

『魔力の制御と、バックファイアーの肩代わりを務める。おまえは魔力の扱いがどうも不得手《ふえて》らしい』

「説明書なしにやられちゃ苦手以前の問題だろ」

そう簡単にホイホイ動かせたら苦労はしない。

「……ていうかおまえ、戦場に干渉するのはＮＧじゃなかったか？」

『自衛行動は認可されている。現在の我々は一心同体。淋代空白の危機はすなわち私の危機である』

「なるほどね……」

と、ここで言い忘れていたことに気づいた。

「ありがとな」

『感謝されるいわれはない』

「肉体の修復って、あっと言う間に終わることだったんだろ？　それなのに俺に猶予《ゆうよ》与えるために黙っててくれたんだよな？　だからその礼っていうか」

『他世界の人間がワルキューレの力を手に入れた場合のサンプルは存在しない。故に淋代空白がどのような行動を起こすのか観察していたまでだ』

もっともな言い分だったけど、照《て》れ隠しにしか聞こえなかった。

『何故、笑う？』

「ああいやゴメン。なんか、おまえいい奴なんだなって」

少々こっちの世界の人間とは感覚はズレているけど、やっぱり邪悪な奴とは思えなかった。

異世界からの邪悪者なんて会長だけで充分だ。そう思い、火怜たちのいる場所に向かおうとする俺たちの前に、無数のキャンサーたちが立ち塞《ふさ》がる。

『震えているぞ、淋代空白』

「当たり前だろ。こいつら全員、俺を殺そうとしてるんだぞ」

その中にヒャッハーと突っ込んでいけるものか。でも、やるしかない。

俺は魔法少女なんだから――――！

覚悟を決めて、地面を蹴る。

襲いかかってくるキャンサーの頭部をザ・ブースターで鷲掴《わしづか》みにして、そのまま粉砕《ふんさい》。

さらに上空から襲いかかってくる鳥形のキャンサーに向けてザ・ブースターを構えると、生成された炎の槍が撃ち出され、貫いた。俺は何も指示していないのに、スルーズの魔力操作はとても的確だった。

一心同体、というのもあながち間違いじゃないかもしれない、と口角《こうかく》を僅かに上げた。

一瞬で二体撃破したが、敵はまだまだ多い。けど止まらない。止まるつもりなんて毛頭ない。

俺は新たな獲物に向かって、ザ・ブースターの拳を叩き込んだ――――！

――そして、今に至る。

周囲にいたキャンサーを全て倒して、ひーこら走って移動してようやくみんなと合流できたのだ。

まあ、いきなり俺が魔法少女になったらそりゃ驚くよな。

で、今に至る経緯をできるだけざっくりと話したわけだが、二人ともぽかーんとしている。

「……空白」

と、ここで火怜がようやく口を開いた。

「おまえ――女の子になってるじゃあねぇか！」

「……はい？」

女の子ぉ？

「おいおい馬鹿は休み休み言ってくれよ。なんだって俺が女の子にってなんじゃこりゃあああああああああああああああああ！」

女の子だぁあああああああああああああ！　おっぱいだああああああああああああああああ！

火怜が持つガラスに反射した自分の姿に、俺は絶叫していた。

なんか思いっきり頭の悪い感想だけど、しかし人間予想外のことに出くわすと知能指数なんて容易に九割引きになってしまうものだ。少なくとも俺はそう。

「スルーズ！　これ一体どういうことだよ!?」

『魔法少女は我々ワルキューレ――戦乙女《いくさおとめ》を模倣《もほう》した存在だ。故に変身後は我々に近い肉体構造――この世界でいう「女性」と呼ばれるものになる。さらにそれを模倣したのがこのシステムならば、このような変化が成されるのは自然の理《ことわり》だ』

な、なるほど。

どんな原理かは知らないけど、我ながらとんだ美少女になったものだ。正直言ってドストライクである。

「……」

と、火怜は俺の姿をまじまじと見ていたが――やがてがばっと、袴《はかま》をめくり上げてその中に頭を突っ込んだ。

「ギャー！　いきなりなにすんだ！」

引き剝《は》がそうとしても、まるでびくともしない。やがて火怜はぽんと頭を抜き出した。

「うん、マジで女の子だわ」

「さっきの過程必要あったか!?　胸があるだろ動かぬ証拠が！」

いやまあ、別の意味で揺れてますけどね。

「そりゃオメー、コッチがあったとしてもソッチがないって保証はどこにもねーだろ？」

「まあ、そりゃそうなんだけど」

あったらどうするつもりだったんだコイツは。せっかく健全路線でやっているのにこの土壇《どたん》場《ば》で方針転換せざるを得なくなるぞ。

「にしても……うーん」

と、火怜は非常に複雑そうに女体化《にょたいか》した俺の体をジロジロ見ている。

「な、なんだよ」

「いやわかる。カワイイよ、すっげーカワイイ。滅茶苦茶カワイイ、オレと同じくらいカワイイ」

「お、おう」

あの天上天下唯我独尊《てんじょうてんげゆいがどくそん》オレこそオンリーワンでナンバーワンだと信じて疑わない火怜が、自分と同じくらいカワイイと評するのは結構すごいことだ。

「けど違ぇだろ。そうじゃねぇだろ。男の子が変身する魔法少女っつったらこう、なんつーの？　スレンダーで、中性的でさぁ。もっと言うならＣＶが中性ボイスな男性声優さんでよ」

「おまえの性癖は聞いてないんだよ」

まったく、火怜はどんなときにも己《おのれ》の欲望に忠実というかなんというか。

やっぱりこういうときはしっかり者の雪無に助けてもらうに限る——と思ったら、鼻血出してこっちを見ていた。

「か、可憐《かれん》だ……」

「空白ですけど」

「字ィ違くね？　こいつが言ってんのは、可愛いとかそーゆー時に使うカレンだろ」

ああそっちか。

「しっかしとんでもない変身しちまったなオイ。こーんなボンキュッボンのワガママボディになっちまうなんてよォ。どうだい感想は？」

「うーん……実際なってみたはいいけど、胸が大きいのって結構キツいんだな。なんかこう、ずどーんっていうか、局所的に重力が大きくなるっていうか……思ってたのと違うけど、こういうのは体験してみないとわからないことだよな」

今まで十六年間男の体で生きてきて、おまけに一回死んで軽いもちもちの体を経由したこともあってか、この重力感を尚更大きく感じた。

俺の好きなあのキャラもこのキャラも、みんな陰《かげ》でこのような苦労をしていたのかと、頭が下がる思いだ。

「ほォー……つまり、オレたちにゃわからねぇってか？」

あれ、一転して不穏な空気になったぞ。

「え？　いや別にそんなこと言ってないだろ。確かに二人よりも俺の方が大きいけどさ」

火怜と雪無の顔から感情から抜け落ちた。

「オイオイオイオイ……別に美少女になるのはケッコーだけどよォー、その心構えはいただけねーなァ」

「私としたことが外見で惑《まど》わされるところだった。空白には少しばかり矯正《きょうせい》が必要のようだ……」

火怜はギチギチと拳を固め、雪無は銃口を向ける。狙いが誰か、なんて最早考えるまでもない。

「あ、あのー、火怜さん？　雪無さん？　ちょっと落ち着いてくれませんかね？」

あかん、もう二人とも冷静じゃない。せっかく戦力が増えてこれからって時に仲間割れの様相を呈《てい》している――まあ仲間割れの部分はいつも通りと言えばいつも通りなのだが、コレは非常によろしくない。

このままではおっぱいによって世界が滅びてしまう。

巨乳は世界を救うんじゃなかったのか……!?

嗚呼《ああ》神様だか仏様《ほとけ》だか誰でもいいから助けてくれと天に向かって祈りを捧《ささ》げた。

コスチュームが巫女服だったことが幸いしたのか、祈りは思ったよりも早く聞き届けられた。

ジ・アナライザーでキャンサーたちをずばばばんと斬り払いながら会長が駆けつけてくれたのだ。

地獄に仏どころか仏教の地獄にキリスト教の悪魔がやって来たようなものだけど、冷静な第三者がいるだけで少しは違うはずだ。

「ちょっと、みんな真面目にやりなさいな。キャンサーはまだまだ尽きたわけじゃないよ?」

……正論ではある。けどなんかすっごい釈然としない俺たちであった。

ともあれ、こうして魔法少女が四人全員揃ったことは大きい。

「むぅ……それで、作戦はどうする?」

冷静さを取り戻した雪無が周囲を見回して問うた。

「大雑把ながら立ててある。まずはファクトリーホエールの発生器官をみんなで破壊する。そしたら俺と火怜でファクトリーホエールを倒す。雪無と会長は地上に溢れるキャンサーを頼む」

「ほーん、具体的にはどうすんだよ」

「思いっきり暴れる、だ」

「それって作戦っていうのかしら？」

「いいじゃねぇかカイチョー、気に入った。思いっきり暴れるってところがサイコーだね」

「お気に召したようで何よりだよ」

しかし雪無はまだ眉間《みけん》に皺《しわ》を寄せている。

「作戦はわかったが……それでアレを倒せるのか？　私のツインエクスプロードでも倒せなかった敵だ。四人に増えたところでそう簡単にいくとは思えない」

「四人じゃなくて五人だ。あいつがいてくれなかったら、この作戦は成立しない」

「どういうことだ？」

「俺とスルーズで魔法を使う。そうすれば、勝機はある」

「んぁ？　けどオマエの魔法って炎を操るのだろ。確かにつえーけど、それで倒せるもんなのか？」

「正確にはそれは副産物なんだ。本来の用途は――こっちだ！」

ザ・ブースターを三人に向けて構える。

既に俺を魔法で解析してスペックを把握している会長以外は、ぎょっと目を剝いた。まあ炎が攻撃用としか思ってなければこんなリアクションにもなるか。

頼んだ、スルーズ――！

ザ・ブースターから溢れ出した炎が、三人の体を絡め取る。

「うわあああああ――！　あ？　ありゃ？　なんだコレ。全然、痛くねえ」

火怜は自身に巻きつく炎を見て、目を見開く。

「それだけじゃねぇ……なんかよぉ、力がすっげー湧き上がってくる感じだぜ！」

「エンチャント……いやこれは武装杖《ワンドアームズ》の強化どころか、私たち丸ごと強化されているのか？」

「その通り。淋代君の魔法は増幅魔法――文字通り力をブーストすることにより、魔法少女の力を飛躍《ひやく》的に上昇させるのよ」

と、何故かドヤ顔で説明する会長。そこは俺に解説させてくれませんかね当事者なんだから。

「なるほど……確かにこれだけの力があれば、勝機はある」

雪無の言葉に、会長と火怜も口元を吊《つ》り上げる。

世界を守る魔法少女にしては絵面《えづら》がやや物騒だな。けれど実力は折り紙付き。おまけに俺の魔法もある。そう簡単に、世界を終わらせてたまるか。

「よし……それじゃあ、作戦開始だ！」

一斉《いっせい》に、地面を蹴る。

目標はファクトリーホエール。立ち塞がるキャンサーは、殲滅だ。

「オラァ！」

火怜が拳を振るった瞬間、キャンサーは一撃で木っ端微塵に破壊された。

破壊はそれだけでは終わらない。周囲にいたキャンサーもその衝撃波で吹き飛び、空中で黒い肉塊《にくかい》へと変わっていく。

他の二人も同様で、大量のキャンサーを相手取《あいてど》りながらも一歩も引かず——それどころか圧倒し、倒していく。

「うっひょー！　マジで強くなってやがる。空白、オマエの魔法すっげえな！」

「お褒《ほ》めに預かり、恐悦至極《きょうえつしごく》だよ！」

一体ずつキャンサーを倒しながら、俺は叫び返す。

俺の増幅魔法は凄まじい力を秘めているが、当然弱点はある。その一つが、術者である俺は対象外ってことだ。魔法少女に肩を並べられるんだ！　と思っていたのに、自分の魔法で再び離されるとかどんな皮肉だまったく。

こういうときには親愛なる同居人が気の利《き》いた慰《なぐさ》めの言葉をかけてくれるもんなんだろうけど、スルーズは戦闘中はほぼ喋らない。過度な干渉はしないという方針は、一心同体とやらになった後でも継続するつもりのようだ。

けど何も協力してくれないワケじゃない。

魔法の行使が可能になっているのは、スルーズが裏方に回って魔力を制御してくれているからだ。縁《えん》の下の力持ちという言葉がこれほど相応しい奴もいない。

「おまえとは、いい友達になれそうな気がするぜ……！」

「友達——対等な関係及び存在同士において発生する関係と認識。私と淋代空白は生命体としての格が対等ではないため該当しない」

「そんなロジカルに否定しなくてもよくない⁉」

んだよチクショー、と思った瞬間、銃声が鳴り響く。

振り向けば、背後に木っ端微塵になったキャンサーのなれの果てがあった。

「油断するな空白。敵はどこから襲ってくるかわからないんだ。常に警戒《けいかい》を怠《おこた》るな」

トリガーを引く手を休めずに、雪無が言った。

「ありがとう雪無。助かった！」

「それと、武装杖《ワンドアームズ》に振り回されるな。それはあくまで武器の一つにすぎないぞ」

「他に武器って、俺特にないんだけど」

「体だ」

「体ぁ？」

ふむ、確かにこのわがままボディーならばさぞかし凶悪な武器に――

「体術は戦いの基本だ。基本をおろそかにするとロクなことにならんぞ」

あ、そっちか。いやまぁこの状況じゃそっちしかないわな。

確かに俺は、ザ・ブースターを振り回しているだけでそれ以外に何も気を配っていなかった。

全身の動きに気をつけろってことか。やっぱり面倒見いいよな雪無って。

なんだって最初は対立してたんだっけ――うん、全部火怜のせいだ。

過去に思いを馳《は》せていると、大音量の咆哮が響き渡った。

「うわっ――」

ビルのガラスが次々と割れ、降り注ぐ。

顔をザ・ブースターで守りながら空を見上げると、そこには赤い目をギラつかせたファクトリーホエールの姿があった。高度が落ちている……？　いや違う。

狩る気なんだ。俺たちを。でも、なんで今……!?

「私たちを脅威と判定したのよ。アレの存在意義はキャンサーを生産し増やすこと。脅威になり得ないものの対処はエネルギーの無駄だからしないの。その程度の相手なら生産したキャンサーでなんとかなるしね」

「けれど脅威と判断したら全力でぶっ潰しにかかるってことですか！」

「ええ、そうね」

「だが……いい兆候《ちょうこう》だな。私たちはヤツの脅威になり得るだけの力を持っているということだ。勝てる可能性は十二分にある」

なるほど、確かにそうだ。

「……ていうか火怜は？」

「あっち」

どっち？　と会長の指の方向を見ると、ビルからビルへと飛び移りながらファクトリーホエールに追われる火怜の姿があった。

「発生器官を破壊するための囮《おとり》役を引き受けたのよ、彼女は」

「……大丈夫ですかね？」

火怜は素早い身のこなしでファクトリーホエールの体当たりを避け、空中に飛び散るビルの破片を足場にしてさらに逃走を図る。

「ほーれ捕まえてごらーん」

そして捕まった。

「うぎょぁー！　食われるー！」

いくら増幅魔法の効果があるからといっても、空を泳ぐ速さの方が圧倒的に早かった。

火怜は食われかけていたが、両手両脚をつっかえ棒のようにして口を閉じられるのを防いでいた。ファクトリーホエールは獲物がここまで粘るのは予想外だったらしく、他のことよりも小野寺を食うことのみに神経を使っているようだ。

……つまり、これはチャンスでもある。

「会長！」

「任せて頂戴——形態拡張《チェンジ》。拡張分析剣《アナライザー》・蛇腹形態《モードスネイク》！」

限界まで伸ばされたジ・アナライザーが、ファクトリーホエールの尾に絡みつき、その場に固定させた。

「魔法で強化されているといっても長くは保《も》たないわ。さっさとぶちかましなさい！」

俺と雪無は顔を見合わせ、互いに頷いた。

この中で遠距離攻撃が可能なのは俺たち二人だけ。失敗は許されない。

——頼んだ、スルーズ。

その声に応えるように、ザ・ブースターの指先から、五本の槍が生成される。

槍は中心で交わり、一つの巨大な槍へと姿を変えた。

汗が首筋を伝う。雪無も既に発射準備を完了させている。

当たり前のように頭に存在していたその名前を、喉が嗄《か》れ果てんばかりに叫んだ。

「グングニル――――！」

「スペクター・シングルエクスプロード――――！」

紅と蒼《あお》の閃光は一直線にファクトリーホエールへと飛び、災厄《さいやく》の大元である生成器官を焼き尽くし、破壊した。

激しい爆発音と共に、ファクトリーホエールは以前とは違った音色《ねいろ》の咆哮を上げる。

「凄まじいな。シングルなのに威力はツイン並み――いやそれ以上とは」

銃口から上がる煙を眺めながら、雪無は呟いた。増幅魔法――ザ・ブースターというその名に恥じぬだけの力を持っている。いける。これなら勝てる――！

……と確信していると、火怜がぽろりとファクトリーホエールの口からこぼれ落ちた。

「お～わ～！」

火怜は手足をばたつかせながら、落下していく。

「やばっ」

俺は泡《あわ》を食って走り出した。

体にジェットエンジンが付いたみたいに加速する。このスピードなら多分、間に合う。というか間に合ってくれお願いだから！

その祈りが天に通じたのかは不明だがスルーズには通じたらしい。ザ・ブースターから炎が吹き出し、俺を空へと誘《いざな》っていく。

「火怜！」

俺の声に気づいた火怜は、どんとこいとばかりに両手を広げた。

ほぼ体当たりに近い要領で、その体を受け止める。

「ヒュー ッ、危うく食われるトコだったぜ。やっぱ鯨を食うのはいいけどよォー、食われるのは趣味じゃねぇわ」

「そんな趣味してるヤツなんているか、馬鹿！　囮になるにしてももう少し安全そうなの選んでくれよ」

「へいへい善処します」

善処しても実行しないタイプだなこりゃ。ちなみに今、俺は火怜をお姫様抱っこ形式で持ち上げていたりする。あ、いい匂《にお》い——ってそっちじゃねえよ俺も馬鹿だ！

「しっかしグングニルねぇ……巫女サマが北欧神話の槍とか無茶苦茶すぎねぇ？」

「仕方ないだろ。中身ワルキューレなんだし」

俺たちはギリギリ崩壊していないビルの屋上に着地した。

計画はこれで最終段階、早く決めないと——

「——っ」

瞬間、全身を引き裂くような痛みが内側から広がり、口から血が吐き出された。

「お、おい大丈夫かよ空白!?」

「平気だ。これくらい、なんてことはない……！」

嘘だ、本当は泣き叫びたい。増幅魔法の力は凄まじいが、まるでデメリットがないわけじゃない。会長の手抜き製作によるバックファイアーに加え、増幅魔法は一つ厄介《やっかい》な特性がある。

それが痛覚共有だ。増幅魔法の使い手は、術をかけた対象者と痛覚を共有してしまう——それも、一方的に。火怜が痛みを感じれば俺も痛みを感じる。せめてもの救いはその逆はないということか。

現在俺は、火怜と雪無と会長の三人と痛覚を共有している。

これをご丁寧に魔法で分析して教えてくれやがった会長に文句を言おうとしたけど、魔法本来の仕様のために管轄《かんかつ》外とかなんとか言われてしまった。

ああくそっ、これは死ねるぞ確実に。

実際に傷ができていないのに痛いとか、どんな理不尽だ。誰の痛みかはある程度把握できるけど——雪無のヤツ、自分には殆《ほとん》ど回復魔法使っていない。

人のことあれこれ言ってるわりに自分のことは無頓着《むとんちゃく》とか、医者の不養生という言葉がぴったりだ。

会長は……結構ダメージは少ない。で、問題は火怜だ。もうこいつなんで正気保ててんのってくらい痛い。肉体がメインウエポンである以上それも致し方ないのかもしれないが。

けれど、ここは意地で笑ってみせる。

あいつらはこれだけの痛みを感じながら戦ってきたんだ。

安全圏にいただけの俺が背負うものにしてはこんなの軽すぎるというものだ。

火怜はしばしあー、うー、と言っていたが、やがてニッと笑った。

「ったく、それがオマエの覚悟ってのなら、オレも遠慮はしないぜ？」

「上等……！」

『肉体の痛覚負荷《ふか》。従来の四百パーセントにまで上昇。非常に危険である』

「不安になること言うのやめてくれないかなホント――！」


かくして、戦いは最終局面を迎える。

ファクトリーホエール率《ひき》いるキャンサー軍団と四人の魔法少女の戦い――戦力差は魔法少女たちに極めて不利だったが、しかし天秤《てんびん》は既に魔法少女たちに傾きつつあった。

笹が切り刻み、雪無が撃ち抜き、火怜は蹴り千切《ちぎ》り、空白が焼き裂く。

一撃繰り出される度に、通常は四体、多いときは十体のキャンサーが肉体をコアごと滅茶苦茶に破壊され、動かぬ肉塊へと変わっていく。

血飛沫《ちしぶき》で体が汚れるのも一切気にせず、魔法少女たちは己《おの》が武器を振るう。

その動きにチームワークというものは存在しない。二手に分かれている魔法少女たちは雪無以外チームで戦った経験が殆どないため、それぞれ思い思いにできる限りの方法で敵を打ち倒すことに終始していた。それでも仲間（一応）に被害が出ていないのは幸運なのか、それとも無意識のうちに連携ができているのかは定かではない。

多勢に無勢という言葉があるが、一個体の力量に天と地ほどの差があるとそんなものはほぼ意味を成さなくなる。実質的にこれが初めての初陣《ういじん》になる空白も、必死に食らいついていた。

野生のキャンサーと改造キャンサーは攻撃パターンこそやや異なるが、弱点は共通している。いざという時のためにノートの内容を頭に叩き込んでおいた甲斐《かい》があったというものだ。

さらにファクトリーホエールによって産み出される無限の軍隊も、生成器官を破壊されたことによって、その戦力差も徐々《じょじょ》に縮《ちぢ》まりつつあった。

頃合いを見計らい、空白は炎を天高く打ち上げる。通常より一際明るく燃える炎は、キャンサーを狙ったものではない。仲間たちに伝えるためのものだ。

則《すなわ》ち——終わらせる、と。

その炎を目に焼き付けた魔法少女は、それぞれ自らの切り札を開帳していく。

「形態拡張《チェンジ》、拡張分析剣《アナライザー》・大剣形態《モードスクラッパー》」

「ツイン！」

ジ・アナライザーは全てを薙《な》ぎ払う大剣に、ザ・スペクターは異形を滅し人を癒やすライフルへとその姿を変える。

「うっし、オレたちも——ってやべ。キャンサー喰《く》うの忘れてた！」

「いや、その必要はないぜ」

そう言って火怜の指輪に、自身の指輪を重ね合わせた。

瞬間、空白の中にあった魔力が濁流《だくりゅう》の如き勢いで火怜に流れ込んだ。灰色《はいいろ》だった火怜のコスチュームと髪が赤く染まっていく。

「すっげぇ……これがオレ本来の姿ってか？」

「厳密には違うらしいんだけど、まぁそんなとこだな」

これこそが空白の切り札。指輪を介《かい》した極限までのブースト。

変化は火怜だけに留まらず、空白の全身にも熱い何かが駆け巡っていく。増幅魔法は本来術者を強化することはできない。

しかしこの力は、術者と魔法をかけられた相手の間を循環《じゅんかん》し、双方に力を与える。

「行くぜ、空白！」

「ああ——！」

何をするか打ち合わせをしたわけではないが、二人ともこれからどのように動くのが最適解か理解していた。

軽く跳躍した火怜は、ザ・ブースターの手のひらに着地。空白は手に乗った火怜を全力で投げ飛ばし、一拍おいてザ・ブースターから炎を噴射させ、自らも飛んだ。

二人は空へ舞い上がった。

つまり——地上で何が起きようが影響を受けることはない。

笹と雪無は背中を合わせ、地上に跋扈《ばっこ》する異形たちに向けて照準を合わせた。標的から凄まじい力が溢れ出ているのを感じたキャンサーは、我先にと二人の元に殺到する。

脅威から逃げるという選択肢は、彼らには存在しないのだ。


空白に投げ飛ばされた火怜は、ファクトリーホエールの巨体を一瞬で追い抜いた。

巨獣の瞳が僅かに見開かれる。

「よぉ、見下ろされるのは初めてか？」

にぃッと笑いかけながら、膝を抱えるようにして空中で回転。

右脚の炎は、いつも以上に激しく燃えている。空白がザ・ブースターを握りしめた瞬間、火怜と同様に炎が宿る。回転し勢いをつけた火怜は右脚を突き出し、ファクトリーホエールに向かって一直線に突っ込んだ。


「アナライザー・スクラップエクスプロード——！」

「スペクター・ツインエクスプロード——！」

刃が唸る。

奔流《ほんりゅう》が轟《とどろ》く。

二人の魔法少女が放った必殺の一撃は、キャンサーたちを肉片一つ残さず消滅させた。

ファクトリーホエールに向かって、二人の軌道が重なり合う。

本来であればこれは避けるべき事態。

互いに互いの切り札が当たってしまう可能性があるのだが――構わない。

そのようなことにはならないと、空白は確信していた。

ザ・ブースターの力は極めて強力だが、魔法の特性にどっかの誰かさんのせいで制約が多い。

その一つが、単体では必殺技の行使が不可能であるということ。

しかし、強化する魔法少女さえ存在すればその課題はクリアできる。

ただし火怜は元々必殺技を使えない。

だが、彼女の炎を纏った蹴りは、他の魔法少女にも決して劣りはしない。

そして今、炎は空白によって極限までブーストされている。

つまり――二人は限りなく最高のコンディション。

タイミングは合わせない。そんなことをせずともわかっている。

だから俺は――オレは、全力で敵《オマエ》をぶっ潰す……！

「ブースター……エンゲージエクスプロード――ッ！」

「うおりゃああああああああああああああああ――！」

燃え盛る二本の矢が、ファクトリーホエールの背部と腹部に突き刺さった。

空白と火怜、二つのエネルギーが共鳴し合い、爆発的に膨れ上がる。

そのエネルギーはファクトリーホエールの体を飲み込んでいき、触れている部位から破壊されていく。それがコアにまで達した瞬間——爆発。

ファクトリーホエールは木っ端微塵に吹き飛んだ。

それでも二人は止まらず、火怜は下へ、空白は上へと進んでいく。

既に二人を遮るものはどこにもない。

やがてお互いを見つけたとき、二人は手を取り合った。


「考えてることは同じみてーだな」

「多分な」

爆発に巻き込まれるかヒヤヒヤものだったが、この炎は俺たちに牙を剝くことはなかった。

火怜の姿は、赤から元の灰色に戻っていた。どうやら、先程の一撃で全てを叩き込めたらしい。火怜はお姫様抱っこの要領で俺を抱えた。

「すっごい恥ずかしいんだけど……」

「さっきのお返しだよ」

東の空は、徐々に日が昇りつつあった。だが、この無残に破壊された街並みが日に照らされることはないだろう。太陽が昇りきる頃にはきっと、街はいつもの姿を取り戻しているはずだ。

空に浮かぶ爆発の残滓《ざんし》を見ながら、ふいに火怜は言った。

「……そーいやオレさ、炎嫌いなんだよね」

「え!?」

唐突で、なんとも意外な告白だった。

火怜といえば炎だ。

名前からしてもそんな感じだし、必殺技に等しい跳び蹴りは常に炎を纏っている。

それなのに当人が炎を嫌っているとは、にわかには信じられない。

「まあ色々あってよ、どうも嫌いなんだよなー。痛いし、熱いし。これでも昔よりはマシになったんだぜ？」

笑いながら火怜は言ってるけど、その『色々』が全然笑い事じゃないことは直感的に理解した。けどその詳細を聞くのは今じゃない、とも。

「でもおかしくないか。炎が嫌いっていうのならなんだって炎で攻撃するような力が発現したんだよ？」

魔法少女の魔法や特性は変身者の精神によってその方向性が決まると、拘束中に会長から教えてもらった。（正確には何も聞いてないのにベラベラ喋ってたっていうのがホントのところである。よく工作員務まってたな）

お人好しの雪無が回復魔法を発現させたのが、一番わかりやすい例かもしれない。

炎が嫌いっていうのなら、その対極の存在である水とか氷関連の魔法が発現しそうなものだが……

「オレにとっちゃ炎ってのは……なんつーか、絶望？　みたいなもんなのさ。なんでもかんでも燃やしちまう……けど、すげえ力だとも思ってる。そんなもんブチかましてやりゃあ、つえーに決まってんだろ？」

「な、なるほど……」

忌避《きひ》するのではなくそれを利用してぶっ倒してやれ、というなんとも豪快な論理だった。

彼女の絶望──その象徴たる炎がどれだけの力を持っているかは、今までの戦いを振り返ればそれこそ火を見るより明らかだし、なんなら身をもって味わっている。

死ぬほど痛かったのは、単純に蹴りが強いってだけじゃなかったのか。

火怜の口から真実を聞いて、俺の背中に冷や汗が伝う。

何故、自分が炎を操る魔法少女に変身したのか、あらかた予想はついてしまっている。

それは炎が──いや、火怜が俺にとって希望を連想させるものだからだ。

どんな逆境もどんな理不尽も、笑いながら豪快に粉砕するその姿と脚に宿る炎が、俺の中で大きなものになっていった。

だから魔法少女に変身したとき、システムは炎の力と、魔法少女を支援するような力を与えたんだろう。

けど……火怜本人が実は炎が嫌いでした、なんてどんな落とし穴だ。

そんなことも気づかずに、無神経にバカスカと火怜の前で魔法を使っていたなんて、大馬鹿者というか不謹慎者《きんしん》というか、とにかくここまで自分をぶん殴りたくなったのは初めてで――

「けど、オマエの炎は好きだぜ。空白」

「え？」

「暖かくて、なんつーか……安心できるんだよな。初めてだ、こういうの」

にょへっと、柔らかい笑みを火怜は浮かべた。

ぱっと、その笑顔から目を逸らす。

やばい。反則だこれは、あまりにも。

「お、今テレたな？　さてはオメー、オレに惚《ほ》れちまったんじゃあねぇか？」

と思ったら、あっと言う間にいつもの火怜に戻ってしまった。

「……そんなわけないだろ」

「んだとテメェ、このオレのどこに不満があるってんだ!?」

「傲慢《ごうまん》なところ自意識過剰なところ性格が悪いところ勝手に突っ走るところ」

「バカヤロー、そういうのをちゃーんと受け止めるデカい度量っつーのを身につけるのがモテる秘訣《ひけつ》だぜ」

「はいはいおっしゃる通りで」

なんだってこいつは、素直にときめかせてくれないんだろうか。

地上を見れば、笹と雪無が俺たちを暖かく迎えて――いや待て。よく見ると二人の顔が思いっきり引きつってないか？　まるで隕石《いんせき》が自分たちのところへ落下してくるような……というかその隕石って、俺たちのことじゃないだろーか。

「……これ、落ちてないか？」

「んぁ？　そーいやそーだな」

そう認識した瞬間、落下は一気に加速する。

ゆっくり落ちているなーというのはただの錯覚《さっかく》だったらしい。そして二人は飛行能力なんて便利なものは持ってはいないのだ。落ちるときはただ重力に任せて落ちるしかない。

「そ、そうだ。前みたいにザ・ブースターのジェット噴射で……」

が、ザ・ブースターはブスブスと煙を上げてうんともすんとも言わなかった。

「じゃあアレだ。ビルの壁ガリガリやっていい感じに着地するヤツだ」

「……そのビル、俺たちが吹っ飛ばしちゃったよな」

増幅魔法によって底上げされた魔法少女たちの力は凄まじく、俺たちが必殺技を放った周囲はほぼ更地《さらち》と化していた。つまり、落下を妨げるものはどこにもなかった。

「あーりゃりゃ。ま、死ぬこたねーだろ。仲良く落ちようぜ！　ちょうどあいつらクッションにできるだろうし！」

「チクショウこういうシーンはなんか穏やかにフェードアウトしてエピローグって流れじゃないのかよおおおおおおおおおおおおおおおお！」

ところがどっこい、世の中にそんなうまい話はないもので。

その後、四人分の悲鳴と共にズドーンと土煙が上がったとさ。

エピローグ

MAHOUSHOUJO SQUAD

ファクトリーホエールを倒した翌日（正確には当日なのだが）の昼のこと——

「何かを為《な》すには、必ずと言っていいほど犠牲《ぎせい》が必要よ」

全校集会が行われている体育館の壇上で話す時のように、会長は語り出す。

「痛み、失敗、犠牲……一見忌避《きひ》されてしかるべき要素だけど、事実は違うわ。痛みによって人は記憶する。失敗によって人は学ぶ。犠牲によって人は進む——これらは進歩のためには必要不可欠なものなの。もちろん成功するに越したことはない……けれど、その逆の結末に終わっても己《おのれ》を責めるべきでも責められるべきでもないわ」

部屋を歩き回りながら、会長は続ける。

「過程と結果のようなものね。どちらが大事かなんて不毛な議論があるけれど、そんなものどこを切り取るかの違い。私たちが普段結果だと思っているものもまた過程の一つに過ぎない」

会長は両手を翼のように広げた。

「つまり、今回生じた結果も、この世界とエテルネルの世界を股《また》にかける天才技術者、笹坐笹《ささざささ》伝説のほんの一ページに過ぎない。物語はこれで終わらない。私はさらに偉大なる技術者になる。だからこそ、小さな失敗に一喜一憂《いっきいちゆう》するのは極《きわ》めてナンセンスなことなの。おわかり？」

俺は別に会長の意見に賛同しているわけじゃ毛頭ないけど、ひとまず拍手《はくしゅ》を送ってやることにした。

「……つらつらと並べたその戯《ざ》れ言が、空白《くうはく》を丸め込んで不完全な魔法少女システムを使わせた挙げ句、肉体データを崩壊《ほうかい》させ、ほぼ再起不能にした言い訳か？」

で、雪無《せつな》は大爆発五秒前。

「ええそうよ？　納得してもらえたかしら？」

そして会長は爽《さわ》やかな笑顔で我ながらいいこと言ったわね、といった様子で雪無の殺気にまるで気づいちゃいなかった。

「納得、納得だと？　そんなもので納得できると思っているのか!?」

「まあ納得しようがしまいが事実は変わらないわ。淋代《さびしろ》君もきっと、空の彼方《かなた》で私たちを見守ってくれているはずよ――」

「俺ちゃんと生きてるんですけどね」

大空をバックに半透明な俺が静かに微笑《ほほえ》んでそうな言い回しはやめてくれ。

あの時、変身解除と同時に修復されたばかりの俺の体は消滅した。

いや、正確には崩壊といった方が正しいか。

人造魔法少女システムの負荷《ふか》に耐えきれず、体内に存在していた俺の肉体データは完膚《かんぷ》なきまでに破壊され修復が不可能という事態にまで陥《おちい》った。

幸い、魂《たましい》は無事だったので今こうして思考することも話すこともできるんだけどな。

「つーかバックファイアーとかアレコレ言ってましたけど、肉体丸ごと逝《い》くとか俺聞いてないんですが」

「当然よ。言ってないもの」

悪びれることなく会長は言ってのけた。

「普通、そこはちゃんと言うべきところでしょ……」

「言おうが言うまいが結果は変わらなかったでしょうしね。だって淋代君、自分がどうなろうが変身したでしょ？」

「……」

まるで人のことを自己犠牲系主人公みたいに言いやがる。

血潮《ちしお》は鉄で心は硝子《ガラス》じゃねーんだぞこちとら。

けどあの時そこまで言われて変身したのかと言われれば……多分、してたんだろうな。

「だからといって、結局こんな大惨事になっているんだぞ！　さっさとそのイカれたシステムを改良しろ。ちゃんと安全装置を付けた上でな！」

「わかってないわねー……そんなことしたら火力が落ちてしまうわ。あそこまでの増幅魔法を使えたのは安全装置を付けずにその分のキャパシティを火力方面に回せたからなのよ？」

「それは認める。空白の魔法は確かに頼もしい……だが、それで空白が一方的に不利益を被《こうむ》るのが我慢《がまん》ならんと言っているんだ。せめて使っても全然問題ないくらいにまで調整しろ」

「あのね雪無さん……火力と安全、どっちが大事だと思ってるの!?」

「安全に決まっているだろう！　なんで私が怒られる感じになってるんだ!?」

「まあ器《うつわ》の小さいこと。あなたはそんなんだからそんなんなのよ」

会長はちらりと雪無のとある部位を見ると、ププーと笑ってみせた。

「コロス」

会長は最近見つけた雪無のウイークポイントを突いて、見事にブチ切れさせた。

「あらなにやろうっていうの？　けどお生憎《あいにく》様。ガンスリンガーのあなたに剣士の私が負けるとでも……あ、痛い痛いやめて頂戴《ちょうだい》関節が逝ってしまうわッ！」

うーむ見事なコブラツイストだ。

「止めなくていいのかよ？　雪無の技、あれ結構マジだぜ？」

ソファーに座って雪無の技を鑑賞していると、よっこいしょと火怜《かれん》が隣に腰を下ろした。

「別に、会長だしいいかなって。関節の一つや二つ、砕《くだ》けたところでどうとでもなるだろ」

「オマエ、カイチョーの扱い結構雑だよな……」

まぁやられたことがやられたことだしな。

「そっちこそ、料理の方は大丈夫なのか？」

火怜は今昼飯《ひるめし》を作っている真っ最中だったはずだが。

「ほぼ終わりかけだからな。しばらくは目ェ離してても大丈夫なのさ」

そう言いながらも、火怜は油断なく時折キッチンに視線を送っている。

「なるほどね……あと、止めるって言ってもこの体だからな。引き剝《は》がすのは難しいだろ」

俺の肉体は今、相変わらずスルーズのもちもちボディなのだった。肉体データを完膚なきまでに破壊された俺は、再びスルーズにサルベージしてもらったことで死なずに済んでいる。と、ここで仮眠したときに見たスルーズとの会話をプレイバック。


「……以上が、淋代空白の身に起こった事象。その全《すべ》てだ」

「マジかよあの人何してくれてんだチクショウ……！」

俺の現状はスタートに逆戻り……いや、もっと酷《ひど》いレベルにまで後退している。

肉体の修復の目途《めど》が立たない以上、俺は以前の生活に戻ることができない。

もしかしなくても、留年は確実だ。嗚呼《ああ》、一体俺が何したってんだ。

ちょっと立入禁止の屋上に入っただけだろ？

現状がその罰だったとしても、やっぱり罪と罰のバランスが釣り合っていない。ハンムラビ法典の作者は草葉の陰《かげ》で泣いてるに違いない。

「いやでも、ああでもしなきゃ勝ててたかわからなかったもんな……」

だったら、まぁ、マシな結末の部類……なのか？

世界を滅亡から救った代償《だいしょう》と考えると、安いようなそうでもないような。

「けど、なんで助けたんだ？　スルーズが俺を助ける理由なんてないような気がするんだけど」

せっかく直してくれた体で無茶するという選択をしたのは俺だ。

普通だったら自業自得《じごうじとく》の自己責任で切り捨てられてもおかしくない。

「あの時は笹坐笹によって強制的に肉体が引き出された。さらに最終チェックも終了していない状態。予期せぬエラーが発生していた可能性も無視できない」

「まあ、そりゃそうだけどさ……」

でも会長は完璧《かんぺき》に修復されていたって言ってたよな？

「ワルキューレは契約を違《たが》えない。淋代空白を元の生活に帰すまで、私たちの契約は永劫《えいごう》のものである」

永劫って、随分《ずいぶん》とスケールのでかい話だ。

「でも、俺の肉体再起不能なんだろ？　どうするんだよ」

「確かに以前の手段が使えないことは確かだ。故《ゆえ》にその方法を探すところから始める」

「随分気の遠くなりそうな話だな……」

けどまぁ死ぬよりはマシ……だよな、絶対。

留年かぁ……火怜先輩、とか雪無先輩、とか言うようになるのかなぁ。

それもそれで悪くないかもしれない……いや待てよ。

『おい後輩クン、焼きそばパン買ってこいや』

とか、火怜の奴《やつ》ニヤニヤしながら言ってきそうだ。これまで世話になった分を考えると焼きそばパンの一つ二つじゃ全然釣り合わないのも事実なんだけど。

「じゃあその時まで、またよろしく頼むぜ、スルーズ」

「了解した、淋代空白」

そうして俺たちは握手を交わす……と言いたいところだけど、この状態の俺は魂だけの存在なのであくまでイメージだけだ。

「あとさ、その淋代空白って呼ぶの長ったらしいから縮《ちぢ》めてくれないか？」

なんというか、余所余所《よそよそ》しい感じがするのだ。

うむ、とスルーズは頷《うなず》く。

「ではサビ、と」

「空白でお願いします」


……とまあ、そんな会話があったとさ。

あいつもなんだかんだ、優しいというか律儀《りちぎ》だよな。

「むっ、今オレが隣にいるってのに他の女のこと考えてんな？」

「え⁉」

なんかすっごい誤解を生みそうな発言だが、火怜は怒ってるどころかキシシと笑っている。

「なーんつって、冗談だよジョーダン。オマエ顔に出すぎだぜ」

「ったく、そんなことだろうと思ったよ」

少し甘いラブコメっぽい気配……ッ　と思ったらこれだもんなあ。まあ同棲《どうせい》じゃなくて居候《いそうろう》なんだから仕方ないといえば仕方ないか。

「にしても、この部屋がまた賑《にぎ》やかになるなんてよぉ、ちょっと前までは考えもしなかったぜ」

火怜は笑っていた。

笑顔を見るのはしょっちゅうだけど、いつものとは少し違う——戦いの後、空の上で浮かべたものと似ていると、そう思った。

「そうかって同意したいところだが、賑やかっていうには殺伐《さつばつ》としすぎてないか？」

そろそろ会長の関節は臨終《りんじゅう》寸前だ。

「いいんじゃね？　オレたちらしいっちゃオレたちらしいだろ」

ぶつかり合って、歪《いびつ》にまとまった少女たち。

出会いこそ敵だった……というか一部に関しては完全に火怜の責任だったがそれはともかく、魔法少女が三人揃《そろ》ったことと、今後ファクトリーホエールのような一人じゃ手に負えないキャンサーが出現した時のことを考慮した結果、俺たちはチームを結成することになった。正直チームワークの面で見れば不安が多い、というか不安しかないが、強さだけは折り紙付きだ。

「ひぎっ」

なんて思っていると、妙な悲鳴を上げて会長が倒れた。

「何がオレたちらしい、だ。私はこいつとやってける気がしないぞ、まったく」

見事会長を降《くだ》した雪無は、唇《くちびる》を尖《とが》らせて言った。

「……そもそも、だ。うやむやに流されたがおまえが魔法少女を続けるのだって反対なんだぞ、火怜」

「いいじゃねーかよ。どっかの誰かさんの回復魔法があればチャチャッと解決なわけだし?」

今までその魔法を拒《こば》んでたクセに調子のいいやっちゃ。

じゃあ雪無が魔法をかけなければ解決か、というとそれは無理な話で、戦いが終わった後、よせばいいのに会長まで回復魔法をかける始末だった。

彼女曰《いわ》く痛みを取るためとかなんとか言っていたけど、そういうことを自然にしてしまうあたり、火怜を見捨てることは無理に違いない。

「……私がいなくなったときはどうするつもりなんだ大馬鹿者《ばか》め」

「お気に召さないんだったら抜けてもいいんだぜ? そしたら残念なことにメシ食わせることはできねーけど。いやー残念だなー、うまいのになーパエリア」

「ぐむっ」

なんとも痛いカードを切られたものだ。雪無の奴、さっきからチラチラとキッチンを忙《せわ》しなく見てたもんな。そう言えば朝飯《あさめし》も夢中で食べていたような。

嗚呼何たることか、最大のブレーキ役であるはずの雪無も火怜に胃袋を摑《つか》まれてしまった。

何を隠そう俺もその一人なので気持ちはわかるぞ。美味《おい》しいもんね、火怜の料理って。

「ま、まぁアレだ。おまえたち二人だけだと空白の負担が大きすぎる。私がいれば多少暴走を抑制できるかもだしな、ウン」

計画通りと言わんばかりにニヤリと笑う火怜。なんだってこいつは変な方向にばかり知恵が回るんだろうか。まあ実際パエリアを食べるのは初めてなので俺も楽しみではあるんだけど……そう思った瞬間、ぶつんと何かが断線した。

な、なんだ突然⁉

目は見えるし音も聞こえる。けれど嗅覚《きゅうかく》も触覚も感じず、リビングの風景が映像のような感じに変わってしまった。一体何なんだこれは。まさか一体化の不具合――！

「否定する。肉体の主導権が私に切り替わっただけだ」

その口調は間違いなくスルーズのものだった。

いやそれはわかるんだけど、おまえ表に出てこれたのか⁉

「無論。昨日の戦いを機に、一体化を完璧なものにした。現在では肉体の主導権を自由に切り替え可能である」

な、なるほどそういうことなのか。

「空白……じゃねぇな。コイツが噂《うわさ》のスルーズかい？」

「……ふむ、このタイミングで出てきたということは、何か用があるのか？」

「肯定する。任務の一環《いっかん》として、現地の食事を私自身の感覚で調査する可能性が生じたため表に出てきた」

なるほどなるほど……っておい待て。

まさかパエリアを俺の代わりに食う気じゃないだろうな⁉

この状態のままスルーズがパエリアを食っても、味覚を切り離されている俺は何も感じることができない。自分の口元にパエリアが運ばれるのをずっと見させられるだけなんて凄《すさ》まじい拷問《ごうもん》だ。

「これは調査である。任務の一環である」

なんでもかんでも無機質っぽく言えば誤魔化《ごまか》されると思うなよ！

パエリアが任務と関係があるはずがない。単純にコイツが食いたいと思ってるからこんな行動に出たのだ。

スルーズの世界も食事って概念が残っているから、異世界の料理に興味を抱いても何ら不思議じゃない。

チクショウ、なんだって俺の周りには食欲魔神がこうも沢山《たくさん》いるんだ！

頼む火怜。こんな横暴が許されていいはずがないんだバッチリ断って――

「ま、いいんじゃね？」

火怜さん!?

「スルーズは今まで食えなかった……あー違《ちげ》えな。食った気がしなかったんだろ？　なら今までの分も兼《か》ねて沢山食えよ。ま、空白は次回のお楽しみっつーことで」

「感謝する。小野寺《おのでら》火怜」

「いいってことよ」

いや全然よくないんですけど!?

あぁー最悪だ。最後はみんなでパエリア食ってめでたしめでたしだと思ったのになんという裏切りか――そう嘆《なげ》いた瞬間、三人の薬指に、円状の光が鼓動《こどう》のように点滅した。

紛《まぎ》れもなく、キャンサー出現の合図だ。

すると、がちゃんと繋《つな》がった感覚と共に肉体の主導権が俺に戻る。

戦うのはこの世界の人間である以上、深入りするわけにもいかない、ということか。

「ウソだろ、こんなタイミングで来るのかよ！」

何気に火怜がキャンサーの出現にショックを受けているのは初めて見た。

「珍《めずら》しいわね火怜さん。あなたにとっては大歓迎なんじゃやないの？」

関節を治しながら問う会長に、火怜はポリポリと頭を掻《か》く。

「いやまあそうなんだけどよ。いよいよパエリアの仕上げって時だってのに……」

「ならおまえは残れ。私と笹の二人でもおそらくなんとかなるはずだ」

「いーやダメだ。それは譲《ゆず》れねぇ」

「譲るも何も、どうするつもりだ？　この状態で両立は無理だぞ」

うーあー、と頭を捻《ひね》っていた火怜だったが、俺を視界に捉《とら》えると指を鳴らして言った。

「空白、後は任せた！」

「はぁ!?　いやちょっと待ってくれよ。俺パエリアなんか作ったことないぞ!?　あれっぽい料理じゃ、チャーハンとチキンライスくらいだ」

あとはそれに卵を乗せたオムライスとかね。

「いやパエリアは焼きめし系の料理じゃねーんだけど……安心しな。レシピはぜーんぶココに入ってるぜ」

得意げにコンコンと頭を指でつついてるところ悪いが、それが一番問題なんじゃないかなぁ他人に引き継ぐ場合。

「タイマーが鳴ったら一気に強火にして二十秒だ。この二十秒ってのが大事なんだぜ。そうすりゃおこげができる。そしたら火を止めて、そこにある魚介《ぎょかい》をフライパンに戻せ。仕上げにレモンとハーブを乗せれば完成ってわけだ。オーケイ？」

『記憶した』

スルーズの言葉が頭の中で響く。

「ああ。大丈夫だ、多分」

『失敗は許されない』

なんだってプレッシャー与えてくるかねこいつは。

完成していざ実食、ってなった瞬間また乗っ取るとでも考えているんだろうな。

「ていうか、俺は行かなくていいのかよ？」

「今日に限りゃこれが最優先任務だぜ」

うんうんと頷く雪無と会長。リセットは「キャンサーの襲撃《しゅうげき》がなかったことになる」けど時間まで巻き戻るわけじゃないので、火を止めずに出撃すれば帰って来たら炭化してました、なんて悲劇も充分にあり得るといえばあり得るのだ。

「だったら一旦《いったん》火を止めて帰ったらまた火をつければいいんじゃないか？」

「ダメダメ。火を止めたとしても余熱が回っちまうからな。つーわけで空白。これは重要な任務だぜ。俺たちがキャンサーをぶっ倒すのと同じくらい、な」

何をたわけたことを、と笑い飛ばすことができないくらい火怜の目は真剣《マジ》だった。

「ああ、わかった。任せろ」

『私も全力で協力する』

それはいいけど全部オマエが食べるっていうのはナシだかんな。

『私も神ではない。何か見返りが欲しいというのが正直な感情である』

こいつ高次の存在とかなんとか言ってたくせに化けの皮が見事に剝がれかけてるな。

けど完全にお預けってのも確かに忍びない。だったら一口ずつで人格を切り替えるっていうのはどうだ？

『了解した』

「けどまぁ、やっぱ出来立てを食いてえよなぁ……うっし決めた。完成と同じタイミングでぶっつぶしてやるぜ」

ギラリと、火怜の瞳《ひとみ》に宿る光が好戦的なそれに変わる。

「昨日の今日でまた戦いねぇ……ま、いいか。早速搭載《さっそくとうさい》した新機能を試すチャンスだし」

「新機能だと？」

「必殺技名自動読み上げ機能よ！　発動と共に電子音でＣＯＯＬにキメてくれるわ」

「全然意味のない無駄機能じゃないか。まったく、遊びじゃないんだぞ。まずは安全を第一に確実にキャンサーを……」

「まぁいいじゃねえか。つーわけで、三人もいることだし誰が先にキャンサーぶっ倒すか競争な！　勝ったヤツはお代わり優先権とリーダー権をプレゼントってことで、はいスタートだ変身！」

魔法少女、小野寺火怜。コードネームはグレイ。

「面白《おもしろ》そうじゃない、私も乗ったわ——変身」

魔法少女、笹坐笹。コードネームはジ・アナライザー。

「ちょっ!?　おまえたち勝手に……ああもう、変——身ッ！」

魔法少女、瀬名《せな》雪無。コードネームはザ・スペクター。

彼女たちの目的は極めてバラバラ。というか、三分の二が世界を守る戦士としてどーなのよと突っ込まざるを得ない人員である。そんな実に危ういチームだけど、幸いなことにキャンサーを倒すことに関しては不思議と一致していた。

ある者は娯楽《ごらく》のために、ある者は誰かを守るために、ある者は己の技術を試すために。

その繋がりはとても不安定で危うい。正直一週間後には解散していてもおかしくない。

けれど——こいつらは、絶対に負けない。根拠なんてない。けど、そう思う。

チームの名前は何かって？

実を言うと、それを決めるのに午前の時間は費《つい》やされたんだ。

話し合いは難航に難航を重ねた末にアミダクジが行われ、その結果俺の案が採用された。

それでは発表しよう。

三人の魔法少女と、サポート役の俺とスルーズを加えた世界を防衛する魔法少女チーム。
その名も——『魔法少女スクワッド』
誰にも知られることのない存在、誰にも記憶されることのない戦い。
空が割れる戦場目がけて、魔法少女たちは飛び出した。

あとがき

魔法少女、小野寺火怜《おのでらかれん》は不良学生である。

彼女が戦うキャンサーは、異世界人エテルネルが侵略のため派遣《はけん》した生物兵器である。

火怜は自分の娯楽《ごらく》のためにキャンサーと戦うのだ！

……とまあ、この『魔法少女スクワッド』の内容をザックリまとめるとこんな感じになります。（ここから先はガッツリネタバレしますのでご注意を！）

プロットが二転三転しまくった本作ですが、この要素はずっと健在でした。キャラクターについても、本作のプロトタイプや初期プロットから、誰も彼もそれなりに変更がされていましたが、火怜だけは最初からこんな感じでしたね。

まあ、「魔法少女がゲラゲラ笑いながら暴れる作品が書きたいなー」と思って書き始めたわけですから、変えるわけにもいかないというのもありますが。

私は一応、火怜のことをヒーローとして書いています。たとえ問題行動が多く、審査員の方から「口が悪い」と評され、そんなバカなと思い読み返してみたら、記憶の三倍は口が悪かったとしてもです。

せっかく私の大好きなヒーローから「小野寺」の苗字《みょうじ》を拝借《はいしゃく》したのに、当人はそんなこと知ったこっちゃねぇと言わんばかりですな。

戦闘狂キャラがメインを張る作品をあまり見かけない理由がよくわかりました。じゃあ、なんでそんな奴《やつ》メインに据《す》えたんだと言われれば、「私の趣味だ。イイだろ♪」と満面の笑みで答えるしかありません。

一見ヒーロー失格に見える奴がヒーローやってる……みたいなのにグッとくるんですよね。とまあ火怜がこんな感じですので、淋代空白《さびしろくうはく》というキャラが誕生し、主人公を務めることになるのは、ある意味必然だったのかもしれません。

とはいえこの空白、ちょっと前までは四人のキャラの中で、一番存在が軽いキャラでした。誕生した経緯《いきさつ》も、火怜が主人公だとちょいとアレだから入れておくか、みたいな感じです。プロット段階では、会長に捕まって以降は囚《とら》われのお姫様状態に徹するなんて案もありました。

が、それはライトノベルの主人公としてどうなんだ？　ということでアレコレ再考した結果、「よっしゃ変身させるか」ということで彼もまた魔法少女に変身することに。

そしたらどうなったか。

出そうと思ってた新人賞の規定枚数を余裕でブチ抜きました。なんてこったい。

そもそも火怜VS会長の時点で枚数が結構いってたのに、そこに空白の出番を増量したらこうなるくらい、ちょいと考えれば予想がつくはずです。どうせ、「未来の自分がなんとかしてくれるさ」とか思っていたに違いありません。

そして未来の自分はなんともできず、そうこうしていくうちに〆切《しめき》りをオーバーしてしまい、結局その新人賞は諦《あきら》めることに。

じゃあ他の新人賞に……となるわけですが、元々その新人賞を選んだ理由が、他の賞より規定枚数が多かったからだったのでさあ大変。さらに削《けず》らなくてはいけないことは明々白々です。

オージーザス（ウチは真言宗です）と嘆《なげ》きながら規定枚数が多い新人賞を探しました。

その結果、見つけたのが集英社ライトノベル新人賞でした。

三部門の一つ、王道部門の規定枚数はなんと二百枚！『魔法少女スクワッド』でも余裕でクリアできる枚数です。

これを知った私は喜び勇み、「勝ったぞ火怜。この戦い、我々の勝利だ」と叫ぶ……なんてことはしませんでした。

こちとら新人賞では一次選考落選しか経験がない身の上。

おまけに、今でこそ『ベン・トー』で爆笑し、『わたなれ』でニヤニヤしてますが、当時の私にとって、ダッシュエックス文庫は馴染《なじ》みがあるレーベルとは言えませんでした。

読んだことがあるのは『クズと金貨のクオリディア』と『クオリディア・コード』くらいです。（尚《なお》、この二作品と他レーベルから出ている『そんな世界は壊してしまえ』『いつか世界を救うために』『どうでもいい 世界なんて』からなる『プロジェクト・クオリディア』はマジで面白《おもしろ》いので皆さん是非《ぜひ》読んでみてください）

とまあそんな状況でしたので、いける……！　とは正直思えませんでした。勿体《もったい》ないし送ってみるか、くらいのものです。（そう思いながらも、ワンチャンあるといいなという気持ちはゼロではないのが情けないところですな）

そんな経緯だったので、当時の私は「全部空白のせいだ……」と、割と本気で思ってました。書いたのは自分なのに。

落選したら空白の存在を抹消《まっしょう》して書き直そうと決意していたわけですが、ところがどっこい、金賞をいただいてしまいました。

ダッシュエックス文庫編集部の懐《ふところ》の深さには頭が下がる思いです。へへぇ。

最後に謝辞《しゃじ》を。

ニリツ様、担当編集様、この本の出版に携《たずさ》わってくれた皆様方。

本当にありがとうございました。今後もよろしくと言えるように、精進《しょうじん》していく所存《しょぞん》であります。

続いて空白。

彼が「変身」したことで、今の私があります。

マジでありがとう、おまえのことはやればできる奴だと思っていたよ（手のひら返し）。

そしてここまで読んでくれたあなたにも、絶大なる感謝を。

では、またどこかで。

悦田半次

この作品の感想をお寄せください。

あて先　〒101-8050　東京都千代田区一ツ橋2-5-10
集英社　ダッシュエックス文庫編集部　気付
悦田半次先生　ニリツ先生

ダッシュエックス文庫

魔法少女スクワッド

悦田半次

2025年2月26日　第1刷発行

★定価はカバーに表示してあります

発行者　瓶子吉久
発行所　株式会社　集英社
〒101−8050　東京都千代田区一ツ橋2−5−10
03(3230)6229(編集)
03(3230)6393(販売／書店専用) 03(3230)6080(読者係)
印刷所　大日本印刷株式会社

ISBN978-4-08-631588-3 C0193

【第12回集英社ライトノベル新人賞 IP小説部門#3・入選】
無双道化と忘却少女
～ふざけた愚か者が笑われた時、最強の逆転劇は始まる～
一ノ瀬乃一
イラスト／伊藤宗一

現代魔法をぶち壊す、あたしだけの魔法
―異世界帰りの勇者姫と神降ろしの白乙女―
藍藤 唯
イラスト／いちかわはる

原作最強のラスボスが主人公の仲間になったら？2
反面教師
イラスト／fame《フェーム》

元聖騎士団、今は中級冒険者。
迷宮で捨てられた奴隷にご飯を食べさせたら懐かれました
とーわ
イラスト／福きつね

魔力の代償に性格が凶悪になる悪役令嬢と、学年最下位のお調子者。「呪い」を宿した二人が駆け巡る逆転×逆転学園ファンタジー。

異世界で壮絶な日々を過ごし帰還した少女が現実世界の魔導訓練学校に入学!? 家柄と血筋を重んじる学校に衝撃と変革をもたらす！

平和を求めて敵国に亡命し、悠々自適に暮らすユーグラム。一方、第三皇子の失踪に動揺が走る帝国では、王都襲撃が計画され…!?

次期団長とされながらも冒険者となったファレル。迷宮で一人生き残った奴隷に手持ちの美味なる食事をわけ与えると驚きの事態に!?

【第13回集英社ライトノベル新人賞 IP小説部門#1・入選】
※ただし探偵は魔女であるものとする
ぷれいず・ぽぽん
イラスト／Siino

落ちこぼれギルド職員、実はSランク召喚士だった 2 ～定時で帰るため、裏でボスを倒してたら追放されました～
茨木野
イラスト／ana

エロゲの世界でスローライフ 3 ～一緒に異世界転移してきたヤリサーの大学生たちに追放されたので、辺境で無敵になって真のヒロインたちとヨロシクやります～
白石 新
イラスト／タジマ粒子
キャラクター原案／ツタロー

バズった？最強種だらけのクリア不可能ダンジョンを配信？自宅なんだけど？
相野 仁
イラスト／桑島黎音

すべての記憶を失った主人公と、時間を戻すことが出来る異能を持つ魔女が事件の真相に迫る、記憶じかけのバディ・ミステリー！

再就職を果たし、穏やかな生活を送るキルト。だが、水面下では冥界四天王による魔神王完全復活に向けての計画が進められていた…！

同盟締結のためにスペルマ国にやってきた。悟たちを良く思わないギャル王たちを納得させるために親善武道大会に参加することに!?

ダンジョン探索配信アプリが流行中と聞いた不死川大和。ダンジョンが自宅の彼が配信を始めると、あまりの難易度に全世界が愕然!!